龚盛辉
中 篇
小说集

龚盛辉

著

山东文艺出版社

DAO SHI

龚盛辉

湖南江永人，国防科技大学教授，中国作家协会会员、湖南省报告文学学会副会长。出版长篇小说《绝境无泪》，中篇小说集《导师》，长篇报告文学《中国北斗》《铸剑》《决战崛起》等。作品荣获第八届鲁迅文学奖，第十二届、第十六届中宣部精神文明建设"五个一工程"奖，第六届中华优秀出版物奖图书奖，全军优秀文学艺术奖特别奖等。因文学创作成绩突出，荣立二等功1次。

目 录

老 大

1

迎着那串嘀嗒的起床号，五连指导员王林边系纽扣边走出了家门，他习惯性地手搭凉棚，望了望东边。

无风，几团云絮画上去般沉甸甸地定在天上，一株株泡桐树傻大个似的兀立着。刚出山的朝阳，用火辣辣的目光瞪着大地。早晨的空气失去了清爽，又闷又热。

早操时，王林只带着兵们在营区里转了一小圈，身上的短袖衬衣就没一丝干纱了。收操后，王林没回家，在连部洗漱后，他坐在写字台前，边看报，边听着外边那个喇叭里的《新闻联播》，边等着连队开饭。

王林抬腕看表。7点35分。但集合的哨音迟迟未响。他便站到门口，喊："值班排长！"

"到！"二排长跑步过来。王林把手腕横在二排长眼前。二排长却不看表，瞧着他分辩："指导员，我的表没坏，是炊事班的表坏了。"

王林转身就冲进了伙房。蒸笼还在灶上吱吱冒气。"你们怎么搞的？"他冲着正舀着稀饭的炊事班班长问。

"昨晚煤火灭了。"

"睡觉前为什么不检查？司务长呢？"

班长朝灶房努嘴。王林到那儿一看，立刻放弃了训人的念头。司务长正拿着铁钩捅炉子，一头煤灰，一脸煤黑。

连队开饭整整推迟了半小时。王林抓了四个馒头，让炊事班班长记上账，在回家的路上啃掉两个，另两个给了妻子安静。他匆匆换了作训服，又往连队赶。王林走到连部门口，看见一排长领着大个子兵李强站在那儿，只见李强身上的迷彩服撑得圆圆的，裤筒遮不住小腿，袖口露出一截粗壮的胳膊。李强笨拙地扭了扭身体，笑道："指导员，我这军装能穿吗？"

王林说："叫司务长去换个大号的。"

李强说："这已是特大号的了。"

王林说："那就请后勤特制。"

一排长说："司务长去请了，可后勤说，常服可以特制，作训服没有特制这一说。还是请指导员给军需股长打个电话吧。"

"这种小事也找我？"王林嘟囔着拐进电话间，拿起话筒，让总机转军需股长家。好一阵子，才听到军需股长无精打采的一声："喂，你是谁？"王林尽力克制住心里的燥气，尽可能使声音平和下来："张股长吧，对不起，打扰您了……大事倒没有，但这小事却非求您不可呀，就是我们连李强的作训服实在穿不了哇。什么，连里调整？不行哪，他穿特大号都嫌小。将就？这能将就吗？太大，还可以挽一挽，这太小可是没法子拉长撑宽哪。还是请您给破个例，给特制一套吧，他现在天天穿夏常服训练，弄得全连服装不统一，军务股批评好几次了。好，我等的就是这句话呢，拜托了。"

王林放下话筒，捶着李强的肩头："一周后包你穿上合身的衣服。"

李强嘿嘿傻笑着敬个礼走了。

王林把连队带到训练场时，已近九点，晚了几十分钟。可这天，团长偏偏立在路边检查连队入场时间。远远地，王林就把脑袋低下了。虽然团长并没说什么，但王林还是用余光在团长的脸上看到了什么。

一进场，王林立刻把兵们撒到河里的钢舟上，然后坐在高高的河堤上，目光俯视着那一个个跳跃的身影。当扫到二排战士辛温时，他眼珠不动了。

辛温今天像吃了兴奋剂似的，劲头特足，刺溜一下就把近五百斤重的桥桁从舟尾移到舟首，险些把一名战士歪进了河里。抬板时，又把后端的战士拖趴在身上。

休息时，王林把二排长叫到跟前："你觉得辛温今天怎么样？"

二排长说："挺好的，训练劲头进步大。"

王林把眼朝二排长一瞪："还挺好？你这排长怎么当的？不正常！"

"这……"

"注意观察。"

"是！"

果然，王林训练回来，刚回家和安静坐到饭桌前，二排长就撵着屁股追过来报告：辛温一回来就躺在床上，痴痴地望着天花板，没去饭堂吃饭。

王林丢下刚扒了两口的饭碗，先到炊事班做了个病号饭——鸡蛋挂面，然后带着连队卫生员，来到辛温的床前。

卫生员给辛温量了体温，把了脉，又用听诊器检查过，向王林摇了摇头。

王林凭着带兵十几年的直觉判断：十有八九是家里有事。辛温在家是有两个妹一个弟的，是家里的老大，这王林是知道的。王林刚当指导员那阵，全团指导员举行过一次业务竞赛，背档案，他废寝忘食一个月，把五连一百二十多个官兵的档案资料，像往电脑里敲信息一样，把它们全部压进了大脑里，如今还能说个八九不离十，成为全团二十多个指导员中的冠军。

王林端起鸡蛋挂面，轻轻摇摇辛温的肩，轻声细语："辛温，先吃了这碗面。家里有啥事，说给我听听，我帮你想办法。"

辛温身体只软软地晃了晃。

王林怕他听不见似的，声调高了些："我是连队指导员，党支部书记，我会想办法，也能想办法。"

但辛温还是不动也不吭声。

王林见势，神经猛地绷紧了。他当兵带兵这些年，啥兵都见识过。有些兵一有事，就找干部流泪哭诉，悲痛至极，但这类兵没事，哭完了，事也没了，就像夏天的过云雨，雨过天晴。有些兵遇事就大吵大闹，似风雨欲来，但吵完了就完了，似旱天雷，声势吓人，却没有雨点。而像辛温这样的兵最可怕，什么都死捂着，似一枚哑炮，不知啥时，轰隆一声弄出个大事来。连队最出不起事故，尤其像五连这样的典型。打个比方说，典型是瓶红墨水，事故就是黑墨水，只需往里渗一滴，就啥也不是了。

这时，王林发现辛温枕头下压着一封打开的信。王林猜想，问题可能就在信里。一看，果然。

是封家信。信中说辛温的大弟去广东打工，前不久回家搞双抢，在车上遭到抢劫，还让人捅了三刀，幸巧抢救及时，才保住了小命。为给他治伤，家里能卖的都卖了，现在医院又通知，限一周内再交三千元医疗费，否则就把床位让给交得起医疗费的人，要辛温想想办法。

王林把那碗面交给二排长，交代说："等会叫他吃了。"

2

王林顶着直往下沉的眼帘，拖着直往下塌的酸疼的双腿走回家时，安静倚着床，又织起了那件小毛衣，她身上是一件用旧连衣裙去了腰上的松紧带改的睡衣，尽管它很宽松，却不能掩住它下边缓缓隆起的那个"小山包"。

"辛温怎样了？"安静停住手中舞动的棒针，问。

"没事。"王林擦着头上的汗说。

"这孩子咋了？"王林扒完放在桌上的那碗饭，把辛温家里的情况简单说了说。安静叹了一口气，抬腕看看表，十三点一刻。她下床在凉水里拧了一把毛巾，擦着床上的芦苇席说："抓紧睡一会儿吧，下午你还要训练。"

"嗯。"王林宽衣躺下，闭上眼，可心里边却静不下。此时，他对辛温的处境和心情是完全理解的，这不仅因为他在连队是指导员、党支部书记，是老大，而且因为他也是五个弟妹的哥。母亲十几年前就瘫在床上了，不知哪天就走。父亲虽说没瘫，但腰身也早已弯下了，如今还有三个弟妹没成家。

王林索性又把眼睁开。

一束束粗细不匀的光柱子，平行地从瓦楞缝间漏下来，在百余平方米的水泥地上映出杂乱光斑。

这房子很大，但空荡荡的，只有墙角他俩的这张床，还是张单人铁床，靠墙一侧加了一块木板，两端垫着红砖，就成了双人床。外床头裱着老旧画报，内床头靠着一张旧三屉桌。除此之外，就是那带着浓浓霉味和油污味的空气了。

这是连队的器材库。开训后，器材都搬到河边的训练场了，要比武完毕才搬回来。安静来队不久，王林就把爱巢筑在这里。

"林，辛温的事，你打算怎么办？"安静也睡不着，在寂静中冒出一句。她知道丈夫在这种情况下，也不可能睡着。

"唉。"

"你这老大哪。"安静很理解地叹道。

听了妻子的叹声，他乱如麻团的心被她的理解深深地感动了，苦涩中便有了一丝安慰。

王林捧过妻子的脸颊，轻吻了一下："你真是我的好妻子。"

安静却揉着被吻过的地方，说："我现在是你的累赘。"

安静是三个月前来队的。那是个春意浓极、炎夏未至的日子，轻风摇着肥绿的枝头，拂着墨青山坡，安静像蓝天上的那朵白云，从东边的那座小城漂泊到五连。

的确是漂泊。安静的单位是家服装厂，国营的厂子建了十几年，厂长也走马灯似的换了七八个，但工厂却似乌龟爬冰山，一直往下滑，靠吃国家贷款和工厂资产过日子。新任厂长似满怀雄心壮志，发誓要让工厂起死回生，他把经营方向定在国外，上任不到两年就出国考察市场二十余次，用掉大量外汇，但效益却不见好转，前不久被隔离审查了。银行又在这时断然拒绝再贷款，工厂资产也寥寥无几。工人只好放长假，自谋生路。

安静只好到部队投靠他。为了把两个炉灶并为一个，节省下他每周回家一趟的路费。那座小城离部队五十多公里，往返一趟十几元，每月四趟，好几十元就这样抛撒在路上。按他们的经济现状，这不是个小数。

而且，他俩结婚五六年，还没有孩子。许是女人天性使然，每当看见别的女人手牵或怀抱孩子，在公园里逗玩，在夕阳下徜徉，她就觉得空虚得很，落寞得慌，然后就急得慌。她都三十搭一了。

有一晚，两人用被子捂了头，她戳着他的额头，埋怨道："这都怪你。"

部队规定，连队干部，周一至周六上午，必须吃住在连队，星期六下午才能回家和妻子团聚，而星期日晚七点前必须返回连队组织每周一次的连队点名、排务会。她都跟他算过一笔细账，他俩结婚六年，快两千二百天，他有一千八百多天在部队，回去还不够三百二十天，再扣除例假这些个特殊情况，两人接触多少次？这对于女人一个月仅有一天的排卵日，怀孕概率又是多少？近乎零。

当然，最强有力的论据，还是她来队一个月就开始渐渐隆起的那个"小山包"。

王林在连部自己的那张单人铁床上加了块木板，为安静提供了一个简陋却温暖的港湾。可不久，王林就发现，离他很远的安静离他近了后，离他很近的兵们又离他远了。

过去，兵们有事没事都跑到他宿舍，找他闲聊。谈恋爱找对象了，都请他参谋拿主意，文化浅的还让他写情书，节假日找他杀象棋，甩老K。可自从安静来队后，兵们就很少来这儿了。而让人最别扭的是，通讯员过来通知个什么事，离门口大老远，就把"报告"喊得似打雷。

于是，他把那张加宽单人床搬进了暂时空闲的器材库。

尽管安静失业了，但王林仍把婚姻视为自己人生中成功的一部分。安静，和她的名一样美，苗条、高挑的一米六五的个儿，圆润、秀气的嵌着一对大眼睛的脸庞。再说，她又那样坦诚。两人见面前，介绍人说，她不仅人倩，单位更俏，奖金比工资高。但见面后，她说自己单位差，基本工资都难兑现，以后可能是他的包袱。而他居然连想都没想就点头，不知是被美丽吸引，还是被诚实感动，只觉胸间回荡着一股英雄救美似的壮烈和豪气。

连部前边那棵樟树上的高音喇叭吹响了起床号。王林很不情愿却不得不从床上起身。

3

王林上午从团长脸上看到的，下午马上就得到了应验。他刚到训练场，团长就派一名参谋把他招到了码头旁那座楼房的办公室，与他并排坐在临窗的那对沙发里。窗外宽阔的王阳河，轻波漫涌、汽艇轰鸣，轻舟飞驰，犁开一江浪花。

团长从兜里摸出烟盒，抽了一支点上，吐出一串长长的烟雾，也向王林拉出一串长长的问号。

"五连第一任连长是谁？"

"辛有光。"

"1955年授了个啥衔？"

"肩扛三颗金豆，上将。"

"第二十任指导员呢？"

"李国安。"

"啥角色？"

"我们现在的军政委。"

"第三十任连长叫啥名？"

"张继荣。"

"张继荣是谁？"

"嘿嘿，不是团长您吗？"

三年前，王林从排长被直接任命为五连指导员，团长找他谈话，掏的也是这串问号。

那天，团里召开全团军事大比武誓师大会，散会后，团长把王林拉到一边，掏的还是这串问号。

这一串问号，像一串沉重的哑铃，一直压在他头上，几乎让他喘不过气来。

团长今天又掏出它们的意思，他懂。这两年，五连在团里很少露过脸。团长要求五连在秋末大比武中，必须把那面锦旗插到自己的浮桥上。到时肯定有不少上级首长观摩。包括团长在那串提问里提及的军政委李国安。

团长的另一层意思，则是指五连干部的现状。副连长是广州人，年近而立，老大不小了，肩上一根红线串三颗豆，上尉，要是副连级设有少校，他也早就扛上了，可至今还没成家。副连长前不久在广州刚找了个对象，人长得不咋的，对副连长的要求倒也不高：两年内必须转业回广州，过期不归，她就飞。副连长无论如何也不能放弃这晚到的丘比特之箭。他过去相对象相了近一个班，起初姑娘一见他这帅小伙，一个个都含情脉脉，可听说他在外地当兵，就都远远地送来一个漂亮的飞吻："一个月就那么些个钱，结婚后还得守活寡，拜拜吧。"因此，他现在是一个劲闹转业。连长去年就上军校深造去了，这个位置至今还是个空缺。这些日子，王林一直在演独角戏。

"有什么困难吗？"这时，团长终于提出了这个问题。

"给我派个连长吧。"王林恳切地说。

"这些年，我不是同样没政委？"团长按着王林肩头说，"年轻人，给你压压担子，对成长进步有利哇。"

王林真想向团长诉诉苦，说说连队的难处。但他想了想，还是没说。连队有苦有难，是因为这连队主官无能，而诉苦道难，就更是愚蠢。

王林回到训练场，只见河里的兵们，只有二排开练了，一、三排还在慢悠悠地准备着器材。王林见状，就从兜里掏出一只铜哨和一块秒表。

"滴——"王林嘴上的铜哨拉出一声尖长音，手心的秒表跳出一声短音："叮咚。"当最后一名战士在桥上立正，"叮咚"，秒表的指针定在表壳里。

王林低头一看，心里就想骂娘。一、三排的训练水平还在原地踏步，而进步较快的二排竟突然退步。

"孙长友！"王林把二排长吼到了堤岸上，敲着表壳训人，"看看你的臭水平。"

"主要是辛温……"二排长低头支吾。

王林也看到了，的确主要是辛温的原因。这只"闷葫芦"上午猛冒了一炮后，下午似泄气的皮球，软了，移桁、抬板慢悠悠，成了挡路石。

"你就不能找他谈谈？"

"我谈能解决问题的话，早谈了。"

王林摆摆手，让二排长下去，然后抬头望望天空。一片湛蓝，没一丝云彩，只悬着个炽热的日头。他看看左右，兄弟连队让自己脚下的铁龙首先游到彼岸，都想让那旗帜飘扬在自己的浮桥上，现在都在攥着屁股练。

他把目光落在手心的秒表上，拇指按在按钮上，想归零，想想又移开拇指，揣进兜里，又把排长们的秒表都要来，然后向一连走去。

远远地，一连长就迎上来和王林握手，拉到一顶太阳伞的荫凉里，让通讯员倒茶，热情之至。

一连长从兜里摸出"白沙"。王林摆摆手，示意不会。一连长说："瞧，标兵连队的连首长抽烟的水平和我们不一样，要抽高档的。"他自己点了一支，吹着烟雾说："王指导，我让大伙来一次，你给指导指导？""指导啥，互相学习。"王林笑着谦虚。一连长从口袋里摸出哨子，王林的手跟着伸进裤兜。一连长嘴上一声哨，王林兜里也一声"叮咚"。六个门桥结构完毕，王林的手又往裤兜里揣，裤兜里又响起一声别人很难察觉的"叮咚"。

"我到二连那边去坐坐。"王林起身告辞。

"欢迎常来指导。"一连长起身相送。

王林从一连走到八连，一个连队也没落。回来后，他就从裤兜、衣兜、袖兜往外掏秒表，一共八只。然后按快慢顺序排列好，一看，倒吸了一口凉气。

五连的秒表排在第八位。

这无论如何他也接受不了。他当兵十几年，也当了十几年"第一"。当兵，是排里标兵；当班长，带的是连队的尖刀班；当排长，带的是营里的示范排；如今当指导员，带的又是团里的典型。

五连是个输不起的连队。他是一个输不起的人。

王林收起秒表，组织全连又连着操练三次，终于看出症结：兵们抬桥板不猛，移桁不快，拧螺杆不熟。一句话，单兵基本功不硬。

王林一声哨子把兵们召到堤岸上，自己则跳到六班的舟上，在那两堆桥板侧，扑通一个标准的跪姿："抬桥板讲究的是三个字：一猛、二快、三紧。就是拉桥板猛，不拖泥带水；蹲下快、起立快，不婆婆妈妈；手抓紧、臂夹紧、胯靠紧，不松松垮垮。"

说罢，他哗地拉过一块桥板，咚地站起，干脆利落，还轻松地抖腋下的桥板，"大家看，这多稳当。"

兵们眼都看呆了，桥板一百八十斤，他夹着竟如此轻松，也真叫绝了。王林是湖南兵。兵们就说，指导员可是名副其实的湖南特产：朝天椒，辣劲大。

未等兵们醒过神，王林又开始把舟尾的桥板往舟首搬，咚咚咚，六块桥板，三十秒，连口气都没喘，他回首拍拍手上尘埃道：

"你们谁知道我今年多大年纪？"九班长陆明起立道："我知道，三十一。"

王林学着刚才团长问他的口吻问："你清楚自己吗？""嘿嘿，指导员您和我们一样清楚。"

王林把一只脚往身边的桥板上一踏道："那以后你们就像我刚才这样抬。"

但王林跳下舟时，突然眼冒金花，身子抽骨了似的往下软。他努力挺着，待兵们都上舟了，才慢慢走到一堆桥板后大口喘气，大口喝水，他不能让兵们看见自己趴下。

但九班长陆明上来喝水时，还是看见了，关切地问："指导员，病了？"

王林说："谁说我病了？"

陆明说："我去叫卫生员。"

王林生气了："我说没病就没病，你多什么事。"

陆明俏皮地说："指导员，你可不能讳疾忌医，你要一倒，咱五连可就垮了。"

王林有些感动了："我又不是豆腐捏的，没那么容易垮。"

陆明说："你和嫂子也该吃好点，你工作那么累，嫂子又那个了，哪能一个星期不开一次荤。"

王林惊得睁圆了眼睛问："你怎么知道？"

陆明机灵地眨眼道："那天我去伙房值班，偷看了司务长的《干部购物登记表》。"

王林的语气突然严肃起来："你可别给我到处瞎说。"

陆明嘿嘿笑着说："我还知道您是老大。"

陆明说的是实情。安静手紧，失业来队后就更抠。这也没法子，母亲治病要花钱，以后不治病了送走她也要花钱。前一阵，给安静找工作，事情没办好，但钱没少花，以后她生孩子也得用钱……钱就那么点，花钱的地方那么多，就只能抠伙食，一日三餐，白饭、青菜，外加咸菜疙瘩片，难得沾上一回荤。

这天收操时，王林让二排长把训练场上的备用桥板、桥桁、螺杆拉回去，摆到连队前面的操场上。

西沉的夕阳，把天空、山岗、田野，涂抹得一片血红。

王林和辛温背着盐碱滩般的汗渍，背着灿烂的晚霞，跟着水泥路上那两条清瘦高挑的影子，并肩前行。

"辛温，你家的不幸，我深表同情，对你此时的心情，也十分理解。但希望你不要因此影响工作、训练……"王林边走边开导辛温。

辛温低头走着，前后晃着手中的军用水壶，一声不吭。

"至于你家的问题，要相信地方政府，要相信部队组织，总会给你解决的……"

辛温只是一路闷着头，始终没吱声。

4

王林让人把桥桁、桥板卸到球场上，回到家时，安静已在桌上摆好了"老三样"：两碗白米饭、一碟空心菜、一盘咸萝卜丁，她坐在门口织着那件小毛衣等他。

王林洗了手，安静放下毛衣，夫妻相对而坐捧起饭碗。

"报告！"刚扒了几口，门外就传来通讯员洪亮中带点俏皮的声音。王林赶紧把两只菜碟往桌后藏。但还是让通讯员看见了，他好奇地问："指导员，你在藏什么好东西？"王林只好把菜碟子又端出来，笑笑说："哪是什么好东西，是两样小菜。"通讯员凑过来瞧瞧，说："指导员，你家的小锅菜就这个水平呀？你和嫂子还不如跟我们一块吃大锅呢。"王林掩饰说:"哪呀,这是中午剩的,晚上我们有好菜。""啥好菜?""红烧肉,清蒸鱼。"通讯员四下里瞧着说:"在哪儿呀?"王林用筷子指着泡在铁桶里的两只空碗:"在那儿。吃完了。"通讯员咂巴着嘴说:"早知您有好菜,我来这儿吃好了,伙房的菜水平真臭,南瓜炒肉,不伦不类,让人好没胃口。"王林笑笑说:"下次我有好菜请你来。"安静边细嚼慢咽,边听着王林胡吹,抑不住掩嘴偷笑。

王林夹起一筷子空心菜,送到嘴边问:"连里有事吧?"通讯员说:"组织股刘干事来了。""你咋不早说呢?""看您饭还没吃呢。"王林放下碗筷说:"早吃饱了,只是见中午剩了些菜,倒了可惜,才多添了一碗,你先去招呼着,我随后就来,可不能怠慢了人家机关首长。"通讯员走后,王林赶紧往嘴里扒了几口饭,嚼着出了门。

王林来到连部办公室,只见刘干事腋下夹一本绿色文件夹,有些焦躁地踱着步。王林握着刘干事的手,边嚼着嘴里的饭边说:"对不起,久等了。"

刘干事望着王林笑道:"瞧你吃得这么香,有什么好东西,可不能吃独食哟。"

王林咽下口中食物,苦笑着挪过一把木椅说:"刘干事请坐,我给你倒杯茶。"

王林拉开写字台抽屉,拿出一小包茶叶,转身出去,然后捧回一杯茶双手递给刘干事。"这可是一个老战友给我捎来的上等云雾。""品茶我可是外行哟。"刘干事也是双手接过。这时,王林看见刘干事的手指被熏得焦黄,说:"你先坐坐,我自己也泡一杯去。"

说罢,他转身出去,把通讯员叫到走廊上,轻声说:"快去找陆明。"通讯员马上明白了王林的意思,问:"几根?"王林说:"老规矩,两根。"通讯员一溜烟去了。待王林慢悠悠泡好那杯茶,走到门口，身后传来通讯员的脚步声，他把手朝后一伸，烟马上就落到了他手心，但不是两支，是一包。

王林进门把烟抛向刘干事。刘干事接住，端详着手中包装精美的"红塔山"，有些惊诧："王指导生活水平不错嘛。"

王林鼓圆两腮吹着茶水说："哪里，这是连里专门用来招待的。"

刘干事点上烟，边吞云吐雾，边打开文件夹，拿出一份红头文件，递给王林："我是专程给你送这个的。"

王林低头翻着文件。文件说：全国正轰轰烈烈地开展为"希望工程"捐款活动，人们纷纷慷慨解囊，救助失学儿童。我军是一支以全心全意为人民服务为宗旨的人民军队，在这项活动中，也要不甘落后，认真重视，像完成战斗训练任务一样完成捐款的任务，并规定捐款要专用，若有挪用，一经查出，严肃处理。

刘干事也在一旁强调说："你们五连是团里的典型、标兵，更要把这项工作当作头等大事来抓，给兄弟连队带个好头。尤其是要注意政策纪律。"

王林合上文件说："请机关首长放心。"

刘干事起身夹起文件夹，告辞。王林送至门外，两人握手告别。

王林回房，似有所思地喝完那杯"云雾"，然后拿好红头文件，又把桌上的"红塔山"揣进兜里，起身到三排找陆明。陆明与辛温是同一个村入伍的老乡。

陆明正坐着马扎，伏在床上写家信。王林把他叫到外边球场上，问："辛温有弟弟妹妹没读书吗？"

陆明低头思索了一阵说："我都问了，是有一个妹初中没念完。"

王林连说："好！好！"

陆明有些纳闷地问："指导员，您问这干吗？"

"没啥，随便问问。"王林摸出"红塔山"，"给，还你。"

陆明垂着手没接，说："指导员，你干脆留着吧，免得通讯员老来'两支'。"

王林说："还是拿去吧，放久了发霉，我又不会抽。"

陆明只好接了。王林朝他扬扬手："写信去吧。代我向你父母问声好。"

"是！一定。"陆明身子一挺，回去了。走了没几步，王林又把他叫回去，吩咐道："今天我问的这些，对谁都不能说。"

陆明嘿嘿直笑，努努嘴："要不……你在这儿贴块胶布。"

王林刮了一下他鼻子说："你自己回去贴吧。"

陆明走后，王林见时间还早，就找到通讯员，让他通知支委来开会。通讯员问在哪儿开，王林仔细想了想说，在连队荣誉室吧。

这个会议地点，王林选得可谓别出心裁——五连的荣誉室，全团最大，近四十平方米，地上铺着红地毯，四面墙上挤满了锦旗，整个房子红彤彤、鲜艳艳，只有天花板是白的。左墙角几口玻璃柜里，罩着个大铁蛋，上边刻着两个洋文字母——US，是枚航弹。这是抗美援朝时，美国飞机扔到五连浮桥上的定时炸弹，正叮叮咚咚响呢，当时的五连连长高志中，把它往肩上一甩，扛到了山上，并成功卸掉了引信，荣立了一等功，五连的浮桥也因此畅通无阻，荣立集体一等功。

其他军官还没到。王林独自坐在盖着提花布的大椭圆桌前，捧着个大瓷缸。沉在水底那层薄薄的茶叶，已完全化开，叶脉清晰。他酒不沾，烟不吸，吃水果糖也牙疼，就爱喝茶，但每次也只泡那么几根，意思而已。此时，他被红色包裹着，心里挺沉。五连是四渡赤水时，毛主席、朱老总亲自组建的，是最早的舟桥连，曾跟着毛主席上延安，跟随朱老总过黄河打小日本，跟着刘、邓首长挺进中原，跟着彭老总跨过鸭绿江……前辈们用鲜血和生命，攒下这一面面锦旗，一座座奖杯。这里边有毛主席、朱老总签发的嘉奖令，有军区授予的英雄称

16

号，有朝鲜领导人赠的金匾，有一九六四年参加北京大比武赢得的锦旗……

排长们和司务长零零星星地来了。除二排长外，其他人连笔和日记本都没带。

王林瞄了大家一眼，有些生气地问："你们是来开会，还是来赴宴？"没带笔和本子的悻悻地走了。

大家取本子后好一阵，才听见副连长踢踏踢踏，踏着舒缓的节奏，出现在门口。王林的脸又一下子阴下来。副连长腋下夹着报纸，两手叉腰，脚上穿一双拖鞋走路一扭一扭的。

"副连长，又病了？"四排长笑问。

"老毛病了，腰疼。"

"你这'黄花郎子'，怎么也腰疼？"二排长挤挤眉道。

"新兵蛋子，懂啥？老子是腰肌劳损，舟桥职业病。"副连长骂骂咧咧地坐下。

王林看了副连长一眼，站到门口喊："通讯员！"

"到！"通讯员应声而来。

"副连长忘了换鞋。"王林吩咐道，"去把他凉鞋拿来。"

"是！"

通讯员拿来一双皮凉鞋，放到副连长脚边。"谢谢，谢谢。"副连长只得一边不住地谢着一边换了鞋，然后把脸上的尴尬埋进那报纸里。一排长进来就闭目养神。四排长捅捅他的腰开玩笑："一排长，坐禅呢？""老四，少给我捣蛋。"一排长顶了四排长一肘，又把眼皮子拉下，这时副连长翻着报纸说："我这副连长早不想干了，现在也到了没法干的地步了。天天讲平抑物价，可现在物价还在一个劲地涨。"

四排长接道："你这副连长没法当，大家的日子就好过？物价在往上涨，工资却下降，每月还少发了生活补助。"对此，王林不仅有同感，甚至体会还更深，但他是指导员、党支部书记，他不能跟着大伙瞎起哄，发牢骚，也不能让这种消极的气氛影响今天的会议，便说："现在物价为啥降不下，就因为流通的票子太多了。我们每月少发几十，对我们生活影响并不大，但其产生的社会意义却很大，它给全国人民带了个好头。既然这样，每月少发点钱有啥？军人嘛，就是要奉献、牺牲，顾全大局，就是要给地方群众做榜样。"见大家都不吭声了，他才从裤兜、衣兜、袖兜里摸出那些秒表。秒表的背面都贴着一块小胶布，上边分别写着一连、二连……八连。王林把它们递给身边的副连长，说："大家都看看我们的训练水平吧。"哪知，大家一看，竟一副不以为然的模样，四排长还说："当老八很好嘛，别人都瞧不起五连，正是咱们转业的好机会。"

王林一听这话，心里的火气再也压制不住，他呼的一下从凳子上站起来，茶缸咚地在桌上一放，他指着墙上的那一面面锦旗、墙角那摆箱子和有"US"字样的航弹说："你们谁有胆量把这些交到团长手里去？谁有胆量把它们卖到废品收购店？说这样的话，我们居然脸不红？大家想想吧，前辈们攒下这些容易吗？这两年我们又给五连增了多少光，添了多少彩？这样好端端一个先进，如果我们把它搞垮了，心不愧？胆不怯？屁股不发烧？就不怕后人指着我们的脊梁骂这群败家子？"王林慷慨激昂，把心里的气都泄完了，见大家都垂下脑袋，才缓和了语调说："这次团里大比武的第一名，我们无论如何也要拿到手。"

二排长说："咱们主要是单兵技术不过硬，咱们就加强这方面的训练，团里大比武，咱们就小比武。"

王林接道："我也是这个意思，把业余练兵活动开展起来，有时间还要来它几次紧急集合。"

二排长有些不解地问："舟桥训练与紧急集合啥关系？"

王林说："这就是'头痛医脚'。"

王林环视一圈，问："大家有不同意见吗？"

一片沉默，副连长慢条斯理地从口袋里摸出烟盒，凡抽烟的都递一支。一圈圈烟雾后是一张张无言的脸。

这时，司务长弹了弹烟蒂，笑着说："大比武时，连队得了第一名，我宰一头大肥猪奖励大家。"

王林一愣，问："栏里还有几头猪？"

司务长算了算说："有八头肥猪，十头中猪，九头小猪。"

王林也掐指算算，说："好，离大比武还有六周，每周一次小比武，每次一头猪。"司务长接道："我有个想法，以后加菜要改革，改变过去一锅煮、大家吃的方法。"

一排长说："咋改革呢？"

"连里比武时，"司务长说，"第一名吃猪肚、猪肝、里脊、排骨；第二名吃屁股肉和五花肉；第三名吃肚皮肉。"

一排长猛地睁开了那双一直闭着的眼睛问："那最后一名呢？"

"还有啥？只剩尾巴和猪尾巴下边的那玩意儿了。"二排长说。

大家一阵哄笑。

"哥们，你们谁愿啃猪屁眼？"四排长笑问。

"猪屁眼也是人啃的！"一排长看了一眼二排长说。

大家又是一阵笑。王林也笑笑，从兜里摸出那份红头文件，念了一遍给大家听，接着就讲了辛温的情况。

大家低头静听，心里却琢磨着指导员为啥把"希望工程"和辛温的事弄一块，这时，王林说："我想把我们连'希望工程'的捐款捐给辛温家。"

"我同意！"二排长率先表态。

但其他人都不吭声。"此项捐款，专款专用，若有挪用，严肃处理。"通知中的这十六个字，大伙都听得很清楚。再说，旁边的文书手上握着笔，膝上摊着记录本，谁的话，都会在他面前的白纸上变成黑字。

其实，大家不说，王林也知道，大家不说话就已是给他留面子了，不公开和他唱对台戏。他的这些个部下没一个傻瓜，都精着呢。

这种事就像杂技演员走钢丝，悬着呢，弄不好就惹麻烦。而且即使辛温出了事，排里有二排长扛着，连里有他这指导员、党支部书记顶着，再摊责任，也摊不到旁人头上去。

"大家平时说我是五连的老大，好吧，今天我就当一回老大。"王林把脸扭向文书，很有股子气概，"把我的话一字不落地记上，到时捅了娄子，板子我来挨，责任我来担。"然后目光缓慢地从部下们的脸上扫过，"这事就这么定了，要你们做的，就是请大家都在嘴上贴张封条，以免引起不必要的麻烦。"大伙齐笑道："再盖上你的大印吧。"

5

就寝号响后，王林又到各排宿舍转了一圈，然后才回家。这时，他早已饿得肚子紧贴脊梁骨，好在安静已为他热好饭菜，搁好了碗筷。王林一坐下就狼吞虎咽起来。在一边织着小毛衣的安静看着他这副可怜的馋相，不禁问："林，刚才你为啥要骗通讯员？"王林边吃边说："谁叫我是老大呢。"安静抿嘴笑笑。

王林吃完饭，喝尽碟子里的菜汤，又去冲了凉水澡，近十二点才和安静一道躺到床上。尽管都觉得很累，但心里边装着的事，把睡意驱得远远的。安静秀美的脸庞倚着他肩头，手掌轻抚着他胸脯，喃喃道："你瘦多了，看你这么累，真让人担心。"王林用手臂搂紧爱妻，轻拍她微微隆起的腹部说："我一个顶天立地的男子汉,有啥担心的,我倒是担心你,还有他(她)。咦,箱里还剩多少钱?"安静想想说:"只剩一千二百元。"王林说:"我们该计划计划了。"

王林下床趿了鞋,从床底拖出那只小皮箱,打开把那些钱全撒在床上。一堆钱里仅有一张是百元面额的,其余就是十元、五元,甚至还有几张角票子。王林拿了一百张十元的,装进一只牛皮纸袋,并郑重写上:孩子专款,一千元。他交给安静说:"你把它锁进箱里,谁也不能动。"

空中的那轮弯月颤颤地摇向了西边,从窗外斜进来的那抹清辉也从王林身上移到了安静高耸着的胸脯上,朦胧的夜色里,小两口还在呢喃。安静说:"该给你家里写封信了。""嗯。""不知妈的病好了没有?""好不了了,都已在床上躺了十几年。""多希望她老人家多活几年,等我们经济上宽松些再走。""但愿吧。""前不久那场洪水,也不知你家受灾了没有,真让人担心。"

静了一会儿,安静又问:"连队要捐款,你打算捐多少?""捐五十元吧。"王林想想,又补上一句,"我是连队的老大。"安静也想了想说:"估计别的干部捐多少?""我看一百左右吧。""那咱们加五十,凑个整数。""为啥?"安静笑道:"因为我的丈夫是老大。"王林说不出话,只是紧紧搂住她,在她光洁的脸上幸福地亲吻着。安静笑了笑说:"就知道甜别人,唯独忘了人家也是老大呢。"

安静也有弟弟妹妹,她是顶头的。家里前几年经济也不宽裕,父母在一家染印厂,也只发基本工资。她每月都要从微薄的收入中,抽出相当一部分补贴给家里。去年,家里才缓过劲来。工厂和一个外商合资了,投入一批资金,从海外引进了一套先进设备,现已试机运转。工厂从合资之日起,就开始给职工发奖金。加之她弟去年高中毕业了,虽没考上大学,但在厂里干临时工,也能养活自己。眼下就一个妹是纯粹的消费者，今年高中也毕业了。

"也不知道安霞妹高考情况怎么样。"他说，"但愿她能考上，不然又是一个负担。"她说："咱们这当老大的，上忧老，下忧小，整天在忧虑中过日子。"

"老大哪。"

安静长叹了一声。

"老大呀。"

仿佛叹息也传染似的，王林不由自主地跟着她叹了一声。

6

磨刀不误砍柴工。次日，王林决定停训半天。

王林腋下夹着公文包走向课堂时，那里正唱着《说句心里话》。例行的请示报告后，兵们坐在马扎上，他坐到讲台上。昨晚没睡好，眼皮子和脑袋沉沉的，他强打精神，从兜里摸出那份通知，放开嗓门先念了，接着讲了事先拟好腹稿的几条意义，直到嗓门冒烟，脑门冒汗。

通讯员及时送上一杯凉茶和一块拧过凉水的毛巾。他用水润了嗓，用毛巾擦了脸上的汗，继续说："过去，我们部队无论干什么都是给全国人民做榜样，连毛主席都号召全国学习人民解放军。这些年，没这么个提法，可在建设社会主义精神文明问题上，军委要求，部队仍然要当老大，仍要给全国人民做榜样。"

王林又喝了两口水，说："我们五连呢，在团里是标兵连。在捐款这件事上，我们也不能给五连丢脸，能捐一元一角一分，绝不捐一元一角。干部要以身作则。在此，我这指导员、党支部书记先带个头。"

说罢，他从兜里扯出一张钱，在手上折了折，夹在拇指、食指和中指间，高高举起说："我捐这个数！"百多双目光哗地聚到他的手上。他高举手把兵们的目光从右牵到左，再从左牵到右，说："各排捐款到文书那儿汇总，依捐款多少排名次，写出光荣榜，张贴在连部门口的黑板上。"

离开教室后，王林让一排长把大伙带到三排的宿舍，在陆明的床前集合。

王林拍拍自己的胸脯说："我今年三十一岁，大伙今年多少岁？"

有个兵笑说："中央电视台正播出《士兵今年十八九》。"

王林满意地笑笑，从身上摸出一只秒表，递给二排长说："你给我卡着。"又要求大伙："都给我好好瞧着。"然后他回头打开辛温的被子，脱去军装，身上只留个裤衩，按就寝要求把衣、帽、鞋放好，才躺到床上，盖好被子。

二排长捏秒表的拇指一按，说："开始！"王林咕咚一下直起腰，戴帽、穿衣、套裤……卷被、捆扎、插鞋……一整套动作连贯而利落。把兵们给看花了眼，争先恐后往床前挤。

王林把背包往背上一甩，拿过二排长手上的秒表。嘿！还不到一分钟。王林抑不住嘴角露出笑，把秒表高举在兵们的眼前说："大伙都瞧见了吗？"

"瞧见了！"兵们齐说。

"紧急集合的信号是号声、哨声，紧急情况下也用枪声，这大伙也记牢了吗？"

"记牢了！"兵们又齐吼。

王林满意地笑着解下身上背包，又让兵们参观荣誉室，再就地集合，然后掏出那八只秒表来，抖着表绳说："过去的五连是怎样的五连，大家刚才都看到了，现在的五连又是怎样一个五连，大家也瞧瞧。"他把表们交给一班长，让一个一个往后传。

看了秒表后，有些兵们就说，咱五连是不该这水平，但就是没劲干，以后复员了，安排工作又不看部队的表现，有一个关系户，比两个三等功还强。

王林听了，喊了一声起立，又喊了一个向后转，让兵们面对前边的大操场。那里排列着桥板、桥桁和螺杆。

王林大步走到操场，两脚在两堆桥板上叉开站着，说："团里大比武，我们五连小比武，比抬板，比配桁，比拧螺杆，哪个排第一，我在哪个排门上挂红旗。哪个排当老么我就给他挂白旗。而且——"

王林把"且"字拉得长长的，兵们的耳朵立刻竖起来，脖颈也立直了。

王林瞅一眼司务长，司务长站出来说："连里每比一次武就杀一头猪，而且要拉开档次吃。第一名吃里脊、排骨、猪肚、猪肝，第二名吃猪屁股肉、五花肉、猪腿，第三名吃猪肚皮肉、猪头肉。"

"那第四名呢？"有个兵问。

"猪身上还剩啥？"王林问那个兵。

"只剩一条猪尾巴。"那兵答。

"谁想吃猪尾巴？"王林问大伙。

"狗熊才吃猪尾巴。"兵们吼道。

当天下午，王林请营房股电工师傅在篮球架上安上了灯泡，光芒四射。兵们傍晚一放下碗筷就朝球场上奔，灯光照亮了兵们的赤背，上面闪烁着莹莹的汗水。砰砰的桥板声、叮叮当当的螺杆声此起彼伏。直至就寝号响起，这种沸腾才平息。

近十二时，王林去查铺时，发现陆明竟不在床上，他出三排后看见球场上漆黑的夜色里隐约闪着一点暗红。王林悄悄走向那点暗红。但它却突然熄去，紧接着传来一阵轻微的钢块碰击声。王林摸近一看，对陆明的喜爱不禁又添了一分感激。

陆明跨在两根桥桁间，用两只脚尖抵住舷桁螺杆头，双手左右开弓旋螺帽，然后又用双膝顶住桥桁螺杆头，用双手同时拧螺帽，完全改变了两手合拧一个螺杆的传统操作法。如练就他这手脚并用的"绝招"，作业时间起码缩短三分之一。

"好一个陆明，想一个人独食排骨呢。"王林突然拍拍陆明的肩说。

陆明一惊，抬头看清是王林，摸摸后脑勺说："指导员，你得……为我保密呀。"

"你小子，想申请专利？别太久了，早点歇着去。"

王林满意地笑笑，回家去了。

7

王林去了一趟农贸市场，想买斤猪肉。的确，不能一日三餐白饭、青菜加咸菜，就算他自己能挺住，她也不行呀。

市场上，货摊密布，顾客来来往往。王林推着自行车挤在人流里，从乌鸡笼前经过时，一个中年妇女向他招手说："解放军同志，买只乌鸡吧。"王林朝她笑笑，继续前行，可走了几步，身后便传来那妇女的吆喝："乌鸡乌鸡，孕妇佳品，一只鸡补两个人。大人健健壮壮，小子白白胖胖……"王林一听，又折回身来，问："多少钱一斤？""十块。"够贵，可买两斤肉了。但王林还是掏了三十多元买了一只。

王林没把鸡提回家，而是提进了炊事班。待到傍晚炊事班加工好后，他才捧着满满一大碗鸡汤往回走，他目光紧盯着碗里的汤，不料脚下一绊，险些摔倒，从碗里流出一些汤来，烫了手倒无所谓，泼在地上的那些汤水让他好不痛惜。他仔细一看，原来是一块石头捣的蛋，便气愤地朝它飞起一脚，再加一声骂："去你的！"

把鸡汤端回家，安静已摆上"老三样"：白米饭、青炒豆角、焙茄子，倚着床栏边打毛衣等他了。

王林把鸡汤放在桌中央，脸上带着几分神秘和自豪说："送给未来的一件礼物。"

"咳，鸡汤。"安静凑近一瞧，脸上跳出一层喜悦，但随即又嘟囔，"这是多少天的伙食费呀。"

王林笑而不语，端起碗，把一条鸡腿夹进她碗里。安静则把另一条鸡腿夹给他。他把鸡腿放回碗里，夹起一筷子空心菜。"咋不吃？"她说。"留给你吃。""你是看我肚子比过去大了吧？""一顿吃不完，放连队冰柜，下顿热热。""那我不吃了。"她要放碗，他用筷子挡住说："你该吃。""你呢？""你两个人，我一个人。""那我吃两块，你吃一块。"

"报告！"

两人正你推我让，门口传来通讯员清亮的嗓音，随即他带进来一个小个子农民。王林弟弟来了。

通讯员大大咧咧地凑近饭桌瞧了瞧，说："指导员的生活水平真不错，今天终于让我撞上了，连队的晚餐真差劲，瘦肉让炊事班挑完了，只剩些肥肉。"王林递过筷子，让他尝尝自己的手艺。通讯员吃了一块，直说真香。王林让他再吃。他也不客气，又吃了一块，才走了。

安静艰难地弯下身子，从床底拖出来一只皮箱，取了二十元，把王林拉到门口说："再去弄几个菜。"王林说："有鸡汤，他已很有口福了。""弟是客，大老远来一趟不易，要待好。""也得量力而行。""该花的还得花。"于是，又加了三个菜：红烧肉、清炖鲤鱼、豆角肉丝，外加一瓶白沙啤。

王林、安静热情地给弟弟倒酒夹菜。弟弟倒也不见外，大口喝酒，大块吃肉，狼吞虎咽的样儿，让王林、安静都不敢动筷子。

"好久没喝酒吃肉了。"弟弟连打了几个饱嗝，"哥嫂的生活真不错，到底是拿工资的。"

王林、安静都愣了愣，只能暗地里摇头，苦涩地相视笑笑。

"我们乡下人真苦，乡下的孩子命苦啊。"弟弟突然一声长叹，"我再苦也要送儿子读书，将来让他像他伯一样出门拿工资，绝不能让他扶我的犁耙。"弟弟比王林早结婚，儿子已快七岁。弟弟就是来给儿子借学费的。现在孩子学费高，什么建校费、学杂费、补课费、班费……这费那费，一学期要交好几百。而夏初的那场洪水，又把弟弟那亩责任田里几十担已沉甸甸的稻谷卷走了，只留下近千元购买农药、化肥的债务。"哥、嫂，我脸皮厚呀，我没办法呀。"弟的话里已带着哽咽。

王林、安静心里又同时一酸。"弟，你别急，有哥呢。"王林安慰道。"弟见外呢，哥嫂不帮你帮谁？"安静也说。

8

操场上又是明如白昼。

王林一放碗，又坐到走廊的马扎上，沐着轻风，看着苦练的兵们，觉得一阵清爽。

正给兵们示范拧螺杆的二排长，抬头看见王林，便满头大汗奔过来说："指导员，快把辛温的问题解决了吧，你看大家在练兵，他一个人在那里傻坐，再这样下去，我们排只能啃猪尾巴了。"王林便绷了脸说："兵熊熊一个，将熊熊一窝。到时二排当狗熊，不是因为辛温熊，而是你这排长熊。"二排长说："指导员，你这连老大难当，我这排老大也难当。""既然是老大，再难当也得当成个老大样。再说，什么又容易呢，你说笑容易吧？""笑还不容易？谁都会。""你笑给我看。"二排长傻乎乎地笑了笑。王林朝他摆摆手说："你这也配叫笑？你看宾馆里那些前台小姐笑得多可人，不论碰上谁，见过或没见过，冲你这么一笑，就令人觉得特亲切。我琢磨着，她们这笑，恐怕也和我们当兵一样，是经过一番苦练的。""是！指导员，我马上就练去。"二排长身体一挺，转身跑向训练场。

王林让通讯员把辛温叫下来，递上张马扎和一脸的笑："你怎么不来练兵？病了？"

辛温接了马扎，没坐，说："没病。"

王林说："到时你就不怕啃猪尾巴？"

"啃就啃呗。"

"还老大呢，男子汉呢，别人吃排骨，你啃猪尾巴，没出息。"

"你们当官的当然可以这么说，可我一个小兵就没资格说这话，因为没钱，弟弟……"

"你个熊包！"王林的嗓门猛吊了起来，"你知道吗？我……"王林想想，挥挥手让他走了。

这时，文书拿着一张红蜡光纸走过来，问："光荣榜抄好了，贴不？"

王林平息了一下心里的火气，拿过纸高举到眼前，借着球场那边的灯光，目光径直射向头一个名字。不是他。他目光一颤，跌到最底下。吴前民，十元。他松了一口气，目光慢慢抬，抬到第二行，王林，一百元。

写在他头上的是：陆明，二百元。

王林牵了牵嘴角。这小子。

"指导员，贴不？"文书又问。

王林没答，目光投到操场上正夹着一块桥板飞跑的身影上，说："叫陆明来一下。"

陆明跑过来，赤着背，身上只穿了一件裤衩，腰上让桥板磨出的那团紫茧，很显眼，身上鼓突的疙瘩沟里淌着汗，湿透的裤衩把臀裹得很分明。

王林让文书去写岗位练兵的报告，然后把陆明往连部里领。王林挺喜欢这兵。这兵家里挺富，父亲是包工头，年收入数以万计，每月都给儿子寄来好几百。但这兵不像其他富兵那样吊儿郎当，而是积极要求进步，入伍两个月就向党支部递交了入党申请书，并从不放过任何一个创造入党条件的机会。

王林让了座，又亲自去倒凉白开，说："训练时，悠着点。"

"没问题。"陆明抡了抡健壮的胳膊，"指导员要在团里拿红旗，我在连里吃排骨。"

王林就喜欢这样的兵。他把杯子和脸上的奖赏一块递给陆明。接水时，陆明看见了桌上的那张大红蜡光纸，"指导员，咋不贴？""就贴。"王林看着他说，"你捐了不少。""咱家有的是钱。"王林含笑点点头。"再说是捐给辛温的，我和他老乡。""瞎猜。"王林突然收了笑，"谁说捐给辛温？"陆明一时愣了，问："不是你说的吗？""我啥时说了？""……那天你不是问我辛温弟妹读书没有吗？""那天我还跟你说了啥？""让嘴上贴上胶布。""咋不贴？""对您也贴？""……对别人可要贴紧了。"

王林终于舒了一口气，然后又笑望着陆明说："陆明，我问你个问题。""指导员还有问我的问题？""你说在我们五连，谁是老大？""这……"

陆明被问住了，茫然地望望王林。王林还在笑望着他。陆明目光向下瞟时，又瞄见桌上的大红蜡光纸。

陆明立刻起身告辞，拐到了文书房间。文书正清点捐款。陆明说："文书，我想收回些捐款。"文书蘸口水的手指在唇边打住："为啥？""你就别问。"陆明坚持要走一百零一元，捐九十九元。

文书又来请示贴光荣榜的事，并向王林嘟囔："陆明真小气，还万元户呢，捐了的钱又要回去。"

王林笑笑说："还连部兵呢，没想到你这么笨。"

熄灯号落下后，王林去查铺，把兵们的蚊帐掖紧，又去检查几个哨岗的执勤情况。然后又去猪圈，饲养员上午发高烧，他得去看看退烧了没有，见饲养员睡得正香，吃得很饱的猪们也酣睡了。回来时，他又在连队副业地上拐了一圈，最近，常有一些老百姓，在夜里翻过墙来摘菜。最后他又特意看了炊事班的炉灶是否封严，要是火灭掉了，明天的早餐又很难按时开饭了。

又是午夜十二时才躺下。这时的王林真是向安静问候性亲热的精力都没有了，一挨床就鼾声如雷。不久，身边的安静便推他道："快醒醒，通讯员在叫。"王林条件反射似的一骨碌竖直了，果然是通讯员的声音："指导员，出事了，出事了。"

通讯员心里急，嘴就跟着结巴起来："刚才二排长来……了长途电话，我去叫他。谁知他刚听了一会儿，就把……电话一砸，说要……毙了这伙王八蛋，然后就急急忙忙跑……回去，可能去……掏枪了。"

王林一听，脑门立刻就渗出一层冷汗来，拔腿就向二排长的宿舍奔，果然见二排长刚从保险箱里掏出手枪，并把一匣子弹拍进了弹仓。

王林一见这势态，反而冷静了下来，慢慢走向二排长，说："你快把枪放下，遇事要冷静，有什么问题要相信组织，依靠组织，我就不信解决不了。"说罢，他一把将枪从二排长手上夺了下来，然后拉住他的胳膊说："走，到老哥那儿去坐坐，有什么事给哥倒倒，我给老弟想办法。"

王林把二排长按在连部椅子上，把枪丢在床上，泡了两杯茶，然后在他对面坐下，说："我们不是外人，是战友，是兄弟，有什么问题，我一定给你想办法。"但二排长坐在那儿，后脑抵着椅背，一声不吭地呆望着天花板。王林倒替他着急了，问："今天怎么了？吃哑药了？

我是指导员，连里的事哪样不是我解决的？"

二排长的头随着滑落在地的两行泪低垂下来，说："我实在咽不下这口气呀。"

原来那个长途电话是二排长的老父打来的，说他妻子和一个大款鬼混，被他家里人发现了，他哥去抓奸，没想到那大款的保镖竟把他哥毒打一顿。

王林听了，火得屁股在椅子上再也坐不住，呼地站起来，无比愤怒又无可奈何地在房子里踱来踱去。他伸手抓过桌上的杯子，送到嘴边就喝，让开水烫了嘴。

"这伙王八蛋！"王林把杯子朝桌上一蹾，"无法无天了——"

夜空里响起三声沉闷的枪响。

宿舍里短暂的寂静后，传来一声惊呼："紧急集合了——"

瞬时，宿舍里传来一片紧张忙乱的起床声，不久，兵们潮水般从宿舍门口出来，争先恐后地朝连部门口拥，还一边喊着："我第一名！"我第二名！"

王林看着自己的光脚丫和只穿了个大裤衩的身子，苦涩地摇着头打开床头的战备包，拿出那套崭新的备用军装穿了，出去整理好队伍检查了一番兵们的着装，宣布解散。

兵们嘻嘻哈哈地回去了。但陆明机灵地笑着跟王林进了连部，坐到床上，瞄了一眼床上的手枪，支吾道："指导员，过去紧急集合都是哨声，今天……"

"我想看看我那天的话，大伙记牢了没有。"王林严肃地说。

这时，王林叠得方方正正的被子上的三个小窟窿跳进了陆明眼里，他便笑道："什么虫子这么饿，被子也啃。"他提起被子抖抖，三个弹头便叮叮当当掉到了水泥地上。不待陆明再说什么，王林坐回椅子上，连打三个呵欠，他真是困得不行了。但看着二排长这样，他又不放心去睡。于是他又把二排长拉回家，让安静给剥些花生米炒了，自己到外边代销店，把老板叫起来，买了两瓶啤酒、一听午餐肉、一听鲢鱼罐头，与二排长边喝边谈。

王林端起酒杯，往二排长眼前凑了凑说："忘了她，咱哥俩喝一杯。"但二排长躬腰坐着，只顾叹气摇头，王林瞪他一眼说："把腰给我挺直，喝！"可二排长仍是一副无心举杯的样子。王林似是有些生气了，把杯子一蹾，说："没出息的家伙，为了一个女人趴下，你还是个男子汉！世上不缺女人。你愁啥？"他自豪地睨一眼坐在边上的妻子，"回头让你嫂子给你找个好女人就是了。"

安静甜蜜地笑了。二排长也总算咧咧嘴，端了杯子。

9

睡了不够两小时，起床号就欢叫起来。王林骨头散架似的，身子硬撑也撑不起来。但即便这样，他仍不得不强撑着带着连队出早操。他真想歇口气呀，哪怕只半天，便找到副连长，让他上一天训练场。

副连长双手按腰，龇牙咧嘴，一副痛苦不堪的样子，说："我腰疼呀，哪摆乎得动那些桥板桥桁。这王指导不知道？"

王林哪能不知道。他没办法，他又不是医生，有啥证据说别人没病？

无奈，王林只得到厨房捡了俩馒头压进胃里，回去提起床上的短袖夏常服去带连队上训练场。这时，安静扶着前边的"小山包"走到他身边说："我想请医生看看。"王林说："去团卫生队。""那天我去看感冒，那儿的人都瞪圆眼睛看。"安静脸上浮起一层红晕。"可我不能陪你去，连里训练要组织，捐款也等着寄出去。"安静手又叉着腰，边朝门口摇晃边说："我自己还能走，你倒该陪弟弟去玩玩。"

弟下午就要走，这两天他天天自己逛营区。

王林把部队带到训练场，下达完科目内容，准备进城。这时，王林发现河堤上站着政治处主任和两名干事，正向连队张望。他们已连续三天出现在河堤上了。

王林到了城里，直奔邮局，在购票处用三角钱买了三张汇款单，坐到长条桌前，在三张汇款单上同时写上辛温父亲、母亲和弟弟的名字，再把两千七百元捐款分为三份，每张单子写九百。

王林拿着汇款单拐进一家复印店，交给店里那位漂亮小姐，"每张复印一份。"

小姐接过，低头看清是啥物，抬头狐疑地看了他和他的军装几眼。

王林故作不理会。

复印完，漂亮小姐递还原件和复印件时，又狐疑地看了他几眼。

王林回到连队时已快下午一点，他弄好午饭，和弟吃了，就近两点了，可安静还没回，弟要去赶火车，急着走，捏在手里的那张小硬纸片已让汗水渗透。票款数目的字样都模糊了。

王林不住地站在门口望。炽热的阳光下仍不见安静的影子。他也急得脑门沁汗。他已答应借钱给弟弟。但现在钱都让安静锁在那只皮箱里。他每月领了工资，分文不留交给她，由她一个人支配。每月那么点钱，经不住两双手的撕扯。

王林到兜里摸手绢擦汗，竟触着一叠纸，他捏捏，硬硬脆脆，是钱，是安静昨天让他去买大米和油的那八十元，工作一忙，忘了。他正欲掏出，想想又抽出手。怎么也得给弟凑个整数吧。可从哪儿凑？想起昨天还有些零钱仍放在作训服口袋，他拱到床底掏出安静丢进盆里的作训服，翻遍大小十个口袋，才从右袖兜里找出十八元六角七分。还差一元三角三分呢？他又想起那天打酱油，找零的一元多钱，也许她洗衣时忘了翻口袋，仍留在衣兜里，他拿出一翻，果然又凑了一元六角五分钱。

王林把钱抚平叠齐，交给弟时，竟是一脸难为情。一百元钱竟有一厚叠，面额有五十元、十元、两元、一元、五角……中国人民银行发行的人民币所有面额，在他手上只差最大的和最小的：一百元和一分。

弟接了并没往兜里揣，捏着站在哥跟前，也是一脸难为情："哥，光你侄儿报名费就两百多。"王林皱眉说："别处想想办法吧。""我们那儿都遭了灾。"王林从不在弟妹面前诉苦，谁叫他是老大呢？可这时他不得不说："你嫂子厂子倒了，还有她那身子……"弟还能说啥？弟捏着那叠厚钱走到门口，才回过头说："哥，有空回去看看，近段时间娘特别念你。"王林朝弟点了点头。

安静回来了，太阳烤得她通红的脸满是汗珠。"弟呢？"她一挨凳就问。"走了。"王林说。"走了？"她马上弹起身，然后就为自己在那个书摊前多待的那会儿后悔不迭。

她胎检完走出医院，就站在路边等公共汽车。可好久没车来，她看见边上有个书摊，便过去打发时间，无意中翻到一本《妇幼保健手册》，她喜欢极了，但一翻后页的标价竟八元，她舍不得买。可她很想看看里边关于妊娠那一段，就在那儿多坐了两个多小时看完了。书商说，买书的都像你这样，卖书的只好要饭了。可这并没让她不高兴。她为两个小时省下了八元钱而激动不已，但回来晚了。

"弟走多久了？"她问。"刚走。"他说，"可能还在大门口等汽车。"她弯着笨拙的身体拖出床下的皮箱，摸出那只写着"孩子专款"的牛皮信袋，取了一百元，让他快给弟送去。他说："这可是孩子的钱。"她说："不送去，弟会以为我是有意躲着他，是不想借钱，以后我这嫂子就难当了。"

王林只好依着她，把钱接了。

10

天气格外晴朗，朝阳站在东山上，热情的目光透过那片浓密的泡桐树林，窥望着五连。

球场上，两株挺拔的泡桐树间连着一条大横幅，上书一行金黄色的字：五连舟桥军训比武。横幅下摆着一张长条桌，桌上盖着红色的的确良布，上面挂着一面三角形流动红旗。王林胸前挂着铜哨、秒表，独自坐在主席台上，威严的目光似正工作着的雷达，左右扫视着静坐在球场对面的一排排兵们和兵们前边的一行行桥板、桥桁和螺杆。

比武将采用流水式，两个兵一组，每组抬一块板，配一根桁，拧一个桥桁螺杆。

王林从兜里摸出四个小纸团说："抓阄儿。"

排长们跑到主席台前。三排长将手在屁股上搓了搓，又凑到嘴边吹了吹，说："今天中午是吃排骨，还是啃猪尾巴，就看这手是香还是臭了。"他慎重地拈起一纸团，展开大呼："娘的，今天垫底了。"二排长看了手中的纸，不动声色地笑了笑。他们排最后出场。

三排首先上场。三排长大声问兵们："中午吃什么？"

"排骨——"兵们吼声震天。

王林两腮一鼓，吹出一声清脆的哨音。三排兵们迅风般扑向横在眼前的一块块桥板，抬出二十米后，又按住那一根根桥桁……很快，陆明的手脚并用法就显出了优势，他完成了自己的任务后，又回头拧了属于他人的三个桥桁螺杆，让人看花了眼。三十五秒，三排作业完毕。

接着，一、四排先后上场，结果差点比了个平手：三十七秒和三十五秒五。

二排长尽管抽到了最好的签，但他心里却不踏实。这种担心主要来自辛温，这只"闷葫芦"，要是他在这节骨眼上……

终于轮到二排上场了，结果二排长担心的情况一开始就出现了。辛温夹起桥板前端刚走了几步，就身体一歪摔倒在地，膝盖重重磕了一下，后端的战友急得直喊："辛温快起来！"但他却半晌爬不起来。待那个兵独自把桥板搬到指定位置时，其他人都把螺杆拧完了。

王林开始讲评比武情况，宣布名次。二排长恨不得把脑袋埋进裤裆里，辛温也低着头，战友们的白眼紧紧地包围着他。

"谁拖的后腿，等会儿谁啃猪尾巴。"

"最好是啃猪尾巴下边那玩意儿。"

王林发完流动红旗，兵们叽叽喳喳，或笑或骂着散去了。炎炎烈日下的球场上，只剩辛温双手抱头压着那张马扎。

中午开饭，二排的兵们列队走到饭堂前时，二排长没下"立定"的口令，大家就不约而同地立定了。

司务长不仅真杀了一头猪，而且把猪肉用四只大盆装了，摆在饭堂前边那张长条桌上，分别写着：里脊、排骨、猪肝，猪屁股肉、五花肉，猪肚皮肉，猪尾巴。

三排长也不客气，向自己的兵们振臂一挥："排骨好香呀，走！"他上前端了第一盆，兴高采烈地进了饭堂。

四排长也往排头一站，喊："下次我们吃什么？"

兵们齐吼："吃排骨！"

四排长也领着兵端走了第二盆。

一排长慢慢转过身，背着手面对兵们说："猪肚皮是什么肉？是熬不出油的填牙缝的泡泡肉！"

第三盆也被一排端走了。饭堂前只剩下二排和那盆猪尾巴杂肉。中午的炎炎烈日烤着数十个耷拉着的脑袋。

"谁有种，就去端猪尾巴。"二排长吼了一声，目光刀子般从辛温的身上划过。

辛温低头走出队列，端起了那盆猪尾巴。走进饭堂，王林早已坐在他们饭桌旁。

兵们坐下，依然一个个低垂着头，没人拿筷端碗。王林从盆里夹起一块猪尾巴，放进自己碗里，辛温也伸出筷子。二排长一转身找来菜刀和菜板，咚、咚、咚，把剩下的几段猪尾巴剁成十几块。

"每人一块，骨头和肉一块吞！"

陆明站在饭堂门口的梧桐树荫里，惬意地打着饱嗝抹着油嘴，见辛温垂头丧气走出来，迎上去问："猪尾巴味道不错吧？"

辛温横了他一眼："下次你自己尝。"

陆明伸手搂住辛温肩头说："走，咱老乡俩好久没吹乎了。"

两人走进连队前边的林子，并排倚坐在一株粗壮的泡桐树下。林子里知了欢鸣，鸟儿啾啾。陆明摸出"红塔山"，伸到辛温眼前，辛温摇头。陆明碰了碰他的肩说："陪我抽一支。"

陆明点上烟，又用肘抵了一下辛温的腰问："上午怎么搞的，出那么大洋相？"

辛温猛吸一口烟，呛得直咳。但无言。

"人一辈子就当一次兵，"陆明说，"我们可得为家乡争点气。"

"你们家有钱，大话也好说，气也好争，可我呢？"辛温把"红塔山"往地上一戳，"我弟弟被扎了三刀住在医院，交不起医疗费，我这当大哥的却……我还有什么心思去争气？指导员跟我说，老大要像个男子汉，我要像他一样当官，这话我比他说得还动听……"

"你浑蛋！"陆明也把手中的半截"红塔山"往地上一扔，侧目盯着辛温，"说这话，简直不是人！"

"你……"辛温被陆明的口气吓愣了。

"指导员他……"陆明话说了半截又摆摆手，"算了，不跟你说了。"

"到底怎么回事？"辛温倒急起来。

陆明想了好一阵，才说："本来指导员不让我说的，可让你蒙在鼓里也不好。你弟弟的医疗费已经解决了。"

"哪来的钱？"

"我们连部门口的黑板上贴的啥？"

"为'希望工程'捐款的光荣榜呀。"

"那不是钱？"

辛温的脑袋就像被烈日晒着的那一片片泡桐叶，慢慢地低垂下去，久久抬不起来。

这时，陆明看见一个阴影从后边伸到眼前，起身回头，是王林，陆明傻笑："指导员，我……"

王林把脸一拉，却掩不住喜爱的神情，说："胶布没贴紧，让嘴巴漏气了是不？"

王林走过去，刮了一下陆明的鼻子，又抚着辛温的脑袋说："原来在这儿，我到处找你呢。"

辛温慢慢站起来，一把抱住身后的泡桐树，泪水奔涌。

王林说："把泪擦了，当兵的，流血不流泪。"

辛温没擦，身体顺着树干往下一溜，跪在王林跟前说："指导员——"

王林怒了："辛温，你给我站起来！腰挺直！"

辛温立正站好，脸红得发紫，说："指导员，过去，我对不起你，今后，你看我的！"

王林扶着辛温的肩头，一块坐下。

"今天，对你要提三条要求。"

"三十条都答应。"

"第一，工作上要向你老乡陆明学习，你看人家上午那股子劲头，可你，啃猪尾巴。"

辛温羞愧地垂下脑袋。

"你在家是老大，就要像个老大样儿，顶天立地，处事不惊。"

辛温点点头。

"还有给你家寄钱这事，对谁都不能说。"

"为什么？"

"军人保密守则第一条是什么？"

"不该说的秘密不说。"

"第二条呢？"

"不该知道的秘密不问。"

"我还以为你忘了。"

"嘿嘿……"

"以后可得争口气。"

"嗯。"

"走，我教你怎么争气去。"陆明拉住辛温要走。

"啥？"

"就是吃排骨的绝招。要不是看老乡分儿上，我还不教呢。"

11

自从连队开展业余练兵活动，尤其是大家发现陆明的手脚并用法后，兵们的单兵动作进步很快，全连的整体成绩有了很大提高。这天，王林又揣了一身秒表，去各连坐了一圈，回来把秒表们朝地上一摆，嘿嘿，五连的秒表从第八位跃到了第一位。王林总算松了一口气。

但王林还是不敢懈怠，天天带着兵们在烈日下抬板、移桁、拧螺杆。

这天,王林带着连队从训练场回来,走近连队时,看见政治处主任带着两名干事走进了副连长宿舍。他不由放慢了脚步,停下队伍,让值班排长带走,自己在路旁树荫下站了一会儿,才走向副连长宿舍。到了门口一听,果然不出他所料。

"连长不在位,副连长代理连长工作,这你知道吗?"主任问。

"知道。"副连长答。

"那这些天,你为啥不上训练场?"

"我腰疼。"

"有医生的病假条吗?"

"没……有。"

"那就必须上训练场。否则就是失职!"主任的口气突然严厉起来,"你的问题是严重的,是要挨处理的。"

"原来是主任来了。"王林边擦着脸上的汗边走进去,在主任身边坐下,"主任刚说的挨处理是几连的?"

"你们副连长一周没上训练场,你不知道?"主任皱起浓眉。

"原来主任是来调查这个呀。"王林笑着说,"我们副连长这段没上训练场,是我安排的,连队训练辛苦,我让他在家抓后勤,搞伙食,再说,他腰也确实有些疼。"

主任想了一会儿,缓下语气:"如果这样,那就再说。"

主任又坐了一会儿,了解了一些连队其他情况,就带着两名干事要走。

王林客气地把主任送到门外。回来时,副连长连忙递上一支烟。

王林用手一挡说:"我不会。"

副连长又倒上一杯浓茶。王林往椅子上一坐,不接,说:"我那边有凉茶。"

副连长自己点上一支烟，笑嘻嘻地说："你放心，我一定报答老大的包涵之恩。"

王林听了，忍不住一掌拍在写字台上，说："你以为我是要你报恩？！老子是可怜你，功没立过，反背个处分，你这十几年军装，穿得窝囊，冤枉！"

王林一转身，带着一阵风走了。

副连长下午总算有点进步，从宿舍蹲到了伙房，但仍不上训练场。

王林只好继续军政一把抓。结果当天下午军政就产生了矛盾。他正走在前往训练场的路上，组织股刘干事的自行车在他跟前一个急刹，拦住他的去路："哈哈，总算让我逮着了，你这个大忙人。"

"刘大干事，啥指示？"王林笑问。

"王指导，今天得给我谈谈你们连'希望工程'捐款的事。"刘干事勾着手指刮了一把额上的汗说。

"我要去指挥训练呀。"王林说。

"王指导，你就帮个忙吧，给军区上报材料的期限眼看就到，可我跑了几个连队，还没抓到多少干货，你们是典型，是个藏金藏银的地方。"刘干事叫苦连天。

"可团里比武也没几天了。"王林还是说。刘干事突然眼珠子一翻，收了脸上的央求，手指咚咚敲着搁在肘弯的文件夹子。"我说王指导，这项工作可不能小看呀。到时团里同样要评比，要发锦旗。"

王林终于同意和刘干事谈谈。

两人回到连部。王林给沏上茶，又看见了刘干事被尼古丁熏得焦黄的手指，想想陆明又不在，只得表示歉意："通讯员上训练场了，今天只能招待茶水。"刘干事说："王指导等会儿多给点'干货'，比'红塔山'招待还强。"

王林想了想，从胸兜摸出那张压得皱皱巴巴的通知，开始汇报。

"我们连这次为'希望工程'捐款，有三个特点：一是人员多，全连一百二十一人，有一百二十人捐了款，捐款率高达99%；二是金额大，很多战士把当月津贴费，一分不留全捐了，党员发展对象陆明一人就捐九十九元，全连合计两千七百元；三是速度快，不到一天就完成了捐款任务，第三天就给救助对象寄去了。"

　　刘干事飞快写着的派克笔凝在空中，惊愕地望着王林："已经寄走了？"

　　王林含笑点头，拉开身边的抽屉，把那三张汇款单复印件拿给刘干事，说："这三个就是我们的救助对象。"

　　刘干事看着复印件，一个劲地点头："你们落实上级的指示真快呀。"

　　王林说："我们在报纸上看见团中央开展'希望工程'活动后，就想，我们部队是老大哥，干什么都是赶前头，这事也不能落后了，就开始和边穷地区政府联系。前几天，他们给我们寄来救助对象的地址，第二天又接到了你的通知。"

　　"不错，真不错，工作主动，有预见性。"刘干事边在本子上龙飞凤舞地写，边不住地称赞，"我跑了十几个连队，你们的工作做得最强。"然后让王林往细处说。

　　王林给刘干事介绍了三条措施。

　　"首先是深入动员。我们先后召开了支部大会和军人大会，不仅原原本本传达了上级通知精神，而且讲清了这个活动的现实意义和深远的历史意义，让大家懂得了这次活动与国家、民族的必然联系，增强了捐款的自觉性。其次是精神鼓励。马克思主义辩证法说物质变精神，精神变物质。战士们付出了物质，我们就从精神上予以肯定，捐款积极的同志，连里大会小会表扬。最后是干部带头。我们连捐款最快的是干部，最多的也是干部。"

说罢，王林把捐款登记表拿给刘干事。刘干事一眼就看见了写在头名的：王林，一百元。他提笔在下边画了一道波浪红，又在记录本上加了一句：捐款最多的是指导员、党支部书记王林。

至此，刘干事似还不满足，继续往深处挖。要王林谈谈做好这项工作的体会。

王林想了想，又列了三条：牢记我军全心全意为人民服务的宗旨是做好这项工作的思想基础，不忘发扬我军光荣传统是做好这项工作的巨大精神动力，顾全大局、上下团结是做好此项工作的可靠保证。

刘干事飞快地写下这些后，已无法抑制心中的喜悦，说："典型就是典型，果然藏金呢。王指导你不愧是标兵连的主官，工作做得有板有眼，汇报也有章有法，稍加整理就是一篇过硬的材料。我看总结那天，你就等着领奖吧。"

临走，刘干事又拍拍他的肩说："到时可要请客哟。"

"还能忘了你这伯乐？"

王林也欣欣然了，似乎手上已捧到了那面大锦旗。

12

王林躺到床上时，已近凌晨一点，第二天，又依旧跟随那撕破黑暗的起床号爬起来。这天早操后，他再次去找副连长。

"副连长，今天你先去组织一下合练吧。"王林说，他想先给父母写封信，然后再去训练场。再过几天就是中秋节和国庆节，他得向家里人问个好，尤其是病床上的娘。

"嘿嘿，我还是坚守岗位，蹲伙房吧。"副连长狡黠地笑笑说。

王林没再说什么，又能说什么？

无奈，王林只好把灌了铅似的双腿拖到训练场。谁叫他是连队的老大呢？老大是什么？老大就是别人想的事，你不能想；别人不想的问题，你得去想。老大就是大家想要的东西，你不能要；别人不想要的东西，你得拿过来。老大就是人人想干的，你不能干；人人不想干的，你不能躲。再说到时拿不到第一名，五连这杆旗倒了，头号败家子是谁？

还不是他王林？

王林硬挺着站在浮桥码头上，胸挂秒表，手执绿旗，嘴含铜哨，短袖上还别着圈红布：五连门长。天上的太阳毒得慌，紫外线洒到人身上，像火舌子般灼人。王林又吹哨，又摇旗子，又捏秒表，反复划拉着连队的六个门桥在王阳河里绕圈子，进出桥轴线，汗水使军装湿得如同在河里泡过。

突然，他觉得像地震了一样，远方的地平线像波涛般摇晃，蓝蓝的天空呼啦啦冒出许多火星，紧接着他倒在了码头上，然后就什么都不知道了。

王林睁开眼睛时，发现自己躺在一间空房子里的白床上，便纳闷地自语："我怎么躺到这儿来了？"这时，只听身边有人惊喜道："这下好了，终于醒过来了。"他侧目一看，见床前站着二排长、陆明、辛温，还有安静等人，便问他们："你们在训练，怎么跑到这儿来了？"众人说："指导员，你病了。"王林听了，一骨碌坐起来道："胡说，我又不是豆腐捏的，那么容易病？"这时，有人把他按倒在床上："你给我乖乖地躺着，我说你病了就病了。"王林扭过头一看，原来这房里还有一个身穿白大褂的医生，再一细看，床头还立着个铁架子，上边一个玻璃瓶里的水，正顺着一根细管子一滴一滴地流进自己的手臂里。

王林这才相信自己果真病了。但连队的训练不能没有人组织呀。于是，他央求医生道："你可不能让我住在这儿呀，离大比武的时间不远了，我这一桥之长得带着大伙去夺第一。"

安静摇头低泣道："你都昏过去了，还当什么老大。"

王林故作轻松地笑了笑："没办法呀，我妈把我生下时就说，这孩子命苦哇，一辈子只能当老大。"

13

团里的大比武近在眼前，王林丝毫不敢懈怠，傍晚从手臂上拔下输液的针头，晚上睡了一觉，第二天就又上训练场组织合练了。甚至到了中秋节、国庆节前两天，兄弟连队忙着杀猪宰羊、打扫卫生，准备过节了，他还不敢让兵们歇口气，仍往训练场上拉。

这天连队出发前，副连长和四排长笑嘻嘻地同时来找王林。副连长说，女朋友来了信，挺想他的，希望能在一块度过花好月圆的中秋之夜，故请指导员帮着到团里请几天假，借此机会和女朋友加深感情。

"能不能推几天，等大比武过后再走？"王林说。说实在的，副连长和四排长真不该来请假，此时连队太需要干部了。

但副连长听了，脸上的笑容马上就掉了，露出冷冷的神情道："指导员你看着办吧。"

说完，他扭头就走，"哼，饱汉哪知饿汉饥。"

王林一听，火了，又把他训了几句："你以为这五连是我王林个人的？与你就毫无关系是不是？你要知道自己是军官，不是打工仔……"

但骂完了，他还是让文书打了个事假报告送到干部股。他的个人问题的确是迫在眉睫了，王林想。

训练场上，王林又在汗水里泡了一天，直至傍晚才带着两只深陷的眼窝回到家。

安静又摆好了"老三样"，边织着那件小毛衣边等他了。王林一坐下，端起碗就扒饭，吃到碗底，竟吃出一只金灿灿的荷包蛋。他抬头看了看正夹起一筷子空心菜的她，把蛋夹进菜碟里。

"你工作太辛苦，真让人担心。"她说。

"你怀着我们的未来，更应该珍惜。"他笑着把蛋分成三小块。

"你这是干吗？"她问。

"我们几个人吃饭？"他反问。

"三个！"通讯员端着饭盒大步进来，响亮地笑答，他凑近桌子看见了荷包蛋，便不客气地夹了一块放进嘴里，然后摸出一份政治处关于进行人生观教育的通知，和刚收到的九封加急电报。

王林翻了翻电报，全是战士家里打来的，内容均为"父母病重（或病危）速归。"

"大伙全在连部等您呢，指导员。"通讯员说。

王林丢下碗往连部赶，可快走近了，他又停下不敢往前走了。如果这九名战士都要求探家，能全放他们走吗？大比武缺人怎么办？再说，这么多人军务股又能批吗？王林也知道，这些电报的真实性很低，大多是战士家里想让孩子回家过节，歇几天，可一时怎么知道谁是真的，谁又是假的？谁该回去，谁又不该回去？

这叫他怎么办？

王林只好悄悄走开，溜到猪圈饲养员那儿暂时躲起来，他拿出纸和笔，给家里写信。可心里边装着一堆事，写下"双亲大人"后，他就再也写不出字。

突然，通讯员一头撞进来道："指导员，原来你在这儿，又来电报了，是邮局从电话传来的加急。"

"谁的？"王林条件反射似的一惊。

"是你的。"通讯员把一张字纸塞给王林。

王林一看，一屁股跌坐在方凳上。电报是弟弟打来的，母亲于今日凌晨去世，要他无论如何也要赶回去奔丧，乡亲们说，如果他这老大不按规矩回家带领弟妹戴孝守灵、捧灵牌跪路，大伙拒绝出殡。此外，还要他带三千元回家作寿木和殡葬费。

"你嫂子知道吗？"王林讷讷地问。

"嫂子看过了，她急得哭了。"通讯员说。

王林也真想哭哇。但他不能哭，男子汉的泪水换不来同情，老大的泪水，没人理睬没人替他擦。

一向沉着冷静、遇事不惊的王林，竟突然间变得六神无主了，"怎么办？怎么办？"

"还怎么办？快准备走吧。"通讯员倒替他着急了。

"可副连长要走，我还能走吗？"

"他的事哪有你急？"

"再说，战士们都不能走，我自己走了，大伙怎么看我？"

"他们那是假电报多，你是真情况。"

"还有，连队训练谁组织？拿不到第一怎么办？"

"因为特殊情况，首长们会原谅的。"

"这三千元……"

"指导员家里还拿不出三千元？"

"不光拿不出三千，还欠……"

通讯员愣了一下，然后狠捶自己一下说："瞧我这通讯员当的。"

通讯员转身跑了出去，但王林还在猪圈里转圈。半晌通讯员回来了，把三千元钱塞进他手里。"哪来的钱？"王林问。"你别管。"通讯员说。王林也顾不上细问了，把钱带回去交给已开始替他收拾行李的安静，让她缝进内裤里，然后转身向一里地外的营部跑去。

营长想想说："你先走人，报告以后再补。"

可王林回来后，安静却不见了，桌上留着一张字条：

　　林，原谅我不辞而别。

王林好一阵激动，回头拦住一辆正从连队经过的大卡车，向火车站追去。

王林把安静送上车，想到她挺着这样沉重的大肚子，还要替他去承担老大的责任给母亲捧灵牌跪路时，一串酸涩的泪终于抑不住涌了出来。

王林走到连队后边的水泥道上时，发现面前站着一个人，他赶紧擦干眼泪。近了才见是副连长和四排长，便问："干部股都批了，怎么还不走？再晚，可就赶不上中秋夜了。"

"算了。"副连长低头说。

"怎么算了？"王林强笑道。

"指导员，你别装。"副连长抬头仰望着圆月高悬的夜空，"别以为我不知道，通讯员什么都说了。"

王林用手抓着他的肩，感激地摇了摇，然后两人拐到连队前边。这时，战士们已集合在球场上。

"今晚的人生观教育改期吧。"副连长说。

"……不。"王林迟疑了一下说。

王林走向球场。二排长跑步迎上来敬礼、报告，王林还礼时，抬起的手臂却久久放不下来了。

二排长右臂上缠着一圈黑纱。全连的兵们都脱下了军帽。

王林不知自己是怎样站到连队前边的，他从口袋里掏出那九封电报，说："请这九个同志原谅，我……"

队伍中九个绿色的身影慢慢垂下脑袋，"指导员，我们……"

14

王林吃过午饭，回到临时宿舍，坐在床上，他不想睡。安静走了近十天，他不仅没睡过午觉，而且连晚上也没睡踏实过。

他顺手拿过枕边安静还没织完的那件小毛衣，心事重重地在手上揉搓着。由于她走得仓促，把这件小毛衣随手扔在了床上。他把它放在枕边，难眠时就拿在手上，瞧瞧，揉揉。

这时，通讯员隔着那片泡桐树林叫他接电话。他过去拿过话筒，里面跳出了一个女音："喂。"

王林惊喜道："安静？安静！你在哪儿？"

话筒里的声音可没有安静那份温柔："谁是你的安静？"

"你是谁？"

"我是安静的医生！"

王林吃了一惊道："安静怎么了？你是哪里？"

"一六三。"

王林把话筒一丢，要过通讯员的那辆破"永久"。可飞车奔到一六三医院时，才想起忘了问哪个科室。没法子，他只好先急救室，再外科，再内科……逐个科室地跑。连跑了四五个科室，还没见到安静的影儿。正着急时，他猛然想起妇产科，拔腿就往那儿奔。结果在病房门口与一个白大褂、蓝桶帽、大口罩，只露出一双大眼睛的人撞了个满怀。

"大眼睛"后退几步站定，愤怒地瞪了他一眼，接着又眨了眨眼问："你，是安静丈夫？"

"是，是。"

"大眼睛"把口罩一摘，露出一张漂亮威严的脸，说："当丈夫有你这样当的吗？妻子一个人来做这种手术，你也放心？是不是过去做 B 超发现是女孩，瞧不起？我告诉你，今年世界妇女大会就在中国开，你不怕到时我向大会控告你歧视妇女……"

"大眼睛"劈头就教训王林。王林见妻心切，也顾不得解释，只不住擦汗，一个劲点头，待她训完了，才小心翼翼问安静在哪里。

"大眼睛"朝东间一指说："506。"

王林跑进 506 室。安静躺在一张病床上，浑圆的身体突然间清瘦如竹，苍白憔悴的脸无力地侧向一边，眼帘无精打采地耷拉下来。

她腹部那个美丽的"小山包"消失了。

听到脚步声，她睁开一条缝，见是王林，艰难地挪动一下身体，让王林坐在床沿上。

安静吃力地张合着无一丝血色的嘴唇说："爸、弟、妹，没事。"

王林咬了咬嘴唇回："嗯。"

"乡亲们也……没怪你。"

王林轻轻地抓过她的手。由于失血，她的手冰凉。

邻床的产妇被从产房里推回来了。不久，医生抱来一个白白胖胖的婴儿，打开一盒印泥对产妇说："瞧你儿子多可爱。请在他的小手上盖上手印。"产妇苍白的脸上溢出两朵喜悦的红晕，用食指在儿子嫩嫩的手背上印上红指纹。"让我看看乖儿子。"一个小伙从医生手上抱过儿子，幸福地在那张小脸上咂上两口。医生赶紧把孩子跑过去，责怪道："轻点，孩子的脸可比你妻子的脸嫩得多。"产妇的亲人齐笑。

安静轻轻闭上眼，把脸慢慢扭向一边。

两颗沉重的泪珠，流星般滑过苍白的脸颊。

终于等到了一个有钱的日子，二十八日，发工资的日子。一吃过早饭，王林就和军官们一道走进司务长办公室，他只拿一百元作伙食费，其余的还账。

这时，财务股吴股长带着两个助理员来了。王林赶紧迎上去握手，说："财神爷来了，咱五连看来要发笔小财。"

"我们想来五连查查账。"吴股长和王林握过手说，然后就让司务长把账本拿出来，交给两个会计清查。

房里一片沉默，只有两个会计有条不紊地翻动账本的声音，突然，一名会计抽出一份账单交给股长。股长看了一眼，亮在二排长面前，问："这是怎么回事？""这……"二排长支吾着求援似的望着王林。王林走近一看，是二排长的三千元借款单。他立刻明白了那天通讯员给他的三千元的来历。但王林却不知股长是被这单子引来的。那天，司务长手头的伙食费被二排长借得一文不剩，只好又到财务股去借款，由此，财务股怀疑五连的经费使用有问题。

"这钱……是我用的。"王林低下头。财务股长就把借款单放在王林眼前的桌子上，神情严肃道："王指导员，你这钱是用在公事上，还是私事上？"

"我……私用了。"王林脸上已爬满汗水。

副连长向排长们使了个眼色，就一块知趣地出去了。

"那你……最好先有个思想准备。"股长斟酌着对王林说。大家无言地坐了半晌，股长带着两个助理员要走。

这时，副连长和排长们回来了，在门口挡住股长。

副连长把一叠票子送到股长手上。

"你这是啥意思？"股长看着手里的钱问。

"这是我们大伙刚领到的工资。给指导员先还账。"副连长说。

接着，他又向股长说起王林为了连队工作，老母亲病故都没回家，以及为什么借连队公款的情况。

股长默默地听完后，开始在房里踱步。半天，他似想起了什么，转身问司务长："小刘，好像王指导员借钱那天，你在电话里请示过我吧？"

司务长怔了怔，然后一个劲点头："对，对，是经过你同意的。"

"你瞧我这记性。"股长似是很后悔地拍着自己的脑门，对两个助理员说："这段工作实在太忙了，竟把这事给忘了。当老大不容易呀，你们现在还没有体会，等以后我把这股长让给你们当，就知道了。"

股长走过来摇着王林的手说："对不起呀老弟，误会你了。"

股长走后，王林问司务长："那天你向股长请示过？"

司务长笑着直摇头："我也和股长一样，想不起来了。"

王林哦了一声，回头望着大家，握着副连长的手。

"指导员，今天我得说你两句。"副连长真诚地望着王林，"以后你也得想想自己，世界那么大，有困难的人多了，你老大老大的帮得过来吗？"

王林不出声地苦笑。

15

大比武的前一天，王林和副连长商量，决定在伙食上给兵们再鼓把劲。

大清早，副连长蹲到猪圈里，看着炊事班杀肥猪。炊事班班长割下猪肚，洗净，他就把手伸过去说："拿来。"炊事班班长笑着说："知道副连长爱喝猪肚莲子汤，炖好了再给你送去。"副连长立刻把脸一沉道："我副连长也够格？""那谁吃？""一头猪几个猪肚？""一个。""我们连在这儿有几个嫂子？""嘿嘿，就指导员嫂子……"

这天，团里开会，布置大比武有关事宜，同时进行"希望工程"活动总结，王林将两个馒头咽进肚里，让兵们去训练场做赛前准备，他去开会。

正要往自行车上跳，通讯员给了他一封信。一看，是辛温父亲写来的感谢信。信中说部队是个全心全意为人民服务的大集体，连队是个温暖的大家庭，说他是战士的好领导、好兄长云云。

王林在会议室门口，看见了在那儿登记到会人员的刘干事，便把手伸过去说："刘干事，辛苦了。"

刘干事抬头看见他，接住手握了握，又拍拍他的肩说："王指导，我服了，还真有你的。"

正如刘干事说的，主席台上果然挂着一面锦旗：奖给"希望工程"活动先进单位。

第一排是营官们的，他坐在第二排。会议由团长主持，首先是参谋长布置大比武事宜。然后是政委总结"希望工程"活动。奇怪的是，政委几乎点了所有连队的名，唯独没五连，直至团长宣布散会后，才用眼扫了他一下，说："五连指导员王林同志请留下。"

王林预感可能要发生什么了。但见团长悠然坐在他面前，点了一支烟，用嘴里的烟雾喷着手中的烟蒂，又掏出那串问号。"五连第一任连长是谁？一九五五年挂三个啥衔？"王林低着头，"辛有光，肩扛三颗金星，上将。""第二十任指导员呢？""李国安，是我们现在的军政委。""第三十任连长呢？""是团长您。""那第三十五任指导员呢？""我，王林。""我以为你忘了呢。"团长突然把刚燃了一半的烟卷朝地上一丢，用脚一踩，啪地把一叠纸摔到眼前的桌子上。王林一看，是厚厚的一封与辛温父亲写给他的那封信字迹一样的信，还有他给刘干事的那三张汇款单复印件。团长开始训人："王林呀王林，胆子不小呢，这种钱你也敢马虎。这是犯法知道不？你这指导员，党支部书记的法纪观念哪儿去了？"

王林默默低着头，一声不吭。

团长又摸出一支烟，缓和了一下语气道："有人建议处理你，我说算了吧，这捐款虽说没专用，但也没歪用，更没进腰包，让我狠批他一顿行了。唉，不当老大的人，哪知当老大的滋味，难哪——"

王林这才缓缓抬起目光说："我能说说吗？"

团长说："我当然希望听听你对自己错误的认识。"

王林却说："我没错。"

团长降下的声音又陡然提高了几度："还想强词夺理？"

王林从胸兜里掏出那份已折得皱皱巴巴，字迹模糊的通知，念道："第一条，捐款的使用方式有两种，一是上缴机关，再统一分配给偏僻落后的地区；二是各连队直接寄给有失学孩子的贫困家庭。"

团长说："帮助孩子上学与帮助别人治病救伤的区别，你不会不懂吧？"

王林说："据我了解，辛温不仅有个弟弟在住院，而且有个妹初中没毕业就辍学了。""这……"团长竟一时哑然，盯了王林一阵，才低头收拾信和复印件，"你小子把文件精神吃得挺透嘛。"他朝王林挥挥手，"回去吧。"

王林起立敬礼。团长低头收拾东西没理他。王林转身往外走时，心里仍有余悸。果然，团长又在身后叫他："王林，你给我站住！"

王林刹住脚，惶惶回过头去问："团长，难道我又错了吗？"

团长却笑着走过来说："明天大比武军政委要来，就看你五连的了，最好别让我们这些老五连丢脸。"

"是！"王林身子往前一挺，"请老连长放心。"

码头上似在举行什么庆典。王阳河里，秋水映着蓝天，映着白云。河畔，钢舟成阵、兵立成行。堤岸上的观礼台上，坐着军区、军、师、团首长。那面鲜艳的绣着"比武第一名"字样的大锦旗，高高地悬挂在主席台前。高音喇叭正播放着中央人民广播电台的《今日要闻》：

"据中央气象台预测，今后一周内江南地区将出现大面积特大暴雨，望各地做好抗洪救灾准备……"

五连整齐地集合在河堤上。王林给兵们做着最后的动员。

"第二名我们要不要？"

"不要——"兵们齐声呼喊。

"那我们要啥？"

"第一名——"

兵们的吼声冲下河堤，推着王阳河奔流不止。

"砰——"

信号弹在蓝天划出三道耀目的彩弧。

导　师

A

我突然有一种初生婴儿剪断了脐带，一头扎入一个神秘、新鲜、充满诱惑的世界的感觉。

这种感觉是在背着妻子塞满的那个圆鼓而沉重的行囊，走下始发于故乡的那列火车的那一瞬间产生的。

我走了 30 年的路，走过很多的城市，游过不少名山，但还是头次涉足眼前的这座城市。我读了近 20 年的书，小学、中学、大学、研究生院，然后又工作了几年，可这次要走进的学府，对我来说却是这般陌生，这般高深莫测——国防科技研究院。

炽热的太阳瞪着大地。红"夏利"风驰电掣般跑着，远去了，急速扑向身后的柏油路。故乡晴朗无垠的天空，斗室里飘绕的奶香，女儿毫无顾忌的嘹亮的啼哭，妻子喜悦里饱含不舍的目光，远去了。潮湿的散发着霉味的空气，火焰般灼人的暑浪，从敞开的车窗袭涌进来，凶猛地扑向我的面颊，我的胸膛。

拱着火膛般闷人的红金属壳，举目望一眼横在面前的研究院大门，我第一眼看见的是一个木桩似的立在太阳伞下、斑马纹台上的士兵，他腰佩手枪，身板笔挺，肩上有一条面条似的细黄杠。是名新兵，我从对军营极有限的了解中判断的。注视着哨兵，我这还没正式穿上军装跨入军营的老新兵，竟先有了几分英武和威严感，尽管30岁的人不该这么容易激动。

可激动中，我又似一个六七岁的孩子，第一次背着书包走到学校门前，莫名地涌起几分恐惧和茫然，仿佛哨兵身后是个神秘莫测的迷宫。在这一点上，我的确不如正从我身边擦身而过的这个老头。瞧他，低头，背手，看都没看哨兵一眼，就直往大门里闯。其实，我看他也并非什么人物，穿一套时下只有农民才穿的的确良军装，还是旧的，洗得都快没有颜色了，袖口、领口都已磨花。尽管裤筒肥大，但仍看得出它裹着一双罗圈腿。头顶秃得在阳光下锃亮锃亮。老头大概把眼前的营门误认为自己看守的大门了，不然，他怎会如此目中无人？

"夏利"走了。我站着没动。不妨先看看这老头是怎样"闯关"的。

"站住！"

老头果然得意得早了点，刚走到哨兵跟前，哨兵把戴着白手套的右手一伸，挡住老头。

老头大概想着哪天发工资这样的美事走神了，愣了愣，然后慢慢抬起头问："干啥？"

哨兵声音威严："证件。"

老头一愣，把反剪在身后的手放下，嘟囔："瞧你这态度，也得先给我敬个礼呀！警察纠察司机，还叫声同志，敬个礼呢，何况我们军人。"

我注意到了老头话中的"我们"二字。他跟我们军人套近乎呢（"我们"二字我好像也用早了点）。但哨兵似乎并不理这茬，加重了语气："证件！"

老头大概也自知理亏，开始乖乖地掏口袋。可摸索半晌，掏出的还是一双空手，只好脸上堆起些歉意说："我忘带了。"

哨兵手朝边上一挥："那请你回去带。"

老头说："我的证件在里面。"

哨兵便把目光抬起，不再理他。老头老实了许多，低声对哨兵说了句什么。可惜我没听清。但哨兵还是不理他。没想到这老头脾气还不小，跳起来了，说："你问院长去，院长知道我是谁！"

怪不得人家有气势呢，原来有后台。可充其量也就是院长家后花园的花工吧？再不就是与院长隔着不知多少层的亲戚？在这里摆个啥谱哦，真是狗仗……

"对不起，没有出入证，谁都不让进。这是我的职责。"哨兵好像并不吃老头这一套，不卑不亢地说。

这时，一名军官朝这边走来，大概是听到了这里的吵闹吧。军官肩上一根红轨挑两颗银豆。中尉。这我知道。有老头好看的了。

"吵啥呀？"中尉首先问新兵。

"这个看门的老头没证件却要往里闯。"哨兵指着老头说——哨兵对老头身份的判断，居然与我不谋而合。

中尉转身看那老头。我想"戏"的高潮该出现了。可没想到老头同样没把眼前的中尉放在眼里，哼了一声，把脸扭开。更没想到的是，中尉一愣神，啪地一个立正，唰地一个军礼，还赔上一脸笑，说："真对不起您老，只怪我的兵有眼无珠。"

这就怪不得人家拿架子了。老头手往背后一剪，脸朝边上一扭，对中尉满脸的歉意视而不见。

中尉保持着笑脸，毕恭毕敬做了个请的动作："您老走好。"

真是个不识敬的倔老头，见好不收，反往边上脏兮兮的水泥台上一坐，道："我不走。"

中尉诚惶诚恐问："为啥？"

老头瞟一眼哨兵，说："他还欠我一个军礼。条令规定，纠察之前先敬礼。"

看来这老头不可小觑，起码部队里的道道比我明白。怕是年轻时当过兵。

"这好说，我代他给您补上这个礼就是。"中尉马上立正，拉拉衣襟整理利索了，向老头连抬三次手。

这回该走了吧？我想。哪知我又一次失算了。老头居然得寸进尺："不行，是他纠察我。"

中尉立刻严肃了面孔，把新兵拉到一边，命令他给老头敬礼。新兵木呆呆地执行了命令。

老头终于从水泥板上直起身，拍着满屁股的尘土，大摇大摆地走进了大门。

但"戏"还没完。中尉居然训起了新兵："你真是个新兵蛋子，连院长跟前的大红人都敢拦！"

这中尉也真是，被人家轻看，心里边窝囊，这可以理解，但也不能把气向兵身上撒呀。这样干，马屁拍得也太不含蓄了，不就是院长家的一个花工嘛！

这让我多少有些失望。这年头，社会上的马屁术越拍越精，就差没在大学开设马屁专业，广招门徒，发国家承认的学历了。原以为部队一片净土，不想也被污染到了这份上。

新兵让中尉训得一愣一愣的，问："他是院长跟前的大红人？我怎么不认识？"

"你认识他？他也是你认识的？"

"他是谁？"

"问那么多干啥，新兵蛋子！"中尉又熊了新兵一句。

部队，军校，也不过如此耳。

我提上圆鼓沉重的行囊，大步走向营门。

B

导师。

老板。

天南地北的两个词，两类角色，如何生拉硬拽，我也难把他们扯到一块儿。

可我入学的第一天，就听到一些研究生把导师叫"老板"。邪不?

可能是一种时髦吧。像时下有些年轻人，把妻子叫"猫咪"。入学第一天的感觉只能让我这样理解。

起码我的导师不该像个腰缠万贯的"老板"。我是来上学，不是来打工赚钱。要为了钱，我绝不会走进这个陌生的天地。要知道，我妻子正坐月子呢。

来前一知交好友听说我要"三进宫"，不认识似的上下打量我一番，伸手摸摸我的额头问："你没发烧吧，这时候还有心思去钻'象牙塔'?"

我认为自己并没吃错药。一切就因为上半年那次评职称。今年所里就一个副高指标，按说，这非我莫属。"学术带头人""课题主持人"……我的这些个"头衔"，可不是混混能混到的。可结果是，机会扑进了另一个平庸复平庸的工程师的怀抱。原因只一条，他博士学位，我硕士学位。听说，这是上头的意思，说是为保住人才。好像只有博士生才是人才，而我这硕士生就是庸才。学位不等于学问，这道理今天已肤浅得只有我那刚降生的女儿才不懂。可有些人，还死抱着学历即学问的教条不放。我心里暗暗悲哀。

刚经历过生死难关的妻子说："你也念博士去，只要能争回这口气，我们唱几年《十五的月亮》，孩子我一个人带。"

一个女人都咽不下这口气，我这堂堂五尺须眉倒可以没点血性？当然，攻博，也不仅仅要跟谁赌这口气，也为把底子扎厚些。搞专业的人，要想有所发展，谁也绕不过这个"官"。

结果，我在考博时，给了那些"学历即学问"们一个大大的难堪：总分全院第一。

院里组织面试时，我的导师正在美国访问。他从电话中得知我的考试成绩，回话说，面试就免了，这个学生我收。得知这个消息，我真有些骄傲，既为自己的成绩，也为找到了一位开明的导师。他可是我从近百所高等院校、研究院（所）的数百名博导中，沙里淘金似的挑的。不过，话又说回来，任何形式的面试，在我那第一名的成绩面前，都显得多余。

因此，直至报到前，我还未见过导师。对他的唯一印象，就是在原单位道听途说来的，至今也无法考证的那个关于他出国的故事的真假。

此时，我得说明，关于导师的名字我是不能公开透露的，只能说他姓岑，岑教授。这属于保密范畴。至于他这样的人出国，就更是要保密了，不仅不能公开启程时间、到达地点、活动日程，还需在护照上更名换姓，由国家安全部提供安全保护。可在临行前几天，国家安全部在监听某国电台时，还是听到了这样一则消息：中国国防部将派出一名高级激光专家来访。这使他险些不能成行。最后虽然出去了，也安全回来了，但听说安全部提供了一级保护措施。

我的导师应是位衣冠整洁，一头银丝梳理得一丝不乱，手拄拐杖，举止儒雅的老科学家。在见到导师前，我就根据流行的概念在心里设计了他的形象。

导师的神秘来自他所研究的那个神秘的课题。这个课题的名称、性能及其用途，也不能公开透露了，只能说它代号叫"0系统"。至于它的价值，就只能借用一位老诗人兼作家的话来形容了。这位诗人兼作家不知从哪知道我导师从事的课题，激动地说："0系统一旦研制成功，中国的孩子和美国佬玩弹弓，说要把石子打进美国佬的大嘴里，就绝不会弹在他的高鼻子上。"

0系统就是这么一个东西。研究它的人水平咋样，不用说，大家也明白。这也是我在数百人中选中他的唯一原因。

我这导师能像个钻钱眼的"老板"吗?

我是这天上午10点一路打听着找到研究生院为我安排的那间宿舍的。这是一间和我家那斗室差不多大小的房子，墙面粉白，地板洁净，两张写字台临窗摆着，两张铁床倚墙而放，床上物什叠放得井然有序。一站在门口，我立刻感到一股清新扑面而来。军校的宿舍，与我过去在地方大学泡过的那些个"窝"的确不一样。那的确只能算个"窝"，被子卷着，物什散着，空气里啥时都弥漫着一股说不清什么味道的味儿。

一个人背朝门口，伏在写字台上，专心致志地写着什么，对我的到来似乎丝毫没有觉察。这无疑是我的室友了。

"咚咚。"我不能贸然闯入这个新家，先敲了敲敞开的房门。

室友回头看见我，赶紧搁笔起身迎上来。左手提过我沉重的行囊，右手热情地向我伸来说："欢迎你，爱平。"

他怎么知道我的名字? 这是头次见面。

他大概看见了我脸上的疑惑，便自我介绍说："我叫龙斌，是你师兄，我俩同一个导师。"

原来我们不仅是室友，还是师兄弟呢。我不禁细看了一眼眼前这位师兄。这可真是位名副其实的师兄，瘦削的脸上爬了不少皱纹，不多的头发里白发却不少。起码四十好几了。

"这是你的床位和东西。"龙斌指着我身边的铁床说。

我瞄了一眼这张床，就立刻意识到我费了九牛二虎之力搬来，妻子用整整一个晚上准备的那个圆鼓的行囊中的春、夏、秋、冬衣，在这儿除了能表达她的爱慕和思念外，其他意义已是微乎其微了。我的床上，已铺着崭新的被褥。草绿色军被叠得方方正正，白床单拉得平平整整；码在床头的衣物也井然有序，里边有马裤呢冬装、军大衣、衬衣、皮鞋，甚至还有裤衩。说句粗话，要是不要脸面，光着屁股来上学都行。

这些，无疑是师兄替我领来的。我一高兴，当即扒下便服，穿上军装，又让师兄去向女同学借了只小圆镜。还真别说，每件都似为我特制般合身。高兴之余我又纳闷了，从未谋面的师兄龙斌，咋知道我服装的尺寸？

"你档案里不是有体检表吗？"龙斌说。

哦，那表上有我的体重和身高、胸围。这师兄可真是个热心又细心的人。

龙斌给我泡了一杯茶。见我满头是汗，又去洗漱间端了一盆水，泡上毛巾，像服侍小弟弟。虽然让我这30岁的男人感到有些难为情，但也有一种久违了的当弟弟的感觉。

打工仔，哪有我这福分？又哪会有我和师兄这情分？

"等会我们师兄弟到馆子里喝一杯，我做东。"我说。为感谢他付出的这份热情。

"免了吧。"已重新回到桌旁的龙斌抓起桌上的半块干吃面啃了一口（显然是早餐），瞟了一眼桌上那本写了一半的稿子，"我正赶毕业论文。刚才忙别的去了，中午得加班，把时间补回来。"

这时，我已明白他刚才忙什么去了：给我领服装。他如此说，我这东就更非做不可。在我不屈不挠的坚持下，他最后还是答应了。

不敢在宿舍多打扰师兄。我出去打听着找到院电话站，给妻子挂直拨。妻子听说我已安全到达，轻舒了一口气。又听说我当兵有那些优待和一位热心肠师兄，她说早知这样，你早该离开那个鬼单位，夫妻俩合唱《十五的月亮》了。妻都是做妈妈的人了，谈笑间还流露出几分少女的浪漫。末了，我还从话筒里听到几声女儿嘹亮的啼哭。

中午，为表达我的谢意和真诚，我点了满满一桌菜。只可惜我不善酒，啤酒二两就脸红。叫人更遗憾的是，师兄竟还不如我，汽酒两口就头晕。因此师兄弟喝杯酒，只好改为喝杯茶。

席间，不可避免地谈到了我们共同的导师。我师兄不仅不叫他"老板"，而且一口一个导师，特亲切，言辞中更是充满了对导师的崇敬。这更让我坚定了当初的选择，也愈发刺激着我早日见到导师的渴望。师兄似乎了解我的急切心情，告诉我，导师知道我已报到后，已安排今晚见我。

我像当年谈恋爱时期待约会似的期待着去看望导师。

下午，我独自在校园里转了转，心情格外兴奋。的确，这儿的人，这儿的物，这儿的一切，无不向我传递出新的信息。就说我吃晚饭的食堂吧，就让我这在地方大学那人声嘈杂、满目水渍、油腻的餐厅里混食了近十年的人耳目一新，几十张饭桌像兵阵般整齐排列，数百名军校学员就餐时悄然无声，有一种肃然有序的美感。

终于和龙斌一块踏上了那条通向实验室的水泥路。朦胧的夜色，犹如少女的面纱，轻笼着美丽温馨的校园。一钩弯月轻盈地钩着树梢。轻风温情地抚动着柏树婀娜的身姿，发出"沙沙"吟唱。校园如诗，如画，如梦。可此时，我却无暇欣赏这迷人的夜景。我的心早已飞向"0 系统"实验室——

"到了。"

只听龙斌说。

眼前是座在朦胧的月光下显出几分破落迹象的红砖小楼房。难道这就是大名鼎鼎的"0 系统"实验室？但周围的确没别的房子。我似乎有些失望，只能用一句古语安慰自己：山不在高，有仙则名；潭不在深，有龙则灵。

小楼的周围倒是笼罩着一种神秘的氛围。四周是高高的围墙，墙上插满了在月光下忽闪着寒光的玻璃碴，还拉着铁丝网。门口一块醒目的白牌，上刷八个醒目的红字："闲人止步，谢绝参观。"沉重的大铁门已紧闭，只开着仅容一人进出的小铁门。门内依稀可见一名荷枪实弹肃立的士兵。士兵身后是一间小房子——传达室。

一个老头正坐在里边看报纸，手摇着大蒲扇，两腿盘在藤椅上，袒露着两只老姜似的脚丫子。两只农家妇女衲制的布鞋，在两条椅腿边一竖一横。一件磨花了领口、袖口的老式的确良军装敞开着，无毛的头顶在日光灯下忽闪着光。

我乐了。

这不是上午在大门口和哨兵吵架的那位吗？果然我没猜错，是个看大门的老头，只是没想到看的是我将工作几年的实验室的大门。

"咔嚓！"哨兵向我们敬了个漂亮的持枪礼。龙斌抬手还礼后，和哨兵嘀咕了几句。哨兵点点头。龙斌便回头招呼我进去。

如果说，"偶然""巧合""想入非非"……这些词，过去我更多的是见诸报纸、书本的话，那么眼前的事实则给了这些词一个活生生的注解。瞧龙斌把我带进什么地方吧，传达室！又对那个老头叫了声啥？

导师！

难道偌大一个中国光学界权威，堂堂的博士生导师，出国需要国家安全部提供一级保护措施的国防科技专家，就是眼前这位普通得好像占了近十亿人口的农民一样的人物？我的心实在难以接受这个现实。

但不管我接受不接受，眼前这位是我的导师无疑了。

老头倒没怀疑我这个学生，他放下报纸、蒲扇，一边伸腿趿布鞋，一边往下压了压架在鼻梁上的那副老花镜，开始斜着眼审视我。

我感到不寒而栗。一双嵌在不苟言笑的老脸上的冰凉的眼睛，就够高深莫测了，再这么从镜片上方斜着看人，就更有了透人肺腑的力量。

这一刻，我恨不得地上裂条缝，让我钻进去。真后悔，在大门口有眼无珠，不知道他就是导师。

谢天谢地，老头终于扶正镜框，脸上露出些微笑。

幸好，老头上午光顾着和哨兵吵架了，没注意我这当时幸灾乐祸地站在一边看热闹的学生。

我极力作出小辈初次觐见长者的谨慎样。

胸腔里兔子般乱蹦的心终于安静下来。下边的程序，我就不用慌了，无外乎问问"生活习惯吗？""家里人好吗？"然后鼓励一番，最后再象征性地提几个专业问题。我读硕士时，导师第一次见我时就这样。

我和龙斌在老头跟前的藤椅上坐下，静观事态发展。老头金口紧锁，一声不吭地拉开身边桌子的抽屉，拿出一本小册子交给我。

导师是想试试我的深浅，要我解几道难题，或是写一篇论文呢。

我这样想着，从老头手中接过本子，打开。什么？《小学生字本》？我蒙了。

这时，老头说话了："利用军训的课余时间写完它。"

"写啥？"我还没转过神来。

"阿拉伯数字：１２３４５６７８９０。"

我的天，他不仅把我这博士研究生当小学生，还当刚启蒙的一年级娃娃！他这是——

我刚想问个明白，老头已从椅子上站起来，开始摇起了那把大蒲扇。

我和龙斌只好知趣地告辞。

在路上，我把那小本卷巴卷巴，信手塞进裤兜里。

"这事你可得认真。"龙斌提醒我。

我不以为然，仍让它卷在裤兜里。

"导师也真是怪，会见学生跑到传达室。"我嘟哝着。

"你还没办正式参军手续呢。"龙斌说。

"可我……"

倒也是，还没办理入伍手续，就还不是一名正式的军人，还不是"0系统"实验室的正式工作人员，有什么理由要求导师在国家一级保密地区——"0系统"实验室内接见自己呢?

C

我想，每一个像我这样在夏季从北方来到这个南方城市的人，大概都会诅咒太阳。

天空没一丝云，瓦蓝瓦蓝。太阳像只刚出炉的钢球，炽白炽白地定在空中，火辣辣地烘烤着楼房、树木、大地，仿佛要把地球引燃。

就在这个热浪滚滚的季节里，入学军训开始了。这时，我才明白，享有军人的那些优待需要付出多大的代价。三十八九度的高温里，趴在地上练瞄准，眼睛眨酸了，双肘磨出了血；踢正步，经常"金鸡独立"5分钟；集合像冲刺，起床如地震；看电影排队，吃饭前唱歌；让我最难堪的，是我这30岁的人竟突然间不会走路了。因我有点"外八"，那个做我弟弟都嫌小的下士小班长，为纠正我这个痼癖动作，竟要我走路罗圈儿——走"内八"。虽由于骨质老化，"外八"依然是"外八"，却让我"邯郸学步"了一个月。

可以想象，这样的日子，对于我这早已在地方院校和单位散淡惯了的人有多么难熬。它是我30年生命历程中第一次血与汗的洗礼。血与汗，就像庄稼地里的氮与钾，滋润着我的思乡情绪野草般迅猛生长。三天给妻子打一次电话，成为军训期间一项必不可少的科目，而且每次都要听听女儿的啼哭。每次拿起话筒就放不下，话费单压了一厚摞。

这样，耽误了导师布置的"作业"，就成为情理之中的事了。

说心里话，即便军训不紧张，我也不会认真去写那些劳什子。我知道，老头这样做的意思，其实和小下士罚我"金鸡独立"一样：给我这个老新兵灌输点服从意识。军训结束后，我开了两个夜班，草草填满了那两本方格子。

交"作业"时，老头仍然在实验室门口的传达室。他接过我的"作业"，先把眼镜压了压，扫了我一眼，再推正它，低头翻阅我的"作业"。我默立一旁，倒要看看老头是如何批改"作业"的。我得承认，他看得挺仔细，一页也没放过，并在最后一页上把1、3、5、7几个数字标上醒目的红圈，然后拉开抽屉，又摸出两本生字本，头也不回地递过来说："再写两本去。"

"写啥？"我问。

"阿拉伯数字。"

这……啥意思？让人服从也不能这样呀！我真想说："导师，你干脆像幼儿园老师那样，抓着我的手一个字一个字教吧。"可看着老头铁板般冰冷的脸，我还是没敢开口。

我纳闷、沮丧地回到宿舍。师兄又在伏案疾书，给我一个沉默的背影。我一屁股砸在凳子上，又将本子啪地朝床上一摔。

显然，我把龙斌的思路打断了。他放下手里的笔，转脸向我问："怎么样？"

"不怎么样。"我嘟哝着把"作业"扔给师兄，"你看老头批些啥？"

龙斌一看"作业"，大笑说："当时我就说了吧，你得认真对待。"

"这不是浪费时间嘛！"我发现自己开始对老头有些不满了。他这样做，除了折腾人，我再也找不到更恰当的解释。为人师表，岂能如此？真让人失望。

龙斌走过来，指着作业本上的 7，问："像 7 吗？"

"当然像。"

"像 1 吗？"

"也……像。"

他又指着 5 问："像 5 吗？"

"当然像。"

"像 3 吗？"

"也有点……"

龙斌严肃地合上本子，说："我们搞自然科学的，可来不得半点马虎。想想看，如果在设计图纸时，7 让人看成 1，5 让人看成 3，那后果……"

原来导师是……虽然勉强，也还有几分理。

看来我这博士生还真是个不合格的"小学生"。

这次，我再不敢马虎了，每个字都写得很工整。为不再写第四、第五本，更为了向老头表示检讨和歉意。

这回，老头藏在镜片后的那双眼睛终于向我投来一丝赞赏。导师已原谅我初次的不敬了。当时我心里轻舒了一口气。

可紧接着发生的一件事，马上证明我的上述判断，不仅不如一个小学生，简直就是个"弱智"。

结束军训，又办理完参军手续，我正式开始攻博。这时，我却突然理解了为什么有些同学叫导师"老板"。品味良久，就真心佩服起第一次把这两者联系起来的人来：这几乎是天才的发现，实在深刻至极。

这天，秋高气爽，阳光灿烂，是个难得的好天气。老头带着我第一次踏进"0系统"实验室。

这是块神秘的领地。除了那晚见到的情景，在大楼门口也站着两个荷枪实弹的士兵，检查出入人员的证件，也立着一块红字木牌："实验室重地，非请莫入。"

实验室内部看起来比其外观优雅得多。进第一道门，脱去皮鞋，换上拖鞋。进第二道门，穿上一个平时罩着塑料袋的白大褂。第三层是玻璃门，门后是个仅能容纳一人的铁笼子——去尘室，一阵阵清新的风从四周吹来，牵着你的衣襟，拂着你的发丝，轻盈地旋转、舞蹈，然后悄然而去，带走你身上的尘埃。这时，前边的玻璃门徐徐开启，展现在眼前的是猩红的地毯、洁白的墙壁、柔和的灯光。

置身此种环境，心胸豁然开朗。这才是我想象中"0系统"应有的环境。

正前方那间挂着绿布帘，旁悬"非本车间人员禁止入内"木牌的房间，无疑就是"0系统"的"心脏"——镀膜车间了。关于它的神秘，我在上学前就从出国人员带回的大量传闻中有所领教了。世界两大激光"王国"——美国、德国，它们的激光技术公司，无论是实验室，还是生产线都可以向你开放，参观也行，派留学生学习也行。但若想看看这镀膜车间，哪怕只溜一眼，对不起，没门，甚至连它在哪个城市，都不会向你透露。有不少国家曾向这两国公司派遣过不知多少技术间谍，结果都是瞎子点灯白费蜡，连在啥地方都没嗅着。

在"0系统"实验室，只有老头和龙斌才能进出这间房子。当然，以后我也将享此殊荣。我这么一想，心里就涌起一种"天将降大任于斯人"的责任感和豪迈之情。

果然，老头带着我经过长长的内廊，径直向它走去。

噫，怎么不往前走了？也不掏腰上的钥匙？右转弯？眼前的一扇房门尽情地敞着，一部石英磨砺机占了大半个空间。机器上有一行斑驳的俄文。凭着读硕时优秀的第二外语水平，我认出这是苏联的产品。它的色彩与它置身的环境显得很不协调。一个青年工人坐在机前一张高脚圆凳上，专心致志地按着飞转的砂轮，磨着一块小圆石英片。

老头拍拍小青年的肩说："我把人带来了。"然后回头对我说："你先向吴师傅学习磨石英片。"

老头说得很轻。可对我却无异于响雷震耳，我一下子惊呆了。

先瞧瞧眼前的这个"师傅"吧（恕我打上引号），一张毫无沧桑痕迹的脸，装模作样地蓄着一抹小胡子，在无比生动地向人宣布：我没文化。的确，我怀疑他是否拿到了高中毕业证。年龄也肯定比我小。

想想吧，让一个博士研究生去干工人的活，而且听命于这样的"师傅"，心里会是个啥滋味？

糟糕的是，这位被老头称"吴师傅"的小青年，竟对我脸上的惊诧毫不介意，他关上机器，用破布擦擦手上的石膏泥，就将一只油乎乎的手伸向我说："欢迎你。"

我有些犹豫地接住了这只黑手说："谢谢。"但随即便把目光转向老头说："岑老师，我的导师是您啊。"

老头摘下镜片，用手指蹭着，望着我说："孔子曰'三人行必有我师'，实验室的每个人都是你的导师。"

话可以这么说。但哪有这样带研究生的？攻博的程序一般是，先选定论文题目，然后围绕选题学习基础课，再作论文，最后写论文。让一个博士研究生先当工匠，磨石英片，这样的带法，我还真是头一次领教。

"可我是来攻博的。"我嗫嚅着。

"你是说磨石英片不是学问？"

老头信手从机台上拈过一块晶莹剔透的小圆石英片，在我眼前晃了晃。

"日本的小原英子把它磨到 5 个 A，获得了博士后。"

我也清楚，这不仅是个学问，而且是个大学问。石英片的平整度 5 个 A 是什么概念呢？打个比方说吧，假若那些组成石英片的基本颗粒，是一个个士兵，让这一个个兵站成我们军训会操时那样整齐划一的横队，也只不过 3 个 A。

问题是，我 30 岁穿军装，抛妻离子进军营，承受军训的劳力之累、牛郎织女的劳心之苦，并不是我有多高的思想境界，来保卫祖国、献身国防；不是这几套军装真那么诱人，也不是《十五的月亮》优美动听得让人真想体验一下分居的情趣。我和妻子的生活观再浪漫，也还没浪漫到这份上，尤其在女儿出生才几个月的当口，除非如那位朋友说的，我吃错药了。我更不是来学手艺，当工匠，磨这些石英片的。我是来攻博的，然后拿高级职称，再从那个斗室搬到一套二室一厅的居室，实现事业的飞跃，争回那口冤气的。

请原谅，我的确把职称看得很重。其实，知识分子大都把职称看得很重。职称是知识分子生活中的"龙头"，它上去了，工资和住房也跟着上档次。职称是一种个人价值的外在体现，是社会对一个人的一种认可形式。

"可我是攻理论的，而不是学工艺的。"我又斗胆抬头嘟哝了一句。

这时，老头把镜片压了压，斜着眼看我，又一次把我的脑袋压得低低的。

"小伙子，可不能太专了，学宽点好哇。"

假如我大学刚毕业，假如没有前次做作业对他的不敬，假如我光棍一个，假如我还没孩子……兴许我会向他点点头。问题是，上述假设都不存在，而且我妻子还在休产假，独自在家里孤独地承受着一个家庭的担子，被成堆的尿布、奶瓶、锅碗瓢盆围困着，我这个丈夫、父亲、博士研究生，能愉快地进入一个工匠的角色吗？

整人，纯粹是对我那个小小"不敬"的报复！我只能这么理解。虽然这时我感到他的手正按在我肩上，语气又显得如此意味深长。但可以肯定，我低垂的双目看不见的那张架着老花镜的脸上，一定挂着那天在大门口我看到的那种微笑。

可我只能把怨气压在心底。

一个研究生在导师，不，在"老板"眼中，就像铁匠铺里的一块铁，爱怎么锻就怎么锻，全由人家的好恶。再说，既然穿了这身军装，就是军人，就身不由己了，就是他命令我去跳楼，我恐怕也得去爬梯子，何况只是让我磨磨石英片。

再苦的果子，也只能吞了。

此时，对当初选择了这个学府、这位导师，我是该骄傲、自豪、庆幸？还是该沮丧、悲哀、痛苦呢？

从此，我就坐在那个高脚小圆凳上，整日干着那个枯燥乏味的活儿：磨石英片。

这与那些去海南给房地产老板刨椰树根的打工仔何异？

这样的导师，不是"老板"，又是啥？

D

水煮活鱼，糖醋排骨。往日让我胃口大开的两个菜，今天却吸引不了我手中的筷子。此时，我只对抓在手中的这个玻璃瓶中的液体感兴趣。

我很想找个人倾诉，倾吐我心中的苦水。可在这举目无亲、初来乍到的陌生之地，谁来聆听我的倾诉？酒，只有它愿意和我交流，安慰我苦闷的心情。

一阵清脆的铃声响起。饭店里有直拨电话。给妻子挂一个吧，她是唯一愿听我倾诉的人。

电话很快就通了，传来了妻子脆生生的一声"喂"。但我张了半天嘴，也只呵出了一串酒气，然后在一串急促的"喂"声中，把电话挂了。我能告诉她什么呢？说我在受苦？受难？受歧视？幸福让另一个人分享，幸福就增加了一倍；痛苦让两个人承担，痛苦也膨胀了两倍。难道她现在为我承担的痛苦还少吗？

还有，我在她心目中筑起的那个光环，还能存在吗？她之所以和我结合，之所以抛弃自己的一切，事业、荣誉，全力以赴支持我，全因这个光环，她崇拜我，远胜于崇拜她自己。可当她知道，过去全班女同学心中的"白马王子"，如今是一名磨石英片的工匠，她会怎么想呢？

一路酒气晃回宿舍，又见龙斌伏案赶写论文的沉默、冰凉的背影。他大概对酒有着天然的敏感，我一进来，他就转过头来，抽了抽鼻子，笑问："师弟又上馆子了？啥喜？"

"没喜。"我冷冷道。然后把重心不稳的身体往床上一扔，不再理他。

他笑了笑，也不理我了，低头忙他的论文。也许是人在痛苦时特别容易受伤的缘故，他这笑，深深地刺伤了我，就像被一只毒蜂蜇了一下，我的自尊心隐隐作痛。我觉得他笑得那么得意，甚至还含着几分揶揄。他当然得意了，博士论文一完，就是答辩，然后就是副高。而我呢，折磨刚刚开始。

躺在床上，虽头重如铅，却毫无睡意。我苦思着入学后老头为啥接二连三折腾我。终于，我猛地醒了。过去学木匠、铁匠的人拜师，还兴封个红包什么的，况且我是从人家手里拿博士。再说，现在比过去还要讲究这些。

晚上，我从军人服务社提了一瓶酒，当然是最昂贵的，外加一只燕窝，把刚领到的第一次军饷挥洒了一半。然后趁着夜朝导师家走去。

这种事，以前偶尔也干过。在当今，不干这事，还想办事？但不知咋的，每一次心里都别扭得慌，就像卖自己一样。知识分子就这毛病，把脸皮子看得特重。可今天，我是真不要脸了。

老天爷还算帮忙，没让月亮爬出来。路灯也稀稀疏疏、昏昏暗暗，没人看得清我这没脸的人。

老头住在一栋军干楼里，位置对我来说是再理想不过了：进大门的第一套。这可以避开多少目光呀。

我像军训中整理服装那样，扶正军帽，从上至下摸遍了每一粒纽扣，又拉了拉衣襟，然后迈上那个高高的台阶，小心翼翼地弹了弹拦在面前的第一道屏障：钢防盗门。

里边的门不紧不慢地开了，那张架着镜片的脸出现在眼前。一片雪白的灯光争先恐后射出来，照亮了我的笑脸、我的军装，还有我手上包装得花里胡哨的酒和燕窝。

"导师。"我隔着钢门亲切地叫道。

他往前靠了靠，又压压老花镜，隔门打量了我一阵，冷冷地道："同志，你敲错门了吧？"

"导师，我是您学生哪。"我说。老头定是眼花了，他年纪大了，又是晚上。这会儿，我又恨灯光太暗了。

"学生？我的学生？"他又压了压老花镜。

"您的学生龚爱平。"我进一步提醒他。

"不会吧，龚爱平是搞学问的，你不像他。我的学生我还不认识？"他一个劲摇头。

"但我认识您，岑教授。"看我笨的，但我也实在找不出更有力的证明自己的言辞了。

"教授在这院里多得是，你一定是找错了！"

他隔着钢门挥了挥手，嘭的一声关上里边的门，震得钢门轰的一声响。虽没碰坏手上的酒，却结结实实地磕了一下我的额头。

还有什么比这更窝囊的呢？把脸送过来给人打，人家还嫌你脸粗糙，干脆让门来碰。

我摸摸头上迅速鼓起的肉包，茫然转身，不想一脚踏空，在高高的台阶上崴了一下，多亏一个月的军训，双腿站功大有长进，及时稳住重心，才没落个嘴啃地。一瓶酒也再次幸免于难。

难道是老糊涂了，健忘？或是嫌礼轻，还是……

回宿舍的路上，我一边恍恍惚惚地走，一边苦思着被拒之门外的原因。但死掉的那些脑细胞都做了无价值的牺牲。

一进门，龙斌一眼就瞧见我手上的东西，又乐不可支地拿我打趣。

"师弟，又要请我喝茶了？啥喜？说说，让我也高兴高兴？"

"喜个屁，老板都不认识我这个学生了！"我既气愤，又沮丧。

龙斌瞄着我手上的礼物问："你去导师家了？"

我一声不吭坐到床上，默认了。东西还提在手上，想赖也赖不掉。

龙斌转身抱着椅背，哈哈大笑起来："不是导师不认识你，而是你不认识导师。"

我睁大了眼睛。

"师弟，我给你讲个故事吧。"龙斌放下笔，伸了个懒腰，"也解解乏。"

说吧，说吧，让我看看你的导师究竟是个啥模样。

龙斌神秘地笑笑，开始给我讲故事。

一天，院里传达上头的红头文件，实验室头头儿都参加。文件规定，各单位以后禁止滥发奖金和实物。大家听后一片哗然。有的说，现在闹转业的人够多了，尤其是中青年骨干，再不准发奖金，人心更不稳；有的说，军人待遇本来就不高，物价又涨得快，再没有额外补贴，日子没法过……

在满堂牢骚中，老头摘下老花镜，漫不经心地擦着，瞟着那份文件，摇头晃脑说："发奖金，发奖金，发没了思想工作，发坏了党风，发懒了领导，发散了军心。这文件好啊，早该下了！"

大家被他堵得哑口无言，闹哄哄的会议室悄然沉静下来。其实谁都明白他的话：爱发奖金的领导是懒领导，可自开了这个口子，人心早就散了，大家都形成了惯性心理，不发行吗？再说，大家毕竟都得了好处呀。这岑老头……众人只能在暗地里摇头。

"他这是患了中国人的通病——红眼。"我马上猜透了老头的心思。

我虽到这儿不久，但对像"0系统"实验室这样的科研单位的经济状况还是有所了解的。干这种周期长、难度大的课题的，一般都是勒紧裤腰带过日子。而那些搞应用性研究的单位就不一样，不仅资金来得快，而且都是长流水。因此，搞理论研究的一般都是眼巴巴看别人发奖金、分东西。我过去的研究所就这样。

龙斌笑笑，对我的见解未置可否，又讲了个故事。

那次，老头应邀去某单位鉴定一个项目，担任鉴定委员会主任委员。成果水平不错，鉴定准备也充分。鉴定会很快进入签字仪式。只等他这主任委员走向主席台，在鉴定书上签上大名，就功德圆满了。

在众目睽睽下，他走上台去，打开那个牛皮文件袋，发现里边除了一张鉴定书、一支派克笔，还有500元人民币。他笑了笑，从胸兜取下那支十几元钱的英雄笔，飞快地签了名。那个单位领导拿过一看，马上傻眼了：鉴定书上，老头"岑某某"的名字变成了"钱某某"。

那个单位领导赶紧从文件袋里拿出那500元，还有那支价值一百多元的派克笔，老头才愉快地更正了自己的姓。

结果，鉴定委员会的其他委员都乖乖地留下了那个文件袋。他这主任委员不拿，谁还好意思拿？就这样，他愣把大家的好事给搅浑了。

我似乎找到了老头不认我的原因了。但这原因同样让人不可理喻。在当今这大部分人为钱苦恼、为钱发疯，甚至为钱活着的年头，谁还会把钱拒之身外呢？除非他是不食人间烟火的神仙。

难道神秘的"0系统"实验室，也是一个神秘的仙境？我真有些怀疑，不然，老头的所作所为为啥与现实这般格格不入？

如果说，龙斌的故事让我认识了导师的话，那么他在我眼里就是——美国科幻片《星球大战》中的一个诡秘怪僻的外星人。

"我没想到你会去导师家，而且还……"龙斌看着床头的酒和燕窝直摇头。

"我还没想到他会让一个博士研究生去磨石英片呢。"我把目光扭向窗外。

"这很正常。"龙斌平静地说。

这还正常？我立刻还以揶揄："一个短跑运动员完全可以骄傲地对一个瘸子说：'跑步实在太容易了'。"

龙斌不可能没听懂我的话，但只是很有涵养地朝我笑笑，从抽屉掏了一大堆论文稿，捧到我身边坐下，俨然老大哥的样子拍拍我的肩，说要跟我话话他的"当年"。

有啥辉煌的往事、骄傲的成就，就尽情地抖落吧，在热衷于用光荣传统教育人、启发人、熏陶人的国度里生活了几十年，我早已习惯于洗耳恭听别人的说教了。

可这次我听到了怎样一个传统故事呢，真是大开眼界了。

首先，师兄起初也磨过一年石英片，而且磨到了 5 个 A 的水平，就用那台老掉牙的五十年代老苏援助的磨砺机。这可是日本博士后水平呀。其次，他这博士已攻了 8 年，而一般惯例为 4 年。而且他同样家在千里外，与妻儿分居。再次，摆在我身边的这堆论文稿的容量，起码相当于两个博士论文，内容不仅涉及"0 系统"的理论和工艺，还有未来的生产管理，且都是一流水平。可由于"0 系统"没完成，老头始终不安排答辩，因此境遇比我还尴尬，年纪四十多，职称和我一个样——中级。由于他职称得不到解决，职务、工资都比同龄人低，一家三代挤在一间小房里。

穿军装前，对军人的"奉献"二字就早有耳闻，没想到具体到师兄身上，竟是如此真切和残酷。至此，我也忽然明白了"老板"要我磨石英片的缘由了，一切都为了那个神秘的"0 系统"。"0 系统"就好似太阳系，"老板"就是太阳，而我们这些学生则是一颗颗行星，所有的活动都得围绕太阳转，都被控制在太阳系——"0 系统"的空间里。

在这一点上，他这导师可是名副其实的导师。

但对这一切，我的这位仁兄，却如此坦然地承受，导师叫得一声比一声亲，论文继续孜孜不倦地写，日子还在有滋有味地过。

我真佩服他，佩服他对现实和痛苦竟能麻木不仁、熟视无睹。

"0 系统"实验室的又一个天外来客，一个成功地超脱了凡尘，逃避了痛苦的"外星人"。

"师兄，你为啥这般死心眼，非吊死在一棵树上？"这回轮到我摇头了。

"师弟，你这样问我，是因为你还是没认识导师。"

他还是那副轻松样。

即便我认识了导师又会怎么样呢？难道会成为另一个"外星人"？我才不想。

E

这天，我刚走进实验室，就听见吴师傅在里边嚷嚷："龚爱平，电话！"

抓起话筒一听那声"喂"，就知道是她——妻子。高兴之余又有些纳闷，她为啥这么早来电话？还有她声音也似有点不对劲，吞吞吐吐的。尽管她说一切正常，只是有点想我，可冥冥之中，我总觉得家里可能有什么事。

啥事呢？

此时，我真是连揣测它的精力都没有了。说来笑话，我这30岁的一米七几的大男人竟活生生让那一块块铜币般大小、水晶般透明的石英片折服了。

整日坐在磨砺机旁的小高脚圆凳上，五指把石英片按在抹着石膏泥的飞旋的转盘上，为用力均匀，右臂抬酸了不能动，屁股坐疼了不能挪，眼睛都不能眨一眨，甚至连心里都不能有杂念，可谓全神贯注。一天下来，腰酸腿也疼。加之这破磨砺机，也像它故乡的特产——北极熊一样笨，操作极费劲，把人给折腾苦了。不出一周，我这没下乡种过地，未进厂做过工的白面书生，右手五个指头平生第一次长出了五个厚茧子。

更让人难以忍受的是，这个被老头称作"吴师傅"的愣头青，竟把鸡毛当令箭，像军训的那个小下士一样，把我这堂堂的博士研究生当成了他的小徒弟，不时眯缝着那双小眼睛扫描我，时不时走过来抬抬我手臂，扶扶我腰身，纠正我的姿势，让人厌烦透了。对此，我常给他不屑的目光。

不久，老头为从根本上提高磨砺水平，又让我协助"吴师傅"改进身边这台五十年代老苏援助的磨砺机。看这架势，我这"打工仔"生涯有一阵子熬的。我在失望的泥潭中越陷越深。

任是抵触情绪再重，老头的话还不得不听。此后，我除了磨石英片，还得协助"吴师傅"改造磨砺机。说是协助他，其实是他给我打下手：我绘图纸，他去动手。这样，我比从前更累了。

我自认，我不是那种有强烈表现欲的人，更不想出风头。可这次却非露一手不可了，为了心里急剧膨胀的对老头的不满，为尽快摆脱目前这苦难的处境，我决定写出那篇论文。尽管我也明白这种抗争是多么软弱无力，但仍希望能以此唤醒老头的良心，让他知道自己是在残酷地浪费人才，从而尽快结束我的"打工"生涯。

再说，论文也是职称评定的重要条件。别人可以随意糟蹋我，我却无权浪费自己，我要对自己负责，对未来负责。

那篇论文是考博前就酝酿好了的，思路早已烂熟于心，各种公式和数据也经过了实验，要不是过去那些个"学术带头人""课题组长"等有名无实的头衔所带来的琐事的耽搁，它早就问世了。它可是光学界的"冷门"，当初在原单位，我只说了说论文的选题，就博得了同行们的阵阵惊叹。我自信它在国家权威光学刊物上发表没什么问题，收入著名的四大科技论文检索系统也不是没可能。

那一周可累惨了。白天磨石英片，腰酸腿疼回到宿舍，还得继续画图纸。眼皮子都抬不起了，抹点清凉油，又写论文。身体就像那台老掉牙的磨砺机，强打精神连轴转，常有一种快散架的感觉。那天去院机关办事，经过那面整容镜前时，我发现自己就像刚走出原始森林的猴儿，瘦得都不成样了。

不过，身上这几斤肉没白掉，只用了9天，一篇洋洋洒洒近两万字的论文诞生了。

这天，我带着它和由它生发的几分喜悦和豪情，走进了老头办公室，把它放在他的办公桌上。

"导师，我写了一篇论文，请您斧正。"

我嘴上谦虚，心里骄傲得不行。

老头正敲打着电脑键盘，演绎一道公式。他侧目瞄了一眼标题，立刻敲了一下停止键，拾起论文凑到眼前看起来。良久，脸上的层层皱沟里破天荒地挤出一丝微笑，又连看了好几页，他才高兴地放下，说："好，做学问就是要这样，不要单腿独行，而要全面发展。"

尽管这微笑那么微不足道，这鼓励如此轻描淡写，但它就似挤出云层的一线阳光，久旱的土地得到的一阵毛毛雨，照亮了阴暗，滋润了干涸，让我激动了一天加一夜，我失眠了。

无疑，老头是被我的论文打动了，吸引了，当晚就看完，次日便让我去他办公室取论文。

我去时，他又在敲电脑。可这次他没有停，而且没说一句话，皱沟里的那丝微笑也不见了，连看都没看我一眼，右手敲键盘，左手拿过论文，递给我。

我火热的心马上咯噔了一下，我接过论文低头一看，眉头不由得皱起来。

老头在右上角空白处写了三个醒目的英文字母："C，C，C。"

医生诊病，在诊断书上写三个"+"，表示病情严重。老头审稿，批上三个"C"，又是啥意思？

又是一串"外星人"向人类发来的信号。

虽然我这凡人不能完全破译它，但能隐隐地感觉到这是一串危险的信号，就像那医生的诊断书。

我本想问个明白，但见他不停地敲键盘，一副不容人打扰的神情，又马上打消了这个念头。

我快快地退出他的办公室，低头朝我的岗位——那间石英磨砺房走去。砰，竟与人撞了个满怀。

懵懵懂懂地抬起头。龙斌。

"是你呀，师弟。"龙斌哈哈大笑着揉了揉被碰疼的额头，"看来咱师兄弟还真够亲热的。"

我不像他这个"外星人"，啥时都能乐起来。我反倒像只破皮球，长长地叹了一口气，"唉——"

"怎么了？"龙斌终于发现我情绪不对头。

我把论文递给他。他瞄了一眼，抬头问我："导师的意思你不懂？"

我点点头。

"真不懂？"

我又摇摇头。

他笑笑，开始为我破译密码，在论文左上角飞快地写了三个英语单词："Clean（整洁），Clear（清楚），Correct（正确）。"

这下我懂了，导师要求我卷面要整洁，抄写要清楚，观点要正确。同时，背后还藏着一句话：还行。我心里那线一度隐去的阳光又重现了。

我真服了，我的师兄真不愧是小"外星人"，让老"外星人"一点即通。

的确，我这凡人生活在他们中间，有着一种明显的隔世感。我不仅不适应他们的价值观念、生活方式，更难趋同他们的思维方法。在我看来，导师的这些做法，是晦涩，是故弄玄虚。我便向龙斌发起牢骚："干什么绕来绕去的，直说多痛快！"

"老弟，对于一个博士研究生，说得太直白，你不觉得像喝白开水吗？还是喝茶好，有品头。"龙斌挺深沉地说。

细想想，似乎还有些道理。

F

读硕时，我和同学们曾钻过一次牛角尖——讨论谁是世界上的最高统治者。有的同学说，美国总统最牛，指挥美军四处充当国际警察。但有的同学马上反驳说，这国际警察名不正，言不顺，到处遭人骂。于是，又有同学说，还是联合国秘书长最牛，说组织多国部队，马上就有国家响应。但同样遭到大家的反对，说联合国派出去的多国部队，连枪都不敢放，干挨打！唾沫飞溅，各执己见，就在相持难下之际，我慢慢站起身来，说了一句话，立刻赢得一片掌声，一片喝彩。

我说："还是金钱最牛，谁都是它的臣民，它的奴隶，谁不听它的，它就收拾谁。"

难道不是这样吗？

你看老头吧，他轻视甚至蔑视金钱，金钱很快就报复和惩罚了他。

海湾战争爆发了。如爆炸一颗巨大当量的原子弹，它的冲击波、辐射波，化作密集的无线电波，迅速向世界各地翻滚而去。

在中国，一时间，"海湾战争"的字眼塞满报端，战争报道布满荧屏。国人在会议室、家里、路上……谈论着同一个话题。举国上下一阵骚动。人们仿佛从睡梦中醒过来——现代战争已从人与人的直接拼杀，悄然转向高、精、尖的科技较量！

这时，一份经机要参谋译过的密码传真传到老头的手上：限期半年拿出"0系统"。理由简单——谁也无法计算战争啥时会摆在面前。

老头看完，沉思片刻，胸有成竹地拾起桌上的英雄笔，飞快地在传真报上签了字，退还给机要参谋。

他如此自信，自有理由。他和龙斌的镀膜技术研究最近有重大突破。当然，这里边也有我这个受歧视的学生的一份功劳——那台老掉牙的磨砺机，经我一番精心设计改造，磨砺水平连上好几个档次，吴师傅用它把石英片磨到了六个 A。这可是镀膜的基础。

夏天，被凉爽的秋风吹远了。菊花开了，树叶黄了。

秋天，成熟的季节，收获的季节。

"0 系统"在走过 28 个春夏秋冬，经历 28 次严寒酷暑后，也逐渐成熟了。第一个"0 系统"顺利组装完成。

听说晚年得子的父母，对其子都格外偏爱，甚至娇宠。"0 系统"就像这样的孩子，充分地享受着实验室人们的关心，甚至溺爱。人们为它特制了一个晶莹透亮的有机玻璃盒子，又包了一块鲜艳的红金丝绒，端端正正地供在会议室的大圆桌中央。

正式试机这天，大家早早地涌进了会议室。凝望着桌上那神秘的小匣子，人们期盼的目光里交织着喜悦与紧张。唯有老头依然从容不迫、平心静气，微靠在人造革旧沙发里，双目透过锃亮的镜片，悠然地瞄着"0 系统"。他今日那副老花镜架得出奇端正，这是少有的事。

人们如此关注"0 系统"，是可以理解的。等会儿电源一通，它能吐出那串飞旋的光环，就能申请专家鉴定，大伙多年的血汗和付出就得到了回报，然后就是立功授奖，就是上报科研成果、评职称、晋级，还可能有一笔数目可观的奖金。对此，人们整整渴望了 28 个春秋。这些，虽与我这老新兵无缘，但我仍然为此高兴，起码"0 系统"一完成，我就能结束"打工"生涯，专心致志攻博了。

按电键，别看动作简单，但它代表着荣耀，意味着功勋，不是谁都可以干的。享此殊荣的人，就像高楼大厦奠基礼上那铲起第一铲土的人，落成仪式上那个握剪刀的角色。今天，老头选择让龙斌担此重任。

此刻，会议室安静得能听到空气的流动声。

终于，龙斌站起来了，把颤抖的手指伸向了桌上的电键，按出一声"嘀嗒"。

众人的目光如数十条闪电划过会议室，把焦点凝到"0系统"上，等待那束渴望已久的旋光。可数秒后，它却像胆怯的新嫁娘，紧紧地躲在那个透明的躯壳里，没有出现。

众人的眼睛猛地撑得圆圆的。

这时，老头不紧不慢地走过去，慢条斯理捧过"0系统"，把老花镜稍稍压了压，端详了一阵，然后捧着它不慌不忙走进一墙之隔的检测室。

我知道，他之所以镇定自若，是他坚信自己的理论，问题可能仅仅出在某个细节上。

但突然，我听到了一声玻璃掉到地上的破碎声。

是老头鼻梁上的老花镜滑落了。

第一次试机失利了。

几天后，我的直觉得到了证实："0系统"不发光，的确是由一个细节问题所致——组装室含尘量过高。只需购进一套超净空设备，问题就迎刃而解了。可当我了解实验室情况后，马上就意识到，这个细节问题的确够老头喝一壶的。超净空设备一套数十万元，对于某些腰缠万贯的大款也许是小意思，可对于老头，这却是个天文数字。"0系统"实验室的科研经费一年就这个数，维持正常科研都捉襟见肘，奖金不敢发，连加夜班的夜餐费都不敢领。他到哪儿去弄这数十万元？

雨丝像绣娘手中舞动的根根丝线，密密麻麻、纷纷扬扬飘落下来。连绵的秋雨到来了。天空一片灰蒙蒙，沉甸甸。

"0系统"实验室被迫停止了一切科研活动。实验室里，女人们织起了毛衣，男人们稍有文化的看小说，没文化的甩老K、搓麻将。

贴满一脸白纸条的吴师傅告诉我，他进实验室好几年了，还是第一回这么自由自在。看他这麻木不仁的样子，我忍不住回了一句："假若日本鬼子再打过来，你这种人还会活得更潇洒。"

老头早没心思管这些，一个人不是像团灰面似的摊在办公室的椅子里长吁短叹，就是在长长的走廊上低头徘徊。我呢，竟也让他牵了魂似的，无论他在哪儿，都不自觉地远远守候着他、注视着他，不知是担心他会倒下去，还是出于对一个老人不幸际遇的同情。我发现自己是被感动了，被他的那种强烈的责任感，被他那近乎固执的执着感动了，不知不觉已原谅了他过去对我的折磨。这或许是知识分子的一个共同的性格特点吧，心肠特软，极易被人感化。

可我这一腔同情，也仅是同情而已，对老头又有什么用呢？在科研上，我也许可以成为他的助手。但这事，我们谁也帮不上他的忙。我们这些知识分子，搞科研，是高智商，但搞钱，却全是低能儿。

他终于发现了我的"监视"。他笑着对我说，不搞出"0 系统"，他绝不会死，让我放心磨石英片去。

让我去磨石英片，实在是扫兴。可我还是依了他，规规矩矩走进了磨砺房。然后趁他不注意，再溜到微机房里，继续修改、完善我那篇论文。

这天，一进实验室，协理员就通知大家扫马路、搞卫生，因为有一位国家机关领导要来院里视察。院里常有来检查工作的，每来一个，院里就里里外外、彻彻底底搞一次卫生。我参军才几个月，这样的活动就进行过好几次了，心里早腻歪得不行，于是，我到场后挥了几下扫帚，便借故去方便，悄悄溜回了实验室的微机房。

这时，老头背着手走进来，压低那副老花眼镜四下看，见只有我一人在，便问："人呢？"

在他锐利的目光下，我不敢撒谎："扫马路去了。"

"谁来了？"老头很敏锐。

"国务院财政部部长。"

"谁？"

老头抬手推正镜框，阴郁的脸上像突然划过一道闪电，甚至有些佝偻的身躯也在这一瞬间挺得笔直。

"国务院财政部部长！"我一字不落复述一遍。

"快走！"他拉着我就走。

对呀，这不是财神爷下凡了吗？瞧我这脑子！我一拍脑门站起身。

老头把我拉到实验室门口，拍着我那辆刚买的单车说："带上我。"

这真让我为难。这刚买的车是啥车？是单车修理店那个老师傅处理给我的破车，除了轮胎、坐垫没锈，其他没一个部件不锈迹斑斑。让自己的导师坐这车，这价掉得也实在太那个了。

但老头却一个劲催促："快骑呀，等会儿'财神爷'就走了！"

我只好把老头请到锈迹斑斑的后座上，一路"咔嚓"着向院办公大楼蹬。

天晴了，刚被秋雨洗过的天空瓦蓝。运气还不错。我刚在办公楼前刹住车，课间休息号就响了。部长一行人听了院领导两个小时的汇报后，正纷纷走出党委会议室，到外边活动坐酸了的腰腿。

老头跳下自行车，径直迎向由院长、政委陪同着的那个一脸福相的人。

这时我才注意到，老头身上穿着那身磨花了领口、袖口的的确良军装，这样走向西装革履的部长，仿佛一个乞丐把手伸向富翁。这让我这当学生的都感到了一丝窘意。

这时我又注意到，部长左右的院长、政委同时皱起了眉头。我猜想，定是院长、政委以为又不知哪里惹恼了老头子，他来向部长告状了。每逢上头要来人，院里都要再三给下边打招呼：天大的问题内部解决，家丑最好别外扬。

果然，院长马上过来挡住老头，小声着急地说："老岑，有事跟我说。"

老头却把院长往一边推，说："老纪，这事你难解决，我要见部长。"

院长一听肯定更急了，脑门都冒汗了。可以想象，被一个愣老头当场捅娄子、揭疮疤，那是多么尴尬的局面。但此时再急也没法子了，部长已注意到这边的情形并走了过来。

院长真不愧是院长，马上把老头介绍给部长："这是我院博士生导师，国家'863'重点项目——'0系统'负责人，一级教授岑老。"

部长大概也觉得眼前这老头与院长的介绍不相配，上下打量一番，才缓缓地抬起白皙肥厚的右手。

老头一把握住这只手说："部长，对会议室的杯子、塑料花、千篇一律的汇报，一定乏味了吧？走，换换口味，看看我的实验室，我那儿的风景可是别具一格哟。"

真没想到，平时一脸冰霜、沉默寡言的老头子，在部长面前突然变得这么健谈，这么风趣，有那么几个幽默细胞呢。

部长似有些犹豫："这……"

老头却热切地说："部长，走吧，我那儿的风景准让你陶醉。"

一边的院长急得直瞪眼："老岑……"

老头轻松地朝院长笑笑说："老纪，你放心，我只让部长去看看风景。"

政委则明显是央求的语气："老岑，等会儿部长还要听汇报。"

老头环视着周围三五一堆或甩胳膊扭腰或轻松谈笑的人们说："不是正休息吗？"然后笑望着部长说："我那儿的风景虽新鲜，

但不多，20 分钟足够欣赏了。"

许是部长确实坐腻了会议室，听烦了千篇一律的汇报，许是老头德高望重不宜拒绝，他终于说："那就看看去。"

但院长开始阻拦了："部长，车都开回车队了。"

这时，老头拍拍我那破单车的破坐垫，高声道："部长，让我学生带你，我在后边跑步跟上。嘿嘿，我刚才就是坐他这车来的。这学生车技不错，坐在后边一点不颠。"

我承认，老头并非挖苦我，他的夸奖出自一片真心。可面对他的褒奖，我却像脖子抽了筋似的，把头深深地低着。别人肯定会这么想："导师就这水平，学生免不了也是傻瓜。"心里不禁埋怨起老头，刚才那么敏锐、机智，怎么又突然冒起傻气来了？真是，天天把自己幽闭在实验室里，哪知道外边是个啥世界。现在是什么年月？连一些"县太爷"都不买国产轿车的账了，还让一个堂堂大部长坐自行车！

真担心部长会认为老头神经不正常，又突然改变主意，那一切就都泡汤了。

还好，部长只是极含蓄地笑笑，并没说什么。

当然，部长不可能坐自行车，车队的车也来不及派了。反正路途也不太远，就和老头一道走路吧。毫无疑问，院长、政委无论如何是要陪同前往的。

五个人，成三横两纵的队形一起向实验室走去。部长和老头并肩在前，院长、政委齐步跟着，我和单车走在最后。

院长、政委一路无言，部长和老头倒是谈笑风生。

"部长，今年贵庚？"

"正六十花甲。你呢？"

"古稀只差一了。"

"呵，还得叫你老兄呢。"

"从年龄看，我不必谦虚了。"

……

我慢慢宽下心来。看来部长还挺平易近人，已理解和原谅了老头的唐突，这对解决问题来说太重要了。

说笑着，一行人进了"0系统"实验室。

其实，老头这"外星人"，有时还是挺有人间烟火味的，比如进了实验室以后，他首先把部长、院长和政委请进会议室坐了，然后让我给首长倒茶，又吩咐我去附近那家代销店买包烟，拿几听易拉罐，还特意交代要最高档的。

无疑，静卧在圆桌中央深红丝绒上的有机玻璃盒子里的"0系统"，部长早就看见了。部长深吸一口"红塔山"，扭头问："岑教授，这大概就是你让我看的风景吧？"

"正是。"老头双手挂着一根不知何时从何处弄来的教鞭，"它的代号为'0系统'。"

"可我没发现它和一般玻璃管有什么区别。"部长说。

"它能吐出一串美丽的旋光，而其他玻璃管不能。"

纪院长、王政委及我或坐或立着默默静听。老头和部长一问一答，十分投机、默契。

"那这束旋光有什么作用呢？"部长说。

"无论云雾有多么厚重，它能把飞机准确无误地引向千万里外的机场；无论海浪有多么汹涌，它能让战舰驶进平静的港湾；无论太平洋有多么宽阔，它能让我们把导弹喂进那边某个高鼻子下的那张大嘴里……"一说起"0系统"，老头立刻像年轻父母夸耀自己的孩子般神采飞扬，又像个多情的诗人，用教鞭点着"0系统"，以诗化的语言介绍着它的神功异能。

导师真行！要不是怕首长说我放肆，我真想为他鼓掌。

部长能不陶醉吗？

部长果然陶醉了，把烟头按进烟灰缸，有些急不可耐地前倾着身子说："快把旋光放出来看看。"

老头示意接通电源。我望着他，会意地点点头，然后走到电键前，稳了稳心绪，煞有介事地按下了那个红按钮。

我发现部长眼睛一眨不眨地盯着"0系统"。当很久也没发现那束旋光时，他便急躁起来："旋光呢？旋光呢？"

这时，就见老头长叹一声说："它被空气中的尘埃缠住手脚了。"

"为何不让它冲破尘埃，释放出来？"

"它需要一套超净空设备，可我没有。"

部长慢慢地靠在沙发上，思忖了一会儿，慢慢从口袋摸出一张便笺，一支笔，问："需要多少钱？"

"23万。"

部长飞快写下几行字，起身交给老头说："教授，请派人去部里找国防司司长。"

问题就这样戏剧性地解决了。

部长走到门口，回头挥别老头："祝你早日把旋光放出来。"

老头握着那便笺怔怔地站在那儿，喉头动了动，最终却没说出话来。我只好紧追上去向部长说了声："再见！"

这天，妻子又来电话了，还是等我到了实验室，还是我刚上班的时间点，还是说家里一切正常，只是有点想我。冥冥之中，那种家里出了事的感觉加重了。这种感觉来自对她的了解，来自夫妻心灵的感应。对妻儿的牵挂开始让我坐立不安起来。

也许是我对她们强烈的思念感动了上苍，我终于得到了一次回家的机会。老头让师兄进京办事时，师兄请求老头让我一同前往，因为我是北京人，关键时刻可能会用得着。

一到北京，家便像一个强大的磁场，立刻把我吸了回去。

我冥冥之中的感觉是多么地灵验！女儿病了，生下不久就感染了乙肝病毒，已住院一个多月。妻子一个人单位、医院、家里三头跑，家务、公务里外忙，丰满的身子骨累成了一副骨头撑着一张皮。

我没把这事告诉师兄。我就是这样一个人，不想给别人增加负担，无论是生活上的、工作上的，还是思想上的。

兴许是同病相怜吧，一到北京，他就对我说："没事就家里待着去，好好向媳妇献几天殷勤。"一般的事都是他一个人跑，我这北京人压根就没派上用场。师兄手里捏着部长的条子，谁敢节外生枝？机关，银行……一路绿灯。

就这样，那几日我大部分时间待在家里。我加倍地报答和补偿妻子，不仅包下了所有的家务和照料女儿的事务，而且提前换了煤气，打好过冬取暖的煤球，拆洗了所有被褥。

稍感内疚的只有一件事，就是没请师兄到家里坐坐。

仅用四天，银行的拨款凭证就拿到了，需马上前往上海购买净空设备。半年的期限在无情地逼近。

我再没任何理由赖在家里了，不得不拎起那个提包。妻子突然一把抱住我，请求我给老头打个电话延几天假。我知道，她的请求不知经历了多少心理斗争。可我还是轻轻掰开了肩上那双纤弱的手臂，温柔地擦去她眼角的泪，狠心离开了家。并不是我这人思想觉悟有多高，我也想过给老头打电话。可人家师兄已经很够意思了，岂能再让他一个人去上海？"0系统"又正值关键时期，我怎能不知足？

很快，我们便买回了超净空设备。

超净空设备太魁梧了，八九米高，三四米宽，十几米长。这是出乎大家预料的，就连精明的老头也忽视了这一点。这样，一个新难题就不可避免地出现了——房子问题。实验室哪有这么宽的房子？就连实验室边上那间最宽的五十年代老苏援建的破旧的大平房，也仅能容其长宽，高度还差两米多。

老头后悔得直跺脚说："当初为啥没想到房子问题，向部长多要个十几万呢？"

再要是没脸了，只能因地制宜。

全室的人都集中到那间平房里商量如何"制宜"。有人建议"开天窗"。老头说，这是放屁脱裤子，这样还不如放外边省事。有人说加高房子，可老地基承受得了吗？时间又来得及吗？有人又说快盖房子，这就更不着边际了。

从太阳出山商量到太阳落山，也没商量出个良策来。老头只好宣布明天再议。

那晚 12 点，我从图书馆回来时，看见老头低头托腮蹲在那儿，双眼呆望着三合泥地板，仿佛地板上写着解决问题的方案。

次日，大伙一上班，就见老头戴着那副老花镜，挂着一把铁铲，威严地等候在那儿了。那样子，竟让我突然想起电影《地道战》里那个戴眼镜、挂着东洋指挥刀跨立在高家庄的日本指挥官。

农家出身的老头，其思维又回到了祖辈相传的模式上——从脚下的土地想办法。他把铁铲一蹾，掀起一铲泥土说："挖地三尺，我也要把设备安装好！"

老头就像高家庄的那些农民，在被逼上绝路后，脚下的土地帮了大忙，终于绝处逢生，赢得了胜利——魁梧的超净设备一半地上一半地下地安家了。

老头倒剪着手，在超净空室里外转了几圈，蹭蹭鼻梁上的老花镜，露出一脸得意，说："挺好嘛，冬暖夏凉，省了好几千元空调费。"

大伙跟着打趣，笑说："这破房子还是绝好的伪装呢，符合保密原则，不仅技术间谍不注意，就是将来发生战争，敌人也不会把这儿当目标，安全着呢。"

G

那束美丽的旋光，终于揭去神秘的面纱，款款旋出了"0系统"。

但谁能想到呢，它却像创作《汤姆大叔的小屋》的那个美国小女人在美国引发了一场战争一样，也在"0系统"实验室引发了一场"战争"。

"战争"的主要原因，是"0系统"的指标问题。当初，老头设计它时，防震、抗干扰等指数的理论值，不仅领先于英法等国，而且远远地超过了美国。现在经测试的"0系统"指标，虽说远远超过了英法德等国的水准，却未达到超过美国的预期目标。这就出现了是否申请鉴定的问题。

其实，在我看来，这场"战争"完全没有必要发生。"0系统"虽没达到设计指标，但通过鉴定完全没问题，拿不到"世界领先"，拿个"世界先进"总可以。

在如今，做人做事能到这份上，就可算是"大大的好人"了。且不说充塞市场的那些假冒伪劣商品，"打假办"越打越多的"造假人"，就是在科技领域，通过了鉴定，拿到了获奖证书，最后派不上什么用场的成果还少吗？有时做事的确不能太"认真"，过去老人家说，怕就怕"认真"二字，现在有时是亏就亏在"认真"二字。

可"战争"还是发生了，而且相持难下，虽然双方力量对比是这般悬殊：老头对实验室几乎全体工作人员。其中包括副总师和平时对老头唯命是从的吴师傅。龙斌，大概因为自己虽然年纪一大把，但毕竟还是个学生的缘故，一直缄默不语。当然，我这个老新兵就更应该闭上嘴了，再"旗帜鲜明"，也只能"坐山观虎斗"。

我真服了老头子。他居然单枪匹马顶住了众人的"进攻"，坚持着自己的观点：不能申请。

老头子揣手坐在沙发里，拉着一张长长的脸，仰望天花板，一副不可动摇的神情。副总师等几个烟民一口接一口抽烟，其他人目光都盯在桌面上。会议室里烟雾弥漫，一片沉寂。

副总师终于从沙发上站起来，把烟蒂往烟缸里一按说："我还是那句老话，马上申请鉴定'0 系统'。"

新一轮的争执又拉开了序幕。

副总师的话再次得到了多数人的响应："我同意。""我也同意。"

老头在沙发里岿然不动："我不同意。"

副总师说："离上边的最后期限没几天了，想改进也来不及。"

老头固执地说："过期了我也要坚持标准。"

副总师苦口婆心地说："老岑，我们都搞了 28 年了，这 28 年没鉴定过一项成果，没发表一篇论文，没领过一分钱奖金，这日子……唉！"

大伙都跟着摇起头来。

这声"唉"，又引起我许多同感和同情。想想吧，我为了拿职称，抛妻离子来求学，博士生磨石英片得认命，女儿生病住院、妻子累得皮包骨也得瞒着，只几个月时间就觉得……唉。将心比心，他们这 28 年……唉。作为一个科技工作者，我深深地敬重老头的敬业、执着和他追求至善至美的精神境界，但作为一个有血有肉有情感的人，面对别人的痛苦，总该有点同情心吧。

老头在人情上的冷漠，我是早就领教过的。因此，他说出下边的话，我一点也不惊讶。"正因为耗时太久，失去太多，最后才不该出次品。"

"怎么能说是次品呢？"副总师说，"不是各项指标均高于英法德的产品吗？"

吴师傅说："就是嘛。"

大家也赞同地应和。

老头却说："没超过美国就是次品，就是落后。"

"可这有可能吗？"副总师显然有些激动了，"你看人家啥条件？要啥有啥。我们呢，连设备还得挖地三尺抬进去！还是实事求是吧，老岑。"

吴师傅等人又附和起来："就是嘛。"

"容易的事情还用得着我们？"老头说。

……

双方各执己见，互不相让，又争论了近两个小时。

看来大家也真是黔驴技穷了，不得不搬出最后的决策原则——少数服从多数——举手表决。

这招还真灵，老头马上把手从袖口里伸出来，脸上也挂了些笑意，说："好了，好了，吵累了，先看段录像，松弛松弛。"

见此，大伙慢慢抬起了目光，轻舒了一口气。

可我却觉得有些意外：老头怎么突然举起了"白旗"呢？这不像我这几个月所了解的老头。但老头又不像在骗人，他对龙斌挥挥手，我的师兄就变戏法似的，很快搬来一部录放机，一盒录像带。

"这可是我一个学生刚寄给我的新带子，精彩得很呢。"老头笑道。

龙斌接通电源，屏幕上迅速跳出一行字："海湾战争实况。"

内容果然很精彩。美国一艘艘航空母舰，巨鲸般航行在滔天巨浪间；一架架隐形飞机从舰甲上昂头起飞，直扑云空；一排排航弹砸向一座沙漠城市，掀起层层沙浪；一枚枚"战斧"导弹擦着海面、沙丘，窜向一座座高楼，冲起片片火海；一枚枚"爱国者"迎着"飞毛腿"飞去，炸开团团星火……

"美国佬这些个玩意儿越弄越玄了。"

"这些大鼻子就是他妈的行。"

"难怪人家想当国际警察呢。"

……

大伙已完全沉浸在那些紧张的画面中，早把刚才的争论抛之脑后，一个个睁大眼睛边看着边议论。

我的预感没错，大伙是高兴得太早了。画面突然定格了：一柱柱徐徐升起的烟，一座座坍塌的楼房，几个行人，背着沉重的包袱，牵着幼小的孩儿，低头走向茫茫沙海……

大伙正出神呢，老头却起身拿过那根教鞭，敲敲定格的画面。

"大伙看看，这就是落后于美国的结果。"

大伙这才傻眼了，哑巴了。

可老头这时却激动了，甚至是愠怒起来。他把教鞭朝桌上一丢："你们以为我就不想早日鉴定'0系统'，早日撒手吗？我都快70的人了，我还能拼几天？可想起搞了大半辈子的'0系统'，最后交给国家这么一个不理想的东西，我心里不忍啊！这录像上的情景，当年我也经历过。老娘拉着我的手不停地跑呀，跑呀，为什么跑？日本人在后边诣着开枪呀！枪一响，我身边就倒下一个熟悉的面孔，这个面孔就永远也爬不起来。一想起这个情景，我心里就难受，就坐不住，就不甘心，就想给咱国家也弄个世界一流的东西……"

大家不知是被老头的一席话感动了，还是被震慑了，都默默地低下了头。这时，我的心情却开始矛盾起来。一方面，的确被老头朴素的民族情感和责任感打动了；另一方面，却总觉得这对大伙来说有点残酷。在老头这个位置自然可以毫无牵绊地追求某种崇高和完美，对大伙来说，毕竟存在着各种现实问题的煎熬啊……

中午，和龙斌在食堂就餐，我边扒着饭边慢慢地把自己的心情讲给他。

龙斌笑笑，没回话，若有所思地用筷子拨拉着菜盘里的白菜帮子和肥肉片。过了一会儿，他慢慢地将筷子朝碗上一搁，给我扯起了老头家里的一些琐事。

老头有一男一女两个孩子，在他们那个年代已够计划生育模范了。小女儿是他和老伴年逾不惑后的结晶，极聪明伶俐。但也像所有家庭的所有老么那样，调皮贪玩。因此，上学后一直属于智商高成绩差的那类，任凭当小学教师的老妈如何调教管束都无济于事。

一年夏天，老头出人意料地请了10天假，把年仅10岁的小女儿带回乡下老家。老头在田里划出两片成熟的水稻，将一把禾镰塞到女儿小手上，说："我们每人割一块，不割完不回家。"狠毒的夏日把女儿娇嫩的背烤得通红。他不让她躲。夜幕初降，月亮出来了，稻子没割完，他坚决不让回家。

次日，他又把女儿领到田野上，又划出两大块。第三天，他照旧拉着女儿的小手天不亮出门。他自己累得不行了，把女儿也给累变了形，圆脸蛋凸起两块颧骨，胖乎乎的四肢形似四条小麻秆，手背上刀伤纵横，手心里血泡点点。

"孩子，白米饭香吗？"

第七天，他看着狼吞虎咽吃着饭菜的小女儿问。

女儿点点头，抬头望着老父亲。

"割稻子累，还是读书累？"他又问。

女儿的泪水终于滚了出来，说："爸爸，以后我不贪玩了。"

果然，她此后的学习成绩直线上升，不仅顺利升上中学、大学，前年还考下托福，到美国攻博去了。

老头倒挺有点子呢，不过这么个教育法未免心狠了点吧？我边听着边想。女儿的出走（这词似比出国贴切），没准就与这有关呢。我想，将来我对女儿可下不了这份狠心。

他的大儿子够听话了，读小学，一班之长，成绩顶尖；上中学，年年三好；进大学，又读的是国家名牌学校中最亮的明星——清华大学物理系。

第一个寒假，儿子从北京千里迢迢奔回家报喜："爸爸，期末考试我拿了全班第三名。"

"啥？"他似没听清。

"第三名。"儿子响亮地复述一遍。

他这才看了几眼儿子，点点头。

寒假即将过去，儿子伸手向父亲要路费，回北京。

他没给钱，说："这学期不用去北京了，在家里读。"他通过在清华的老同学，给儿子请了一学期长假，在家里给儿子开了一学期"小灶"。儿子第二学年返校后，期末就考了个全班第一名。

"干什么都要争第一，这是导师的人生哲学。"龙斌慢条斯理地总结。

这老头，简直是个第一狂。我想。

H

营区里的那些泡桐、梧桐，由一身身郁绿慢慢变为一树树枯黄。渐渐地，枯黄也褪尽了，只剩赤裸裸一根根枝条。一场漫天的大雪，又很快把它们裹成一树树银白。

老头的的确良军装也换成了涤卡军装，后又罩上一套棉衣裤，再后来又加上了军棉大衣。无论他身上穿什么，都是旧军用品。从没见过他穿新式军装，佩带过领章、肩章这些军人标志，仿佛压根就不是个军人。

我纳闷，部队配发的那些几百元一套的毛料军服，千余元一件的军呢大衣，他留着不穿干什么？我多希望他穿整洁点，就算为大家净化视觉环境吧。瞧别人的导师，马裤呢军装一个个笔挺笔挺的，多精神，让学生也跟着骄傲。

"导师，军需处没给你发毛料军装？"

一天，在实验室门口，我边拍着他棉大衣上的雪花，边问他。

"发了。"他说，"我不想穿。"

"为啥？"

"整天待在实验室，穿太贵重的不方便。工作时，心里老想着它多少钱一套，弄破弄脏了怪可惜，增加了我的思想负担，分散我的注意力。"

他掀了掀棉大衣衣襟说："瞧这多好，不值几个钱，思想没顾虑，爱蹭哪儿就蹭哪儿。"

这似乎也有道理，可就是他大衣后边那团发亮的油腻太刺眼。

结果，我的提醒白费劲了。他仍旧用棉衣、棉裤和军棉大衣，把自己包裹得圆桶一般，整日关在实验室中。

我来实验室不久，就发现他进实验室极有规律：都是早上8点进去，次日上午才出来，或者下午3点进去，次日下午才出来——每次都连续工作24小时。最近，我发现他又加码了，早上8点进去，次日傍晚离开——工作36小时。而这期间，除我和龙斌可以进他的办公室请教外，其他人他是拒之门外的，包括前来送饭的家人。

且不说一个老头子精力如此惊人，就其胃功能，就让我惊讶不已，他的胃是啥胃？数十小时不进食，居然不饿？

后来，龙斌告诉我，老头进实验室之前，一顿能吃一斤半米饭，喝两大碗汤。

我更惊讶了，这是啥胃？竟能容下那么多食物？莫非真是"外星人"，有特异功能？

让人不可思议的，还有他对我这个博士研究生的指导问题。如果为了"0系统"，让我去磨石英片，当工匠，我也就认了。可"0系统"已经发光，这说明石英磨砺水平已达标，该结束我的"打工"生涯，让我正式攻博了吧？可老头不，他不仅要我继续坐在磨砺机旁的高脚圆凳上，还让我由实践上升到理论，写出几篇有分量的关于工艺方面的论文。

"工艺水平差，一直是困扰我国科技发展的大问题啊。"老头一副忧国忧民的模样。

他为何就不忧忧我这个学生呢？30岁的人抛妻离子来拿博士、争职称，女儿病倒了，妻子累垮了，而我却在这儿当工匠、打小工，几个月连博士论文的边也没擦一个。

这时，我几乎到了绝望的边缘。

要不是担心原单位那些人笑话，要不是羞于见我那崇拜我、一个人带着生病幼女为我做出巨大牺牲的妻子，要不是怕长大后的女儿说她爸爸年轻时无所作为，我真想——退学！

我还有啥心思忧国忧民？不仅研究工艺理论静不下心，连屁股在高脚圆凳上都坐不安，手里的石英片也拿不稳。

结果，这天连续报废了十几块石英片。这事，如果没人发现，过去了也就过去了。就是退一步说，即使被人看见，像吴师傅这号的，问题也大不到哪儿去。可恰恰是他——老头子——从门口经过正准备下班，一眼就瞧见我随手扔在机台上的那堆废品。

他走进磨砺房，拨拉机台上报废的石英片，像拨拉着从他身上剜下的肉似的，惋惜不止："你瞧这，你瞧这，好几块钱一片哪！"

"老龚今天老走神，不出废品才怪呢。"吴师傅还雪上加霜，当场告状。

老头的目光缓缓转向我，又抬手去压鼻梁上的那副老花镜。

仿佛他的目光会把我灼伤，我立刻把头低下。但仍感觉到他那锐利的目光，透视着我的心窝，刺得我心脏突突直跳。

"你觉得磨石英片没出息是吧？想退学是吧？"

老头的目光果然犀利，立刻洞穿了我的心思。

"嘻嘻……"

是吴师傅在笑我。这家伙，每次老头批评我，他就乐得慌，真是个没文化、没同情心的家伙。好吧，我这回就让你乐个够，反正这回老头肯定有一顿好批。

可老头的声调降低了，一字一顿地说："好吧，成全你，你打退学报告，我批。"

这声音仿佛一声霹雳，在我耳边炸响，我禁不住打个寒噤，屁股差点从高脚圆凳上滑下来。脑海中一片空白，脸色恐怕比脑子还要白。

老头言罢，把手在背后一剪，迈着那双短短的罗圈腿，挺着那硬硬的腰身，走了。

"我说吧，不听师傅言，吃亏在眼前。"吴师傅还自以为是、幸灾乐祸，然后哼着"妹妹你大胆往前走"，也走了。

车间里只剩下木然的我和同样木然的磨砺机，静得让人心慌，仿佛能听到空气的流动。外边的寒气从窗缝丝丝地钻进来，凉透了我的脊梁骨。

完了，同事的讥笑、妻子的失望、女儿未来的白眼，已成定局了。我感到一阵茫然，甚至恐惧。

"咚，咚。"突然有人敲门，接着又是筷子敲碗，"嗒，嗒。"真他妈烦人。

"谁呀？"我憋着一肚子怨气吼了一声，转身。是龙斌。

龙斌显然被我这声吼吓了一跳，怔怔望着我："咋了，肝火这么旺？"

"对不起。"我有气无力地道歉。这事与他无关，师兄又不是受气包。

宽厚的师兄马上就原谅我了，举起手中的碗筷说："走，吃饭去。"

"不想吃了。这最后的晚餐。"

龙斌走进来，坐在我对面的高脚圆凳上。

"啥？最后的晚餐？想当犹大？"

"犹大是老板。"

"导师怎么了？"

"他让我打退学报告，他签字。"

"他说啥？"

"让我打退学报告，他签字。"

"你就为此紧张得满头冒汗？"

我抹了一把脸上的汗，心想，难道这情况还不够严重吗？

"你就安心磨你的石英片吧，我准保你没事。"龙斌仍轻松地说，"你想想看，要是导师认为你没造化，没出息，要你退学，用得着你自己打报告？一句话就让你走人了。"

这话倒也有道理。我稍稍踏实了一些。可我仍然不敢肯定我刚才这身冷汗就是虚惊一场。因为以我这几个月对老头的了解，他不似那种说话有商量余地的人。

I

我抱着一种忐忑不安的心情过日子，不得不对一切都格外谨慎和小心。打个不恰当却非常形象的比喻，那段时间，我简直像只看着主人扬起了棍棒的小狗，把尾巴夹得紧紧的。用吴师傅的话说："老龚突然间乖巧起来了。"

我是学乖了：规规矩矩地坐在那张高脚圆凳上磨石英片，腰杆子挺得直直的，手臂抬得平平的，一副全神贯注的样子。晚上还及时记上心得体会，然后整理成文，呈给老头过目；对吴师傅呢，也不敢再给他不屑的目光了，向他问这问那，虚心请教，压根就不敢有一点原来的脾气。

只有一件事我没依老头：没打那个申请退学的报告。

头几天，老头还整天高深莫测地绷着脸，渐渐地，脸上就偶尔有点笑意了。

师兄龙斌没说错，果然是虚惊一场。

我终于轻舒了一口气，但这次教训实在够深刻了。

我想，老头之所以没劈下手中的"棍棒"，除了我变得乖巧了之外，大概还因为我那篇论文。

前段时间我重新对它的每一个观点、公式和数据，按老头子的三个"C"要求，进行反复论证、推演后，花了一百多元钱，请人工工整整地打印好，再次送给老头子审阅。

这次，他虽没有在上边写"C"，但字里行间却填满了修改的痕迹。他不仅校正了尚欠严谨的观点，订正了某些公式和数据，而且提出了不少新见解，加了不少新内容，甚至还修改了那些有语法错误的语句、表达不准的字词，就连那些用得不当的标点符号，也没放过。

可以想见，他为我的论文花去了多少时间。我第一次为过去的"重理轻文"思想而懊悔，为自己这工科博士研究生字写得像小学生，作文水平不如高中生而惭愧。

"我想寄给《中国光学》。"

老头让我去取论文那天，我试探着说。《中国光学》是我国光学权威刊物，大部分论文被国际检索数据库录用。

不想他一个劲摇头说："不，你把它译成英文，寄给国际光学工程学会。"

我没想到他会提出这个建议。国际光学工程学会是世界光学权威组织，其每年一次的年会只录用十余篇论文。

我英语水平可就比作文水平好多了，考博时，差 2 分就是满分。我用了三个晚班加一个星期日，就把论文中的所有方块字换成了英文字母。打印后，老头又帮我仔细校对了一次。然后寄往地球另一端。

元旦临近了。老天也像要过节似的，心情不错，天气晴朗，阳光暖人，照亮一张张为过节而忙碌的笑脸。

在这喜气盈盈的时刻，"0 系统"的喜事也接踵而来。

龙斌的毕业论文终于写完，已呈给老头过目，准备申请答辩了。

更可喜的是，老头在龙斌的协助下，经过一个多月的艰苦探究，终于找到了困扰"0 系统"指标的终极原因——V 光。

V 光是一种神秘的光，它像红外线，肉眼是看不见的，需用特别仪器加上特别的感觉，才能捕捉到它神秘的踪影。人类发现 V 光，这是首次。从此意义上说，老头是航行在光学海洋上的哥伦布。但，如同哥伦布发现美洲大陆仅仅是开始，征服美洲大陆将更艰难曲折一样，他要弄清 V 光机理，找到克服的良策，还有一个漫长的历程等着他。

但正如打仗发现了暗堡，找到了明确的攻击目标，攻克它只是个时间问题了。所以，老头那段时间的心情，也像那段时间的天气一样，阳光灿烂。

这一点，从那天他同时接见我和龙斌就可以感觉到。

房门早就为我俩敞开。老头骑着那把椅子正对着门口，双手抱着椅背，鼻梁上的老花镜架得一丝不苟、端端正正。

"你们坐吧。"老头指了指左右两把椅子对我们说。

在老头办公室享受坐的待遇，我还是头一回。看情形，又有不赖的消息等着我俩。

我俩左右坐了。他先将身体侧向左边的龙斌，下意识地扶了扶镜框说："你的论文我看过了，可以。"

听了这话，龙斌那弯淡淡的眉毛跳了跳，荡开一脸喜悦。我也替他高兴，八年攻博，总算苦海到岸了，然后就是甜头：拿职称，搬住房，迎接事业的辉煌。

但这时，老头又扶了扶镜框。一见他这习惯性的动作，我心里掠过一丝不祥的预感。

马上我的感觉就被证实了。

"只是我觉得还缺少点什么，假若能补上它，就好了。"老头说。

我的心不禁替龙斌一沉。我知道老头接着要说什么。

龙斌高扬的眉毛放下了。显然，他也知道老头后边的话是什么。他跟了老头八年，都修炼成小"外星人"了，当然比我更了解老头。

龙斌不吭声了。对，沉默，这是最佳对策，看他老头好意思说不。遗憾的是，龙斌的沉默只坚持了一分钟，就傻乎乎地问："导师，还缺啥呢？"

老头的回答果然不出我所料："V光的机理和对策。"

龙斌终于连头也弯下了。他已跋涉了八年，这有可能再拖他八年，甚至更漫长。

老头见状，似动了一丝恻隐之心，轻叹了一声，回头捧起龙斌那堆厚厚的论文稿，递过去说："好吧，复印去吧。"

我替龙斌松了一口气。看来老头也不是冰制铁铸的冷血动物，还有点人类的同情心。

龙斌终于抬起头来，但我没想到他竟说出这样的话来——

"导师，我还是先和你研究 V 光吧。"

不仅我惊讶了，连老头都感到意外，他久久地望着龙斌，然后激动地伸出手去握住龙斌的手，重重地摇起来。此刻，我真不知要为师兄感动，还是应为他悲哀。

我傻在一边，呆呆地望着龙斌接过论文，慢慢地消失在门口，直至老头叫我一声，我才觉察到自己的失态。这时，老头手上不知从何处摸出一封信来。

"国际光学工程学会把你的论文寄到我这儿来了。"老头说。

这不奇怪。论文上，我把老头不常用的一个化名署在我前边。这是学术圈沿袭下来的一个习惯，况且他为论文也搭进去不少精力。

他把信袋给我说："不错，真不错，只是也缺少点什么。"

我打开一看，里边除了那篇论文，还有一封用英文写给老头的信。大意是，此论文具有开拓意义，若能补上工艺方面的内容，大会准备安排作者第一个登台宣读。

"以后写我的姓名，必须经我批准，懂吗？"老头又带着几分严肃的口气说。

我赶紧翻开论文稿，他的名字果然已被墨汁盖住了。

"导师，这……"

"这啥？我的名字也能给外国人看的？"

"我写的是化名。"

"化名就不是名？你要不是用化名，我处分你！"

他说得挺严肃。他的意思，我懂，全懂。我心里忽然对他有一种亲切感。

"别愣这儿了，快改去吧。"说完，他转过身去，忙自己的了。

我立刻着手补充论文，仅用几天业余时间便顺利完成。这时我才发现，之所以写得如此顺利，全得益于在石英磨砺机旁度过的这段时间。

也只到此刻，我才发现，这几个月的"工"打得值。

过去对老头的埋怨，甚至仇恨，对吗？我开始思忖起来。

J

未等海湾战争的硝烟散去，国家科研体制改革的序幕马上拉开了：引入竞争机制，改变死水一潭的现状，以推进科研进程。

"0系统"作为高、尖、精项目，理所当然地被列为首批改革的对象。

因此，临近最后期限时，上边又发来一封密码传真：到时拿不出"0系统"，明年研究经费向兄弟研究所转移，另起炉灶重开张。

改革科研制度，引入竞争机制，无疑是及时的、必要的，尽管"0系统"成功与否与我关系甚微，并不影响我做博士论文，甚至有可能能让我尽快切入主题。但我仍要说句公道话，这样对待"0系统"是否有些轻率和有失公允呢？搞科研，尤其是像"0系统"这种周期长、难度大的高、尖、精项目，可不像现在有些年轻人谈恋爱，三五天就能切入正题，这需要长期的知识储备和经验积累。老头子搞了28年没搞出来，别人再搞28年说不定同样是泡影。若草率更换，不是一种巨大的浪费吗？

当然，上边也有理由这么想：你搞了28年没搞出来，难道再等你 28 年？一个民族的强大总不能系于你一身，吊死在一棵树上吧？

老头接到这份传真时的心情不难想象。前来送报的机要参谋大概也没想到，他会成为一只"替罪羊"。

老头接了一看，脸色骤变，当即将传真一团，朝办公桌上一砸："不可理喻！"

机要参谋一怔，伸手要去拾，说："教授，这可是机密件呀。"

老头又拾起，抓过副总师的打火机，咔嚓打出火苗说："我让它机密！"

机要参谋看着老头手上的火焰，急得直跺脚："你让我拿什么回去交差呀！"

老头把纸灰朝烟缸一丢，猛地站起身，手朝门口一指说："你去告诉他们，我拿'0 系统'交差！"

可怜的机要参谋只能一路摇头一路嘟哝着走了。

副总师拉拉老头衣服，让老头坐下，然后小心翼翼地问："你同意马上申请鉴定了？"

不知怎么的，我总觉得副总师这话有点趁火打劫的味道。

老头看他一眼，取下老花镜，用两个拇指蹭着镜片，说："我没说马上。"

"那啥时？"

"啥时达标就啥时。"

"传真说，明年经费就转移。"

老头把眼镜朝鼻梁上一横，说："我砸锅卖废铁也坚持搞下去。"

大家怔了会儿，然后脑袋都摇得像拨浪鼓似的。会议室冷肃的空气里，响起一声声叹息，还有几个脆弱女人的抽泣。老头的固执，我已不再大惊小怪，大伙的伤心失望，我也深深地理解。一旦经费转移，"0 系统"就像一个快成年的孩子突然夭折，过去的一切都白扔进了时间这条长河里，被永远地淹没了。

春节临近了，"0 系统"实验室仍笼罩在一片失望的浓雾中。

可此时，别的实验室却是欢天喜地的。季度奖，年终奖，过节费……大把小把的钞票揣进了兜里。水果，鱼肉，皮鞋，西服，热水器，煤气罐……吃的、穿的、用的，大包小箱地肩扛、手提、车拉着往家里堆。

在这种时候、这样强烈的反差下，"0 系统"实验室出现这种情况就理所当然了——近乎一半的工作人员把请调报告放到了老头子的办公桌上，其中几个还是主要技术骨干。

难题，又是一个难题，而且这个难题，对于老头子来说，恐怕比过去的任何难题都要头疼。我不禁替他担忧起来。

真不忍心看到他那副痛苦状：坐在那张木椅上，两肘支桌，双手托腮，边摇头边盯着那堆白纸黑字。

整整两天。

第三天，老头办公室门口的小黑板上出现了一行字："上午 8 时全体到会议室集合。"

大伙到后，老头却迟迟未到。大伙开始有些坐不住了。有人开始发牢骚说，这老头也不写集合干什么，装神弄鬼的，该不是打击报复，耍人吧。这时，老头背着手进来了，将一只黑布袋丢在圆桌上，嘿嘿笑了两声："过年了，我们也发点奖金。"

大伙的眼睛忽地圆了，怔怔地张着嘴望着黑布袋。它撑得圆圆的，怕是有好几万呢。虽然我知道，我这老新兵拿不到一个子儿，但我仍感到高兴，为大家终于有奖金了而高兴。奖金，大家实在渴望得太久了，28 年。当然，我更为导师高兴，他总算认识到了钱的作用。

"导师哪来的钱呀？"

这回，连小"外星人"龙斌也失去了对老"外星人"的心灵感应，用肘顶顶我问。

"偌大一个实验室,再穷,几万元还是有的嘛。"我不假思索地说。

"年底了,几万?几千都没有。"龙斌说,"这我知道。"

"管他哪来的,是钱就能买东西。"我这人一高兴,就俗气得不行。

老头解开黑布袋,把钱哗地倒在桌上。大伙的目光又不约而同地一亮。呵,12大捆呢,还是崭新的票子。可待细看时,大伙睁圆的眼睛就缩小了一半。全是五元面额的。

老头似没察觉大伙表情的细微变化,仍挂着恩赐的微笑,将一捆捆钞票往大伙怀里扔,说:"大伙帮着分分,一万二,每人整三百。"

尽管三百元是少了点,与别的实验室相比,显得十分可怜。但有总比没有强。再说,这是第一次发奖金。大伙没说啥,愉快地接受了老头的好意,都动手分起来。办公室响起一片点钞声。

"老头子,不好了,不好了!"

这时,老头的老伴贾师母惊呼着撞进来,气喘吁吁,汗流满面。

"你怎么进来的?"这老头子真是,不叫老伴坐,反而板起了脸。

"闯进来的。"贾师母说。

"看你慌张的,啥不好了?"

"家里遭……遭贼了!"老太太上气不接下气。

我心里咯噔一下。老头也好似有些紧张,直起了腰问:"啥?"

"银行存折被偷了!"老太太难过得直落泪,"那一万元是我要买'画王'的呀,春节联欢晚会眼看就要到了,我一年就看这么一场好电视呀。"

我暗暗心急起来。可这时,老头反而平静下来了,还有些不耐烦地把老太太往外赶:"老太婆,在这儿哭啥嘛,快回家再找找吧!"

我纳闷了。心想，你家再有钱，再瞧不起钱，也大可不必这样不在乎呀。再说，让人偷了去，还养活了懒人。

贾师母着急地说："家里哪旮旯都找了，没有哇！我已经到派出所报案了。"

"什么？你报案了？"老头子一屁股坐在沙发里。

我突然意识到了什么。原来……

大伙不约而同地望着老头，又不约而同地望着各自手中的钞票，然后把它们一一收拢，重新码齐捆好，装回那只黑布袋里。

那些要求调走的人都去老头办公室拿回了自己的报告。

K

脑海中，那间塞满了家具、弥漫着奶香、药苦味的斗室，妻子纤弱如柳的身影，女儿黄豆芽般的小脸，随着春节的临近，愈发挥之不去。

可第一个寒假，看来与我无缘了。为抢时间、赶任务，老头宣布，"0 系统"实验室春节不放假。他让我和龙斌在他家过年。

向老头说说家里的情况吧，兴许他会改变主意的。我想。但想来想去，我还是改变了主意：给妻子打电话。老头让我到他家过年，这份师生情也同样来之不易。

春节前夕，打电话的人很多，电话站里拥挤不堪。好不容易才站到电话机前，把薄薄的磁卡喂进去，话筒里传来妻子的哽咽："是爱平吗？孩子还住院呢。医生说，这个年恐怕要在医院里过。女儿病得可怜，我也孤单得慌，你回来吧，快回来吧……"话筒里那一声声哽咽、一句句哀求，像一滴滴温开水，很快就把我本来就不坚硬的心泡软了，早忘了心里想好的那些安慰和说服她的话，鬼使神差地说：

"放心吧，我一定在医院陪你们过年。"

我实在太想回家了，哪怕只看上她们母女俩一眼。

终于，我向导师办公室走去。

门虚掩，留有一细缝。透过它，我看见老头正摆弄桌上的一台录音机。尔后，他把身子往椅子上一仰，再把两只脚往桌上一搁，眼皮子一搭，双手开始随着桌上那双一翘一翘的脚，在两膝上悠然弹着拍子。

我还真没见过老头有这么高兴的时候。我悄悄站在门口，想听听是什么音乐让他这般陶醉。

门缝中挤出的哪是什么音乐，是一声轻轻的女声："爸爸。"——无疑是他那留美的女儿了。声音柔和、亲切、活泼，宛如一条叮咚的小溪——"春节快到了，可由于论文紧张，我不能回家了。我多想回家，尤其在夏天，想跟着爸爸再到乡下割一回稻子。明年夏天，是无论如何也要回去的，爸一定带女儿去乡下割稻子。祝爸爸春节快乐！"

怪物，竟一点不记恨老父当年的残酷。不愧是"外星人"的后代。

"死丫头。"老头骂了一句，"十几年了，还耿耿于怀。"接着传来咔嚓的换带声。

"爸爸——"门缝中又飘出一声呼唤，但是是男声。定是他那清华毕业留校任教的儿子了——"我和雯丽原定回家过年，车票都定了。但昨天我们同时接了一个新课题，挺急。因此，只能向爸爸说声抱歉了。我们在这儿给爸妈拜早年了，祝您节日愉快！"

门里又响起换带声，接着是老头的嗓音——"蓉儿，华儿，你们都忙，爸爸高兴，但再忙，明年也得给我多带两个人回来，一个是女婿，一个是孙子。你们都老大不小了——"

原来这"外星人"也有父母心肠。只要他知道我家里的情况，没准会让我回去呢。我想。

"顺便告诉你们一句，今年春节我和你妈不孤单，因为有两个学生陪我们。这可是两块好料子。"

咔嚓。录音机关了。我轻轻抬起的右手，思量半晌后，还是没有敲下去。

我转身要走。

"门口是谁呀？"

我轻微的脚步声还是让他听见了。

只得转身推门。他扭过身体，手扶镜框，见是我，笑指着一旁的椅子说："这儿坐。"

我坐了。他仍在沉醉中，两只脚丫子还一翘一翘的。许是心情好的缘故，他突然关心起我的家庭来了，问："双亲贵庚？"

"母亲已作古，父亲逾古稀。"我说。

"哦，妻子可好？"

"还好，就是累点。"

"可有小的？"

"女儿刚生。"

"谁带？"

"住在医院里。"

我脱口而出。可我马上就后悔了。

"啥病？"两只一翘一翘的脚丫子停住了。

"乙肝。"

"多久了？"

"两个多月。"

"两个多月？"他从镜片后射出两道锋利的光芒，"为什么不早说？乱弹琴！"

他的目光刀子般从我脸上划过，然后他操起一旁的电话机，敲打几下键盘说："喂，管理处吗？我是'0系统'实验室岑主任，我要一张去北京的火车票。什么？春运紧张，车站停止订票？乱弹琴！"

他气呼呼拍开关，又敲号码盘说："刘部长吗？我是老岑，请你帮忙解决一张去北京的车票吧。什么？你们助理员都自己排队买票？我的人可没有你们助理员清闲！"

他再拍开关，再敲号码盘说："纪院长吗？我是岑老头哪，给我解决一张北京的车票吧，求你了，什么？你女儿回上海婆家的票……老纪，我谢你了。"

老头边把话筒往电话机上搁，边朝愣在一边的我挥手说："快准备去，今晚的车。"

可我的脚，却踩了胶水似的有些拔不动了，站在那儿呆呆地望着老头，不，导师，很久。

除夕那天我赶回了家。在女儿的病床前与妻子一道吃过饺子，给女儿喂过奶，让妻子轻轻地依偎在怀里，然后我向她说起在学校的情况，说导师要我写阿拉伯数字，说他要我当"工匠"磨石英片，说他让我"退学"，说他给我改论文，说他坐我的破单车，说他"偷"家里的钱，说他向院长要车票……

妻子一边笑着，泪水一边在眼窝里打转。

结果，正月初五这天，妻子就把我"逐"出了家门，让我提前赶回了学校。

L

第二年，上边并没有动真格，把经费转移给兄弟研究院，而且还增加了25%。至于为啥，上边没人说，下边也不是傻瓜，去问这事。

"这是上头甩下的一记催马鞭。"倒是有人这么猜。

春节探家回来，老头给我的"打工"生涯画上了圆满的句号，要我与他及龙斌一道攻 V 光。他俩负责理论攻坚，我嘛，做些数理演绎和数学推理这些具体事。

我们三人都把被子搬进了实验室。同时搬进来的，还有两大箱方便面，三大捆火腿肠，数十袋面包。当舌头和胃对它们实在腻烦得不行了，才出去打一次牙祭，来一盒高档点的盒饭。

即便这样，老头仍未改过去那些老毛病，每次都连续工作数十小时后，一气吞下三四块面包、两三根火腿肠，再用一包方便面泡上一碗汤，然后把会议室沙发一对、被子一铺，连续睡上十几个小时。

他办公室的灯光总是通宵达旦亮着。让我和龙斌直担心，他这盏年月已久的老灯，过快地耗尽灯油，会被一阵微风吹灭。

这天早晨，老头终于走出了办公室，用手擦着那副老花镜，快步走进了我和龙斌工作的微机房。只见他红肿的双眼溢着流光，一条条皱沟日渐深刻，鼻梁上让老花镜挤出的两块红斑却盈满了笑意。

老头已很久没这么神采奕奕了。我和龙斌一看就猜到，老头攻下 V 光有望了。

果然老头走到龙斌身边，拍拍他的肩说："我准备再加两块 M 片，你帮我推演一下。"

"好的导师。"

我和龙斌起身目送导师走出微机室。龙斌开始操作微机进行推演，俨然一个沉浸在音乐中的钢琴家，十指在键盘上飞快地跳跃，连脸上的肌肉也跟着不住地颤抖。

突然，他眼前的屏幕似波涛汹涌的海面，哗啦啦推出一行行程序。

龙斌愣了愣，把头向前一抵，脸都快要贴到屏幕上，他定定地盯着那一行行程序很久，又慢慢地靠在椅背上，远远地看了好一阵，然后敲一下回车键，又像钢琴家一般，重新敲打键盘，重新推演。不久，原来那一行行程序又大海波涛般地涌上屏幕。

龙斌摇了摇头。他那张被映亮的脸庞上的肌肉仿佛忽然间成了铅质的，无比沉重。他叹了一声，又打回车键重新推演，可结果依旧。

龙斌终于像钢琴家敲下最后一个休止符一样果断地敲了一下回车键，从转椅上站起来，然后将我从座椅上拽起来说："走，告诉导师去。成了！"

我俩走到会议室门口时，我犹豫了一下，说："还是等一会儿吧，导师刚躺下。"

龙斌却说："你放心，问题没解决，导师睡不着。"

"你们进来吧。"

老头果然没睡。

"导师，问题果然出在 M 片上。"龙斌脚未进门，先将喜讯送了进去。

老头坐起来，披上军大衣，欣慰地点点头说："那你说再加几块 M 片？"

"不，"龙斌说，"不是要加 M 片，而是要去掉 M 片。"

我愣了愣。我入学半年多，还是第一次听见师兄在老头面前说"不"字。

当然，老头更惊诧，问："什么？要去掉？"

"对！"

"我当初设计 M 片，为的就是抗干扰。"老头有些不悦。

"可现在的事实是，它成了干扰源。"

龙斌今天怎么了？是吃错了药？还是哪根神经不对头？往日对老

头顶礼膜拜的，怎么今天突然唱起了对台戏？

"小子，你忘了我是谁吧？"

老头摸着茶几上的老花镜，挂在鼻梁上，斜眼盯着龙斌。

对老头这话，我就有看法了，搞科研又不是打仗，指挥员说怎么打就怎么打，在真理面前，可不是职务高、资历深说话就算数。

龙斌今天却一反往日的温顺，岸然挺立道：

"你是我导师，但真理没有导师！"

"我的每一句话，在中国光学界都是真理！"老头怒了。

我赶紧向师兄递眼色，让他别说了。可龙斌偏偏视而不见。真是一个钻石、一个花岗岩，都硬得可以。

"权威不等于真理，真理才是权威。这道理导师肯定比我明白。"

"怎么？翅膀硬了，要坏我名声？"

我不得不拉龙斌衣襟。得罪了老头子，可没好果子吃，你的论文还要他签字，要他组织答辩呢。可龙斌这木头脑袋，又挥手挡开我的手臂。

"假若哪天我超过导师，不仅是我的荣耀，更是导师的骄傲。因为我是站在您的肩头起飞的。"

"好了，别说了，我是'0 系统'实验室主任，我说了算！"老头固执得近乎蛮横地说。

"如果导师要使'0 系统'成功的话，今天就应该让我说了算。"

龙斌今天真是喝了兴奋剂不成？口气比老头还牛？

"不，我敢肯定，绝对是你刚才推演失误。"

"不，我敢担保，我的推演绝对正确。"

"你拿什么证明？"

"我用实践证明，我现在就拆 M 片！"

说罢，龙斌真的上前去拆圆桌中央的"0系统"。

这时，只见老头被子一掀，上前一把按住龙斌的手，突然嘿嘿笑起来。

"小子，不错，真不错，你的论文通过我的答辩了！"

龙斌这才怔住了，说："导师，您这是……"

老头取下老花镜，用拇指蹭着，挤着一脸笑容说："V光的危害总算消除了。"

这老头也真是，这是什么答辩呀？设个圈套让人钻，好悬哪，要是师兄对自己的推演稍有迟疑，钻进去了，就坏事了。好在师兄功底不凡，充满自信，没往里钻。

这时，老头又缓缓地转向我说："你的博士论文选题也该确定了。"

"导师，啥方向？"我惊喜地问。

"变害为利，V光的运用问题。"

哇，又是大方向、大选题。这将耗去我多少时间呢？谁知道。到时恐怕我也会成为小"外星人"的，就顺其自然吧。

新一代"0系统"的诞生已是水到渠成的事。经检测，各项指标均达设计要求。

申请鉴定的报告送走后，大家着手准备迎接鉴定仪式的到米。

老头和龙斌日夜加班，赶写研制报告。实验室里那些褪色的红地毯卷走了，换上了刚扛出商店的鲜红地毯。从家具厂抬来的真皮沙发，占据了会议室原属于旧人造革沙发的位置。圆桌上盖了一块崭新的军绿丝绒布。这些日子，"0系统"实验室像一片欢乐的海洋。

鉴定申请终于在大家的渴望中批复了。只是那批语却出人意料——经部委保密委员会慎重研究决定，为减小影响面，以防技术扩散，"0系统"不宜公开鉴定，且要强化保密措施。

知道这个批复时，我首先想到了龙斌的论文，成果送审以及职称、住房等问题。

我的担心不久就被证实了。

作为强化保密措施之一，龙斌和老头夜以继日赶写的研制报告，被盖上"机密件"的红字样，锁进了档案馆保密柜。龙斌那篇耗去8年多心血长达数十万字的博士论文，经军内几个专家看过，签上字后，被搬上警车开进印刷厂，然后再用警车拉回来，盖上同样的三个字"机密件"，锁进了同一只铁皮箱。上边要求凡涉及"0系统"的所有论文均不能公开发表。申报科技成果奖也同样成为泡影。龙斌一无获奖成果，二无公开发表论文，高级职称就成为悬而难决的问题。

"0系统"唯一赢得的奖赏，就是院里准备给3万元奖金，听说还是提前支付年终总结的奖励经费。

春深了，天气渐渐暖和起来，人们身上的冬衣都洗净放进了柜中。

这时，一股春季寒流从北方急袭而来。到达这个城市时正是上午10点，大家正上班，很多人没有及时加衣受了凉。流行性感冒在这个城市大面积流行开了。

"0系统"实验室就病倒了一半人。老头和龙斌病得最惨。他们不是感冒发烧，得的都是"怪病"。老头双腿突然站不起来了，龙斌一夜间头发全白了。医院对他俩组织了多次会诊，均没弄明白病理、查出病因。

原以为我是整个"0系统"最不幸的人，没想到最后成为唯一的幸运者。国际光学工程学会已把我的论文确定为首篇发言论文，已寄来去美国赴会的通知。我回北京办理出国护照时，意外地听到了一则小道消息，有关部门针对龙斌的特殊情况，正着手制定一份解决特殊部门的科研人员职称问题的特别条例。

不管是真是假，从北京一回来，我立刻去医院，要把它告诉老头和龙斌。再则，也是出国前向他们告别。

像前几次去医院一样，我又为礼品买一份还是两份而犹豫。前几次犹豫的结果是，先空手去老头病房，然后再买东西去看龙斌。但去看病号，又是师长，老空手，我心里过意不去。于是，我这次买了两份，一块提进老头的病房。

老头的情绪好多了，招呼我坐在他身边，告诉我，他女儿就在那个城市，让我一定抽个空去看看她。我俩正谈着，突然一道强光打断了我们的谈话，回头一看，只见门口蹲着一个年轻人正对着老头拍照。

"你是谁？"

老头质问。

"我是宣传处胡干事。"年轻人仍蹲在那儿说，"先让岑老的光辉形象留下两卷。"

"你想干什么？"导师用手挡镜头。

"我想采访您。"年轻人笑说。

"你为啥不先问问，我能不能说，你能不能写呢？"

"如今啥都开放了，你还有啥不能说，我又有啥不能写的？"

"你敢把稿子寄出去，我立刻把你送上军事法院！"老头突然拍着床板，"走！"

年轻人一愣神，赶紧提起照相包溜了。这情景，又让我想起那次去他家的窘境。于是，与老头寒暄了一阵告辞时，原定给他的那袋水果也不敢留下，我一块拎上了。

"这是啥？"

这时，老头偏偏指着我左手的食品袋问。

我有些难为情说："给……龙斌……"

他又指着我右手的袋子问："这呢？"

我脸上烧得慌，道："这……"

"你留下吧，我这病人也爱吃水果。"

他一把拿去那袋苹果，抓了一个"红富士"，用手擦擦，咬下一大口，吧嗒吧嗒嚼出一脸微笑，嚼得两边嘴角溢出了白色的果汁。

"真香。"

开雪眼

1

　　父亲是科学家。可是父亲很快就不搞科学了。父亲在长达三十余年的科学生涯中，只取得了一个科研成果，而且恐怕父亲这一辈子，也只有这个"独生子"了。父亲搞完这个成果时，生命之履早已迈过政府规定他开始颐养天年的那道门槛，60岁。

　　父亲那个成果的鉴定会，是前不久才召开的。关于父亲的成果鉴定会的盛况，我和母亲是在中央电视台《新闻联播》节目里看到的。三十分钟的新闻节目，父亲的成果鉴定会占了近三分钟，中央派了首长来参加父亲的成果鉴定会，总书记、总理等中央首长的题词，党中央、国务院、中央军委和各部委发来的贺电，播音员花了好长时间才念完。担任总设计师，从没在电视上露过脸的父亲的特写镜头，一次又一次占据着那块14寸电视机的屏幕，看得出，父亲是那样地激动，甚至兴奋，微笑始终挂在脸上，两片张开的厚嘴唇，似一朵绽放的牵牛花，苍白、憨厚，久久也不愿凋谢。第二天，街头报摊上各种报纸上又都印了父亲的名字——李国胜。父亲过去也上过几次报，但那些报纸上写的不是李国胜，而是"李教授"，仿佛父亲一生下来，爷爷就知道他一定会当教授，特意给他取的这个名。父亲的那个成果一直是保密的，父亲的名字也跟着它成为机密。现在父亲的名字已不再是机密了，可父亲的那个成果却还是机密，电视上、报纸上都没说它是个什么东西，干什么用的，只说它居世界领先地位，它像一座隐在浓雾中的高山，让人们昂起头来猜测着它的险峻和挺拔。母亲咧着嘴笑骂父亲，这老头，要么几十年不出名，这一出就出了个大名。这些日子，院子里的人，从机关干部到附中附小的学生，从科室研究人员到家庭妇女，无论开会学习，还是茶余饭后的闲聊，都在谈论父亲，谈论父亲的那个成果。甚至，昨天我在公共汽车上，发现几个打扮得土里土气，操着一口我似懂非懂的口音的外地农民，也在隐约地谈论我的父亲和父亲的那个成果。

父亲今天回家。父亲已经很久没有回家了，自从父亲的那个成果进入安装调试期，父亲就把铺盖卷搬进了那间他从不让我进入也从没跟我说过，像隐在一团浓雾后边的神秘少女般的实验室。鉴定会开过了，首长和专家们送走了，评功评奖也搞完了，父亲总算可以回家和我们母女俩团圆了。母亲一大早就去菜市场拎回一大篮子鸡鸭鱼肉，然后把我拉进厨房给她当助手，拿出她在食堂干了十几年学到的所有看家本领，准备给父亲接风。

就在七八道佳肴在红漆圆桌上飘着芳香，母亲双手伸到背后取下腰上的花围裙，我拿起三毛的《撒哈拉的故事》准备消遣等待的时光时，房门被无力地推开了，父亲出现在门口，手上拿着30年心血的唯一结晶——一本红艳艳的科技发明奖证书和一只装着一枚一等军功章的红灿灿的丝绒小盒子。他双臂搂着铺盖卷，吊着装有毛巾、牙刷的黄挎包，一副跋涉千里万里归来的疲惫样。母亲赶紧放下手上的围裙，迎上去接过父亲怀里的东西。父亲往沙发上沉沉地一坐，定定地望着我，那神态，仿佛我这个已年满25周岁的女儿，今天第一次出现在他面前。父亲瞄了我一阵后招了招手，让我过去。我放下三毛的《撒哈拉的故事》，迎着父亲的目光走去。父亲抓着我的手，让我坐在他身边。父亲的目光轻轻柔柔的，似一张密密实实的网，暖融融地罩在我身上。过去，尤其是我上学时，父亲这样看我，那是一张由恨铁不成钢的怨责编织而成让我身心战栗的网。我对父亲现在的目光，感到那样陌生，陌生中隐隐含着某种希望。父亲轻轻柔柔地瞄了我一阵，终于轻轻摩挲着我的手背，吐出一声如释重负般的叹息："爸爸的工作总算忙完了，下步该忙女儿的了。"父亲说忙我的，并不是我的工作自己搞不定要他帮忙，而是给我找工作。

我该感谢父亲，还是该为自己悲哀呢？

对于我这样一个高考落榜后走进军营，当了五年兵复员回家近两年还没找到工作的老待业青年；对于我这样一个整日只能坐在家里打毛衣，或在厨房给母亲打下手，25岁还不敢谈朋友的老姑娘；真的，我真不知该感激父亲，还是该为自己悲哀。

不过，还是该对父亲说一声"谢谢"的，在他的"独生子"——那个科研成果"长大成人"后，在他即将迈入离休大军的行列之际，父亲总算想起了他还有一个女儿。

2

我是父亲的独生女。对此，小时我曾抱怨过母亲，我的小伙伴没有一个像我一样是独生女，他们都有好几个兄弟姐妹，常手拉着手在一块玩，她们被别人欺负时，有哥哥或姐姐替她们出气。而那次一个孩子无缘无故揪住我的小辫子时，我却无处求援，只能使劲地哭，直至那个孩子动了恻隐之心，松开了手。从此，母亲上班后，就把我反锁在家里，我只能趴在窗台上远远地看着草坪上的小伙伴们手拉着手踢毽子，手拉着衣襟做老鹰捉小鸡的游戏。我常常摇着母亲的胳膊，问她我为什么没有哥哥姐姐，为什么不给我一个弟弟或妹妹。母亲总是轻轻把我搂进怀里抚摸着我的一头黄毛说，你爸爸工作太累了。那时，我很不理解给我一个弟弟与父亲工作太累有什么关系，直至我从一个小姑娘变成了一个女人，才渐渐弄明白了母亲话中的含义。不过，现在看来，我真该庆幸自己是个独生女，至少该庆幸母亲只生了我这么个独女。

母亲33岁才生我。母亲怀上我时，正是阳春三月。母亲说，在此之前，她听到了不少"这是只不会下蛋的母鸡"这样的话，自从怀上我后，母亲在人前，肚子越来越大，胸脯也越挺越高，她坚持天天按时去食堂上班，她迈着雍容的步子走在上班的人流中，目不斜视，微昂着黑里透红的四方脸，双手轻轻地护在肚子两侧。母亲终于等到了冬天，我即将出生的日子。可母亲也等来了父亲要出差的日子，一个月，而且任务紧急，得马上走。母亲给父亲收拾好行李，把父亲送出门后，忽然涌起一种从未有过的恐惧和茫然，父亲走了，母亲的唯一依托也走了。母亲想起了千里之外的我的外公外婆、舅舅姨妈。当天下午，母亲也收拾了东西，挺着大肚子爬上了火车，匆匆往老家赶。可母亲晚了一步，她挪下火车又爬上汽车，然后又趁着夜色踏上蜿蜒在山间的小路，当走到离家三里远的一个土窑边时，她突然感到肚子疼痛难忍，寸步难行，母亲知道，我已经等不及她挪完这最后的三里路，就迫不及待地要来了。母亲几乎是爬进路旁的土窑的，她打开包袱，做着迎接我的准备，阵阵难忍的剧痛使母亲在土窑里来回地滚着，发出一声声号叫。可这时，突然下起了鹅毛大雪。母亲的惨叫传出去不远，便被浓黑的夜色吞噬了，被沙沙的飞雪声覆盖了。外婆外公，以及所有山里人都坐在火塘边烤火，没人知道在这寒冷的夜晚，有一个从这山里出去的女人正在土窑里生孩子；没人知道这个女人是怎样用手捧着我首先出来的小脑袋，把我从她的身体里拽出来，然后用牙齿咬断我身上的脐带的。她用随身携带的所有衣物包紧血淋淋的我，把我紧紧地搂在怀里，咬着牙从地上爬起来，在风雪里颤颤巍巍地走完了那最后的三里路。他们只知道，当披头散发、浑身血渍的母亲抱着我一头撞开外婆的家门时，全家人都惊得目瞪口呆，消息传开后，全村人仿佛都不相信会发生这样一件事，都争相前来看望母亲和我。我常想，要是母亲不是个山里出去的女人，没有山里女人山一般高大结实的身板、山一般坚韧的毅力，这个世界上还有我吗？我真该感谢的，是母亲。

母亲说，我小时候扎着两条羊角辫，辫子上扎着两根红头绳，一飘一飘的，似两只翩翩起舞的红蜻蜓。平时，母亲不让我出去，只有在休息的日子，她才拉上我的小手到外边走走，用母亲的话说是到外头吹吹风。碰上那些不常见的爷爷奶奶叔叔阿姨时，他们总是用手摸摸我扎着两条羊角辫的小脑袋，惊诧地说："哟，长这么高了！"父亲也和这些爷爷奶奶叔叔阿姨们一样，用一种惊诧的语气夸我，父亲这样夸我时，是在我每次期末考完试后。我和父亲虽然同住一屋，但他却很少看见我，他平时几乎没按时回家吃过一顿饭。每天早晨，我吃完母亲下的面条，背上书包去上学时，他正鼾声大作，中餐是母亲送去的，而他吃晚餐时，我早已困得倒在床上了。父女偶然共进一餐，父亲连眼前的菜都不仔细看，甭说正眼瞧我这女儿了。只有每次期末考完试，老师要家长在成绩单上签字，斗字不识的母亲无法完成这项任务时，父亲才会正襟坐在椅子上，先向我招招手，让我拿起成绩通知单走到他身边，打量我一番，再像那些爷爷奶奶叔叔阿姨一样，摸摸我扎着羊角辫的小脑袋，惊诧地说："哟，我的女儿长这么高了！"但看过我的成绩单后，父亲脸上的喜气就像一片云似的倏然飘远，他用手指弹着我的成绩通知单，目光里喷出埋怨和责怪问："为什么才考了80多分？"在父亲看来，他自己是相当优秀的，他的女儿也应该是相当优秀的。但父亲只问我为什么，却从不问他自己为什么。

父亲始终不知道，一个失去父亲管束的独生女有多么地顽劣，自我约束能力是多么地低下，一个没有文化的母亲对她的独生女又是什么要求。只要她的女儿体格健壮、平平安安，她就心满意足了，至于学习的一般与优秀之间存在多大差别，她就无能为力了。现在我常想，假若将来我有孩子，是无论如何也要让我的那位负起教育义务的。

父亲对我这独生女是这样，对母亲怎样，就不难想象了。只说说我高考前，母亲生病那次吧。母亲得了子宫肿瘤，医生说要住院手术，我即将高考，父亲又整天躲在那个围墙里，母亲一直没去住院。可母亲渐渐地熬不住了，医生说再不住院，就要危及心脏了，我无论如何也不能以母亲的健康作为我跨进大学校门的代价，我把母亲送进了离驻地十几公里的一所野战医院。我每天自己烧饭，蹬车去看望母亲，而父亲却半个月没去医院打个照面，直至母亲做手术的前一天，医生让父亲去签字，父亲才在母亲的病床前站了五分钟，拉了拉母亲的手。母亲在手术台上躺了八个小时，这天父亲没来，守在手术室门口的只有我一个人，此后父亲又一个多月没去看母亲，一直是我在医院给母亲喂饭喂水、翻身擦背。尽管有我陪伴在身边，但母亲的眼睛却天天盯着病房门口，每逢走廊上传来脚步声，我就发现母亲苍白的脸颊上现出一层淡淡的红晕。当看见走进病房的是病友的亲人或是医生护士时，母亲就会轻轻地叹口气。我知道，我和父亲在母亲心里是两个不同的角色，此时，只有我这个女儿陪着，是远远不够的。但日复一日，母亲只能看见病友们的亲人一次次走进病房，提来一袋袋清香四溢的水果，捎来一声声烫人心房的问候，却始终看不见父亲的身影。渐渐地，母亲守望门口的眼睛就有些湿润，后来，母亲就用被子整日把脸蒙得严严实实的。有一天深夜我去给她翻身，一跨进病房，就听见了母亲伤心的哭泣，我的泪也立时被牵了出来。这一刻，我觉得父亲实在是不可饶恕的薄情寡义的人。

父亲得到宽恕是在那个雷雨交加的晚上。那晚，雷打得好凶，震得病房的窗户轰轰地响，张牙舞爪的闪电把漆黑的夜空撕成一块块碎片，雨哗哗地下，像泼似的。这晚，母亲的眼睛没望着门口，早早地就用被子蒙住了眼睛。可这晚，病房门口走进来一个人，身上的军装湿淋淋的，瘦削的脸庞冻得乌紫乌紫，活脱脱一个刚从水中爬出来的水鬼。我一看，这"水鬼"不是别人，正是我父亲。我赶紧推了推母亲。母亲掀开被子看见"水鬼"似的父亲时，眼睛瞪得大大的，半晌才问父亲是怎么来的。父亲说是骑自行车来的。母亲说，外边下着这么大雨，你跑来干什么，就不能等明天雨停了再来吗？父亲说，今天打雷把变压器打坏了，没电，加不成班，我才能来看你，等明天变压器修好了，有电了，我又脱不开身了。母亲听了这话，眼泪又哗哗地出来了，说，我又没让你看我，谁让你冒这么大雨来看我的。母亲一边流泪一边掀起身上的被褥，裹住湿淋淋的父亲。至今，我也不知道那晚是否真停了电。但不管真停还是假停，父亲能选择这样一个雷雨交加的晚上去看母亲，足以说明父亲其实是一个很懂得感情的人。

　　父亲这辈子，对不起母亲的事实在太多了，但它们全部得到了母亲的谅解。至今，让我这从山里出来的母亲耿耿于怀的，只有一件事，那就是我高考的问题。

　　母亲能下床走动时，离我高考的时间已不到十天了，母亲说什么也不让我在医院里陪她了，把我撵回家做高考前的最后准备。为尽可能挽回照料母亲耽误的功课，我每天只睡三四个小时，结果在高考的前一天晚上累病了，发起了高烧，没吃晚饭就倒在床上睡着了。而父亲竟忘了女儿第二天要高考，在实验室干了一个通宵。当我从昏睡中醒来时，已是次日8点40分，高考已开始十几分钟了。我从床上爬起来，感到肚子饿得慌，家里找不到一丁点吃的东西，只好硬撑着晃进了考场，结果饿昏在考场上。老师把我扶到家里，父亲还没有回家。老师又带着我找到了父亲的实验室。那是我第一次走近父亲的实验室，它砌着高高的围墙，围墙上架着密密的铁丝网，门口伫立着荷枪实弹的卫兵。门卫不让我进去找父亲，让他们给父亲捎句话，他们说，实验正值关键时期，天塌下来也不能打扰。老师只好把我带回自己的家里。

高考的成绩不言而喻。最后，我能读个自费，就觉得自己已经非常幸运了。但自费读了不到一年，母亲又担心我将来毕业找不到工作，让我到了部队，当了一名通讯兵。三年兵当完，战友们都纷纷给家里写信让张罗安排工作，退伍前都把单位落实了。我也给父亲写信，让他给我找单位。可父亲回信让我继续留队，并且让我留了一年又一年，当够了五年兵，把班里的"小妹兵"当成了"大姐兵"，在转志愿兵又无望的情况下，父亲才对我说："那就回来吧。"

退伍后，有关单位先后给我安排了几个单位，但都是濒临倒闭的工厂，我没去报到。安置部门多次动员我，说我是久经部队锻炼的老兵，应该到艰苦困难的地方去建功立业。对不起，又不是让我去当厂长、经理，只让我去当一名工人，我当不了救世主。我不要求进银行、邮电、保险公司这些好单位，我只想进一家发得出工资，凭自己的劳动能吃饱穿暖的单位，作为一个教授的独女，一个比别人多奉献了两年的退伍老兵，这要求，我认为一点不过分。这一点，父亲倒也支持我，大概父亲也知道仅有高中文化的女儿当不了救世主。只是父亲依然天天躲在那个神秘的围墙后，并不为女儿的工作操心，致使我复员后又在家里待业了两年。

谢谢父亲，总算在即将离休之际，想起他的女儿还没找到工作。

3

刚吃过中饭，未等母亲收拾完桌上的残羹剩菜，父亲就把她拉到自己的身边坐下，煞有介事地说，家务事小，孩子的工作事大，要分个轻重缓急，咱们得先商量一下给孩子找工作的事。父亲如此尊重母亲，我还是第一次看见，我为母亲高兴。可是和母亲商量如何给我找工作，父亲却似乎搞错了对象。要是母亲有解决我的工作问题的谋略，也用不着等到父亲离休后再商量了。母亲这样一个斗字不识，进城几十年还没有学会普通话的家庭妇女，在这个复杂的社会里，能做些什么呢？厮守了几十年，相互间竟然如此陌生，我真替他们悲哀。不过，这也难免，除了科研，别的事，尤其是生活上的事，父亲实在没费多少脑细胞，包括自己的婚姻。

父亲的家庭，应该是比较殷实的，否则父亲也难以成为同辈中罕见的"书生"。听说曾爷爷曾奶奶那辈还是清贫如洗，是爷爷奶奶把血汗一点点攒起来，家里才渐渐变得富有的。爷爷奶奶凭着自己致富的经验设立了自己的儿媳妇的标准：不必有文化，但体格必须健壮，尤其是臀部一定要宽，胸部要高一点，这样的女人不仅劳动能力强，而且生孩子利索，奶水有营养。而按此审美，母亲是再好不过的人选了。遗憾的是，母亲这优势，并未得到良好的利用，她一辈子只生了我这一个。在婚姻问题上，爷爷奶奶没有和父亲商量，那时也没有商量的余地。在父亲还不知道自己的媳妇是谁之前，爷爷奶奶早把娶媳妇的一切繁文缛节做完了，于是，在父亲高中刚毕业即刻赴朝参战、回家告别爷爷奶奶的第二天晚上，母亲这个父亲的远房表妹就成了父亲的新娘。此后，父亲和母亲一直牛郎织女，相隔千里。忽然有一天，父亲连续干了几个通宵后回来打开自己单身宿舍的门，看见一桌清香四溢的饭菜，还有坐在桌边憨憨地笑着的母亲，看见墙角的单人床也变成了一张双人床，父亲才知道组织上已悄悄给母亲办好了随军手续，派人把家给搬来了。不久，不等父亲过问，母亲的工作问题也解决了，在职工食堂当炊事员，这工作，对母亲已是人尽其才了。几年后，一个阳光灿烂、白云悠悠的日子，父亲又一次拖着连续工作几昼夜、疲惫不堪的身躯走出那堵高墙时，早已等候在门口的母亲，把父亲领进了一套宽敞明亮的三室一厅的新居室。走到门口时，父亲说，这是我们的家吗？是不是搞错了。母亲说，没搞错，所长亲自给我的钥匙，还有错？组织上给父亲安排了生活中的一切，使父亲的高超智慧在工作中得到了没有后顾之忧的展示。

　　而他自己的命运，父亲也似乎从没想过要自己去掌握。父亲这辈子，就像算盘上的珠子，任由别人拨来拨去。抗美援朝战争打响了，政府动员说，朝鲜战争是一场现代化的战争，迫切需要你这样的知识青年，父亲二话没说，怀揣着油墨未干的高中毕业证书走进了烽火硝烟。1953 年，在一次战斗的间隙，连指导员沿堑壕匍匐着摸到父亲的猫耳洞口，用炮一样的嗓门告诉父亲，将来的国家建设和军队现代化建设比现在的朝鲜战场更需要知识分子，组织上决定让他立刻回国上大学，父亲高兴地爬出猫耳洞，冒着炮火给指导员敬了个礼，然后披着硝烟走进了刚刚组建的"哈军工"那崭新整洁的校园。大学分科时，领导说，理论物理学科在国防现代化建设中地位十分重要，组织上决定让你主攻理论物理。父亲脚跟一并，响亮地回答了一声：是！毕业分配，领导说，学校师资力量奇缺，组织上决定你留校任教，父亲一声不吭地留下了。几年后，我国决定在西部成立原子弹基地，领导又找到父亲说，那里的建设工作需要大批物理专家，父亲二话没说，就从鸟语花香的大学校园走进那片风沙肆虐的西部旷漠。后来，国家组建了这个应用物理研究所，领导又找到父亲说，新成立的物理研究所，迫切需要一个有深厚理论造诣的学术带头人，于是，父亲这个已在国内理论物理界名声大噪的专家，又从西北旷漠来到这座东南古城。父亲这粒算盘珠子，就是这样随着国家运算的内容，毫无条件地被拨来拨去。只有那次上北京开会的事，表现出了那么一点自主意识。

这也是父亲这辈子仅有的一次自主。

　　爷爷奶奶用血汗攒起来的那些富裕，为爷爷奶奶换来了一顶"地主"的帽子，这顶"帽子"压得爷爷奶奶和我的那些伯伯叔叔们很长时间在人前抬不起头来。父亲因为有军装这道护身符护着，倒也没人敢在他的军帽上再加什么帽子，但档案上的"家庭出身"一栏，却写着"地主"二字。这两个字使父亲在那场我从中学教科书里了解到的轰轰烈烈的运动到来之后，也未幸免于难。母亲说，父亲前脚从核基地走进了研究所，一个工作组后脚就跟了进来。工作组打开研究所的档案柜，首先看见了刚刚放进去的父亲的那份档案。于是，父亲理所当然地成为工作组第一个隔离审查的对象。当年负责审查父亲、后来成为我们家好邻居的叔叔，曾很幽默地说起过父亲的这段历史。叔叔说，父亲是"长期潜伏在革命队伍中的国民党特务"，但与革命同志的审查配合极好，让他写个五千字左右的交代材料，他不左不右，最后一个句号准打在那种20×10的稿纸的第25页的最后一个方格里。厕所堵了，臭气熏天，工作组的同志让他去改造，父亲立刻捋起袖子，把整条胳膊伸进大粪里去掏下水道。那天，中央打来紧急电话，让父亲火速进京开会。这真是难煞了工作组，让父亲去吧，父亲是个"潜伏的国民党特务"，不让父亲去吧，中央的命令又不敢违抗。工作组开了半天会，绞尽脑汁才想出了一个折中的办法，让父亲去开会，但规定他只带耳朵不带嘴，不能点头也不准摇头，并派一个审查人员以秘书的身份陪会监督。那天开的是个科研听证会，国家准备上一个重大国防科研项目，当时，这个项目的第一种型号美、英、苏等国已研制完成，第二种型号尚在酝酿构思中，我国到底是先上一型，还是直接上二型呢？听证会就是想听听各路专家的意见。听证会一开始，投资方和研制方就意见相左，投资方要求直接上二型，研制方则要先上一型试试再说。但他们的争吵似乎与父亲毫无干系，他在审查人员的陪同下坐在会议室的一个角落里，悠闲地闭目养神。而他们则仿佛偏不让父亲安静似的，争吵声越来越激烈，公说公的理，婆说婆的道，会议室像装了十几个高声喇叭，乱哄哄的。父亲被他们吵得有些不耐烦了，血管里的血咕咚咕咚地往上冒，把苍白的脸膛涨成了一片猪肝色，他紧拽着沙发扶手的手沁出了一层汗，身体在沙发里不住地扭来扭去。这时，投资方说，上一型，虽然难度小，花钱也少，但出的是淘汰品，是白花钱。研制方说，国内基础工业薄弱，元器件质量差，工艺落后，能搞出一型就不错了，搞二型简直是异想天开。这下父亲可真是不耐烦了，像一张拉紧的弓忽然绷断了弦一般一下从沙发上站起来。也许是父亲的动作太突然太迅猛的缘故，吵吵嚷嚷的会议室瞬时静如止水，几十双眼睛齐刷刷地盯着父亲。主持会议的首长平静地站起来，微笑着望着父亲这个半路上杀出的"程咬金"说，李国胜，请你谈谈自己的看法。父亲的回答石破天惊般豪壮，放着一流型号不干，去干二流型号，还不如回家给老婆抱孩子！父亲的话似一滴水掉进油锅里，引起会场一片哗然。首长示意安静，又问父亲，国内的条件，上二型有把握吗？父亲说有。首长问根据是什么？父亲说，元器件差，工艺落后，可以通过先进的理论，严密的系统来弥补，就像建房子找不到大梁，小梁也可以，一根不够，就将两根捆在一起用。这时，父亲清晰地听见研制方的人哼了一声。父亲当然知道这一声哼的意思，别人是在说他站着说话不腰疼呢，反正这"房子"又不需要他去建。可是父亲装着压根没听到这声，眼睛都没朝他们望一眼，而是恳切地望着那个主持会议的首长，说，要是首长相信我，就把项目交给我，我不把二型搞出来，我死的那天，请您把花圈直接送到我的工作台上去。对父亲这等危难中跳出的双斧将李逵，首长哪有不用之理？父亲就这样抢了别人的任务，也把自己从政治审查的隔离室里解放了出来。这是研究所成立后抢到的第一个重大课题，父亲在抢这项任务时，并没有仔细思考它有多么困难，父亲没料到它会耗去他 30 年。

父亲更没想到，在他完成了这个艰难的项目，即将步入离休行列时，还有女儿的工作难题在等待着他。

4

找领导。

父亲有限的人生经验，只能让他采取这样的行动。父亲说，他埋头干了一辈子，连女儿的工作都没顾上，他一辈子就这么个女儿，现在任务完成了，就要离休了，要求给女儿安排个工作，相信领导会考虑的。父亲对自己的行动充满了信心。相信领导，相信组织，这是父亲那代人根深蒂固的观念。父亲立刻出门找领导去了。我边帮着母亲收拾桌上的杯盘碗碟，边在心里琢磨着父亲此去会有什么样的收获。父亲哪里知道现在安排待业青年，各行各业都是各扫门前雪。研究所只有一家印刷厂和一个实验工厂，效益一般，每月只发 80％的工资。就这样两家单位都早已挤破了门槛。安排家属和子女就业，早已成为与科研问题一样令所里领导头疼的难题。研究所的所长也是和父亲一样的学者专家，所长有四个孩子，和我一样都没考上大学，也同样没沾上父亲的光给安排什么好工作，都自己在生意场上混。但他们混得不错，现在四兄弟在广州合办了一个公司。他们中的老四不仅和我是同班同学，还和我做了四年同座，同学们常戏言我们是"一对"。没想到中学毕业不久，他竟然很认真地对我说，他很想跟我继续做"一对"，我去部队后，他一直和我保持密切的书信往来，并时不时地提起那个"一对"的话题，这两年他在广州发了，依然经常给我打长途，对我还是那番矢志不渝的味道，而我始终没发现自己哪一点值得他这样。因此，他越是这样就越让我觉得这是一种同情和怜悯，而我又偏偏讨厌这些。因此，这件事他始终是剃头挑子——一头热，并且以后恐怕还会"一头热"下去。前不久我又在院里碰见他了，他说回来办一批货。瞧他神气的，身上挂了大哥大，胯下骑着"太子王"，他摘下脸上的墨镜，问我工作落实了没有。我低着头说，还待业呢。他再次让我去广州干，说他们公司正缺营业员。毫无疑问，我谢绝了他。我依然不需要同情和怜悯。再说，我当了五年兵，有权利要求政府安排合适的工作，我为什么要放弃这个权利？

傍晚，父亲回来了。父亲找的果然是所长。父亲说，他到所长家里只是聊了聊天，并没提我的事。因为父亲从聊天中得知所长的四个孩子都没安排过什么工作后，就再也不好意思说我的事了。但父亲决定下一步还要继续找领导，找市里退伍安置部门的领导。去市政府时，父亲坚持要我同去。父亲说，领导亲眼看见你年纪这么大还没找到工作，心里就会替你着急，这样问题就会早些解决。在父亲看来，领导都有一副菩萨心肠。

市政府离研究所仅两站路。我和父亲很快就找到了退伍安置办，站在了"主任办公室"的门牌下。父亲很轻地敲了敲门。见没反应，父亲又敲，动作比刚才稍重了些。门里还是没反应。这时，隔壁房间有人走出来问，你们找谁？声音凶凶的，像是我们烦着他了似的。父亲向那人躬了躬腰说，找你们主任。他不在。请问他到哪儿去了？不知道。他什么时候在这儿？不知道。那他家住哪儿呀？那人上下瞄着父亲，你是什么人？我管他叫哥，他管我爸叫叔！这回，不等父亲开口，我抢先回答。父亲惊诧地看着我。那人也用同样的目光看了我一阵，说了声对不起，然后转身写了张纸条给父亲。纸条上除了主任的住址，还有一个电话号码。走出门口，父亲还一直惊诧地盯着我，山秀，你怎么能说谎呢？我指了指父亲手心的纸条说，我不说谎，他会给你这个？父亲叹口气，摇了摇头，一半是为那个人，另一半是为我。我知道，我说谎，父亲是很失望的。

晚饭后，父亲说，先给人家打个电话吧。我说，先打了电话，等会儿就见不着人了。我挽着父亲走在橘黄色的路灯下，经过一家商店时，我提议买点东西。父亲不屑一顾地说买什么东西，他这辈子就没干过送礼的事。父亲说，他在五六十年代工作调动那么频繁，遇到的困难还少吗？但不管什么困难，只要反映给领导很快就能得到解决，甚至有些困难，自己还没想到，组织上就给解决了，根本用不着送什么礼。就是过年过节也用不着，相互间空手串串门、聊聊天，心就贴了、亲了、甜了。父亲自从调到研究所后，除了出去开过几次会，出过几次短差，就再也没有走出过那堵神秘的高墙了，父亲的时间也没有走出五六十年代。一路上，父亲不停地跟我唠叨着他的五六十年代，直至我们拿着那张纸条，问了十几个人，终于走到纸条上写的门牌号下。

父亲站在铁门前，用右手食指拎起铁门上的环扣弹了弹，随着房里传出的咔嚓一声，头顶忽地亮起一盏灯，雪白雪白的，起码300W，把我和父亲照了个透亮。里侧的木门上也忽闪出一点亮光，我知道，房主人正通过猫眼打量我们。接着，木门慢慢地拉开了，出现了一个30岁左右的女人，身体比母亲还魁梧得多。她并没有立刻打开前边的铁门，像道门似的堵在那儿问，你们找谁？父亲隔着铁门向胖女人躬了躬腰问，请问这是市退伍安置办主任家吗？胖女人上下瞄了瞄父亲，又上下瞄了瞄我，再用目光扫了扫我们左右说，他不在家。然后不等我们再说啥，门就哐地关上了。父亲边往楼下走边惋惜地说，真不凑巧。而我却不这么认为，我分明看见在铁门和木门间放着两双鞋，一双是高跟皮鞋，一双是男式皮鞋，好长，足有四十几码。我把自己的判断告诉父亲时，父亲很不理解地说，那她为什么要说谎，把我们拒之门外呢？我让父亲想一想，主任家门口的灯为什么那么亮？

那个胖女人为什么仔细地看过我们后，还要用目光仔细地看我们两侧的墙角？父亲是搞出轰动全国的成果的科学家，父亲既然能解开大家解不开的自然之谜，我这几个小小的问号，又岂能难住父亲？但这个浅显的谜底却使父亲大感意外，一路上，父亲不住地唠叨着，现在的领导怎么这样呢？怎么这样呢？街上寒风凛冽，我紧紧地挽着父亲的胳膊，我感觉到父亲的身体在微微颤抖。次日清晨，在厨房煮面条的母亲告诉我，这句话，父亲唠叨了一个晚上。

但唠叨归唠叨，早上九点钟，父亲起床后，还是让母亲到军人服务社买了两瓶白沙液。白沙液是父亲喝过的最好的酒。父亲知道是时势造英雄，而不是英雄造时势。何况父亲并不是叱咤风云的英雄。晚上再去时，父亲让我别去了。父亲终于懂得并不是每一个领导都有一副菩萨心肠，至少他要去找的这个领导没有。

父亲是拎着两瓶白沙液去的。可快 12 点父亲回来时，手上还拎着那两瓶白沙液。父亲把它们往桌上一蹾，就一声不吭地一头倒在了床上。这两瓶白沙液的唯一功能，就是让父亲走进了那道门槛。一走进门槛，父亲就一眼看见了坐在沙发上的主任。主任是四方脸，白白胖胖，很有几分福相、几分官样的三十岁上下的人。主任给父亲指了指茶几那边的另一张沙发。父亲向主任躬了躬腰，把那两瓶白沙液放在茶几上。主任先瞄了白沙液一眼，然后看着父亲，问父亲有什么事。父亲就详细地说了我的事。主任就把过去他的部下跟我说过无数次的诸如体谅国家困难啦，退伍军人要主动到困难单位建功立业帮助国家渡过难关这样的一些话，又一次说给了父亲听。父亲听过这些话后，就再也说不出什么话，因为父亲也认为主任的这些话并没有什么不对。父亲陷入了一片茫然中。就在这时，主任的铁门又被敲响了。主任夫人打开房门后，一个与父亲年龄相仿的西装革履的老人隔着铁门叫了胖女人一声吴老师，进门后又叫了一声主任，然后向父亲点点头。主任很客气地让父亲先坐着，起身亲热地握着来人的手一起进了书房。

不一会儿，两人出来后，西装革履的老人立刻告辞。父亲也觉得自己再坐下去已毫无意义，也告辞跟着他出了门。可是，父亲刚走到楼下，主任就追了下来，把父亲提进去的两瓶白沙液又塞回父亲手里。父亲说，既然我提来了你就留着吧。主任笑了说，我不喝酒。父亲就以为主任不喝酒，就没再客气。父亲提着两瓶白沙液走出不远，有人从后边拍了拍父亲的肩。父亲回头一看，是刚才那个与他年纪相仿的西装革履的老头。那人指着白沙液，问父亲是不是主任的领导。父亲说，不是，是为子女的工作问题来找主任的。那人说，他也是为子女的工作来的，他是个中学教师，儿子当兵复员后，单位没办法安排，只能交给市安置办安置，明天就到市工商银行报到。可问题解决了，仅有的五六千元家底也花空了，第一次到这个主任家就送了一根金项链，一对金耳环。父亲终于明白主任为什么不喝酒了。那个西装革履的老人临走时，又拍着父亲的肩说，他一看，就知道父亲是个老实人。

次日早餐，父亲没起来。中饭，还是没起来。晚饭时，母亲做了几样好菜端到床头，父亲依然没吃。母亲以为父亲病了，让我去请医生。我告诉母亲说，父亲的病医生治不好。

父亲的病，还得父亲自己治。

5

不声不响、不吃不喝地躺在床上的父亲，一直在苦苦思索着一个问题：如何另辟蹊径。父亲仔细地回想着所有与他沾亲带故的人，但搜肠刮肚、绞尽脑汁也没发现一个能对我的工作问题有所作为的人。父亲又想起了他的同学和战友，虽然他们的样貌依稀还记得，但父亲在那堵神秘的高墙内躲了几十年后，已不知他们如今都在何方。父亲甚至想到了市长。可是父亲刚想起市长就想到，市长是日理万机的，为了自己孩子的区区工作问题去打扰市长，是否太不应该了。就在这时，父亲忽然想起了那几个转业的学生。那是父亲培养的曾让他得意万分的博士和硕士。但前两年他们都要求转业了。不是下了商海，就是跨进了官场，气得父亲指着他们的鼻子尖直骂他们"叛徒"。但父亲为了我的工作，决定放下师长的尊严，去找这些"叛徒"。那段时间，父亲在这些"叛徒"间奔走，连饭也不回来吃。父亲的学生们早已忘了父亲当年的痛骂，不仅轮流请父亲上馆子，还满口答应帮我找接收单位。但同时也跟父亲挑明，无论找谁，通过什么样的途径，经济上的破费是免不了，也少不了的，并且最后都得通过安置办。奔波数日，父亲除了上了几次馆子，喝过几杯一千多元一瓶的 XO 酒，别的还是一无所获。忽然间，父亲有一种举目无亲之感，父亲发现他现在面临的社会是由金钱和人情编织而成的无形的巨网，每一个人都是这张网上的一个结，而他的清高和自尊则是徘徊在这张网外的一个孤独的结，要想在这个社会上生存，就必须让自己也成为这张网上的结。

父亲别无选择。

一根金项链加一对金耳环大约要多少钱？

这晚，父亲去吃一个学生请的饭，喝得满脸通红回家后，突然问我。我说大约两千五到三千吧。父亲就大声对正在厨房刷洗锅碗的母亲嚷着，老太婆！给孩子拿三千块，咱也去买一根金项链，一对金耳环！

母亲像听到一声惊雷似的，嘴张得像捏在手里的那只瓷碗。前几年，食堂实行承包制、工作人员自由组合时，年逾五旬又斗字不识的母亲便回家和她的女儿一块儿待业了。父亲的工资便是全家唯一的收入。母亲每次接到实验室的会计阿姨送上门的父亲的工资袋后，先抽出几张寄给我那依然健在的爷爷奶奶、姥姥姥爷，每逢春耕秋种时，还要给我那些叔伯姑舅姨们寄几个化肥农药钱，然后才是她和父亲，以及我这个二十五六岁的大姑娘的吃和穿。

父亲当然不知道没打过算盘的母亲是如何掐着手指来安排他工资中的每一分钱的。父亲没问也没精力问这些。母亲也不向父亲说这些，母亲尽可能用一个大山里走出的女人的所有智慧和贤淑默默地安排着生活中的一切。即便她偶尔向父亲提起过生活中的艰难，父亲也不可能把它们记在心里。因此，当父亲听母亲说家里仅有五百元存款时，父亲的嘴也张得如母亲手里的瓷碗一般，父亲怎么也不相信家里只有这五百元，父亲说，五分钱能买两个馒头，而国家每个月给他一千多元钱，家里怎么会没钱呢？我告诉父亲，五分钱现在只能买半个水果糖。父亲说，又不是你当家，你知道啥？说我这是护着母亲，说五分钱怎么才半个水果糖呢？父亲认定家里绝不只五百元，是母亲小气，甚至自私，想留着以后自己花，把钱给藏起来了。我从没见过父亲这么固执，近乎蛮横、霸道，我不知父亲今天为什么这样，不知是否与溢在父亲脸膛上的那些 XO 酒有关。接着，父亲又将自己的判断付诸行动，几步跨进厨房，一把从母亲裤袋里摸出钥匙串，把家里的大柜小箱全部打开后，翻箱倒柜，一处旮旯也没放过，甚至连枕头都拆开看了，可父亲的唯一收获就是母亲用一块红绸布包得严严实实的五张"老头票"。蒙受冤屈的母亲已无力申辩自己的委屈，坐在沙发上默默地流泪。而我，也只能依偎在母亲身边给她一腔毫无价值的怜悯和同情。

父亲一直折腾到很晚才睡。但次日，父亲早早地起床了，生平第一次去了菜市场。父亲从市场上回来后，又生平第一次走进厨房去做早餐，但油盐酱醋父亲啥也找不着，最后用白开水煮了一碗糨糊般的面条，默默地端到了还没起床的母亲的床头。

6

其实，只要父亲愿意，在他离休后，家里的拮据，很快便可以得到改善。在科学技术成为第一生产力的今天，在这个新产品层出不穷的商品社会里，能研制出那样一个让中央领导题词的惊天动地的科学成果的父亲，还能不是一尊活"财神爷"？

就在父亲翻箱倒柜的第二天，我们家冷战气氛还没消散，极少有人光顾的家门被人咚咚敲响了，轻轻地，就像父亲那天去敲主任的家门一般小心翼翼。坐在门旁的父亲起身打开房门，是个老头，一身料子很一般的西服，一双沾满点点黄泥的皮鞋，胳膊上吊着个小提包，手上拿着张皱皱巴巴的旧报纸，那双小小的眼睛抬起望着父亲，又低下看看报纸，然后挤出一脸皱纹，把手伸向父亲道，我终于找到你了，李国胜教授。父亲一定以为是我们家多年没联系的乡下的什么亲人突然找上门来了，赶紧接过老头手上的包，把他让进门，请到沙发上。可等他喝完母亲沏上的热茶后方知，我们家祖宗十八代都和这老头沾不上亲和故，他是个农民企业家，他是看到报纸上关于父亲和那个成果的报道后，慕名前来向父亲寻求科技合作的。老头说，市场上正兴起一股高技术产品热，尤其是激光产品，据他对人们消费趋势的调查考证，激光影像技术在社会生活中普及后，激光治疗仪不久将进入千家万户。伤风感冒是最易患也最常见的疾病，目前很多医疗器械厂家正竞相研制一种伤风感冒激光治疗器，只要一接通电源，用激光照一下鼻梁，即可杀死全部病毒，所有感冒症状立刻消失，比所有速效感冒药还要速效百倍千倍。老头不知通过什么途径和手段，已弄到有关感冒的病理和机理资料，说若父亲能在三个月内设计出治疗仪，抢在其他厂家前面推向市场，报酬多多的。

应该说，这个农民企业家老头的运气不错，当他把这块"馅饼"从天上递到父亲的嘴边时，正是父亲感到饥肠辘辘的时刻。父亲在看过来人的生产经营执照等有关法定手续后，便决定吃这块"馅饼"。来人让父亲开个价。父亲说，你们给多少我就要多少。来人说，三万怎么样？父亲连说，够了，够了。父亲哪里知道，三万元对坐在他面前的这个老头来说只是九牛一毛，他不知道讨价还价是现代人的"时髦"，只要他稍稍摆摆科学家的架子，老头马上就会把酬金由三万改成三十万，甚至更多。父亲更不知道有很多像他这样的人早已用这种私接课题的方法把家底塞得殷殷实实。在父亲看来，不说三万，老头能出个三五千，能让他买一条金项链、一对金耳环，把女儿的工作问题给办妥，就已经足够了。最后，父亲和老头签了一纸协议。

送走农民企业家老头后，父亲去了一趟那间砌着高高的围墙，架着密密的铁丝网的实验室，抱回一台微机和一大堆科研资料，然后让母亲上街买了一块厚厚的呢绒布，把卧室的窗户捂得严严实实，一丝光都不透，并把母亲的被子从他们的卧室搬进了我的卧室，然后对我和母亲千叮咛万嘱咐说，以后家里无论谁来了，除了那个农民企业家老头，都说他不在家。把家里弄得似个地下联络点，神秘兮兮的。

我和母亲的生活似乎又回到了过去的老样子，她侍弄三餐，我打毛衣度日，偶尔给她打打下手。但心情却明显不一样了，母亲的烹调手艺忽然间长进了不少，而我手上的棒针也多了几分舞蹈的意味。家里很快就有钱了，我的工作问题也将因此结束久悬未果的状态。对父亲这样一个弄出过轰动效应的科学家来说，一个区区的感冒激光治疗仪，不就是盘子里的一把小小萝卜菜？

可是这回我估计错了。

过去，父亲从实验室一回来，一餐能吃六两补脑子的红烧肉，然后一觉睡十几个小时。可是父亲自从开始这个课题后，就莫名其妙地开始失眠了，房里的灯整夜整夜地亮着，眼睛整日红红的。饭量也减了许多，别说补脑的红烧肉，养命的米饭每餐也只吃那么一小碗，原本就瘦的人又明显瘦了好几圈，脾气倒是一天比一天大，有时我和母亲在客厅说几句话，也会让他大动肝火，弄得我和母亲在家里不得不踮起脚走路，躲到卫生间去咳嗽。而父亲最大的变化还是智力的下降，父亲说，他过去一坐到实验室的工作台前，很快就能全神贯注，智慧和灵感就宛如一眼春泉勃发而出。而从实验室躲进卧室后，注意力怎么也集中不起来，老走神，智慧和灵感就像一块用完了的扁扁的牙膏皮，怎么挤也挤不出，常常连一些常用的公式、定理也记不起来了，不得不花很多时间去查资料、翻工具书。这个一把小小萝卜菜般的感冒治疗仪父亲躲了一个多月卧室竟然毫无进展。那个赚钱心切的农民企业家老头三天两头地跑到家里来问进度，这让父亲越来越暴躁。这天，父亲终于忍无可忍，把这个老头轰出了家门。

没几天，老头又嬉皮笑脸地来到了我家。老头当然知道，不这样，他失去的不是几万、几十万，而是几百万、几千万，甚至更多。脸皮和自尊在现在的社会里，还不值它们的一个零头。父亲也同样别无选择，只能挤牙膏皮似的继续挤着已经枯竭的智慧和灵感。偏偏这天，电脑也凑起了热闹，突然发生了故障：CAD辅助设计系统操作失灵。父亲又不得不去查那本《电脑程序故障排除法》。父亲明明记得这本书前天用过后，就放在边上，可真是活见鬼了，父亲把身边几本常用的工具书翻了个遍，也没发现它。父亲只得耐着性子，蹲到码起来足有一人多高的资料旁一本一本地翻着。忽然，父亲意外地翻出一张沾满积尘、已经发黄的纸，上边写着几行已经模糊淡化但很娟秀的毛笔大楷：

奖给先进科技工作者李国胜同志

国务院××部党委

×年×月×日

父亲一看见这张奖状，早已憋在心头的那股子劲终于爆发了，猛然抓过一叠书，奋力摔在地上，暴跳如雷起来。

老子不干了！

老子还为谁干！

然后，在客厅静坐的我和母亲就听见一声沉闷的砸碎什么东西的声音。当我和母亲用尽全力撞开父亲的房门时，只见父亲叉着腰气鼓鼓地站在窗前，书和资料扔得满屋都是。桌上的电脑滚到了墙角，地上的键盘已碎成了三块。

7

父亲突然大发雷霆，当然是有原因的。这张奖状的确让父亲付出了过多心血，吃了太多苦头。当然，它也给父亲带来过意想不到的好处。

这张奖状的故事发生时，我的脑袋上还没长出几根黄毛。但直至我满头乌发、背着书包去上学了，在外边看见别的小伙伴手上拿着好吃的东西，出于孩子好吃的天性情不自禁地向别人伸出手时，还有一些小伙伴们把我的举动和父亲这张奖状的故事联系起来，用小手挠挠自己的小脸蛋，朝我挤着眼睛说，羞羞，和你爸一样不害羞。可见父亲这张奖状的故事，是何等"家喻户晓"。它曾在很长时间里，被小朋友们用作对我表示鄙视的话柄。当然，现在我已深深地理解了父亲。父亲那样做，完全是出于无奈。

父亲抢到了二型的研制任务，接受了国家的投资，建起了重点实验室，正式投入研制工作后，才渐渐地发现，用落后的设备、工艺和元器件来研制这个世界领先的项目，并非像他在听证会上所说的"把两根小梁捆起来，同样可当大梁，同样可以建大房子"那样容易。大到理论问题，小到工艺技术问题，没有哪一块是好啃的骨头，它们形同一团乱麻，紧紧地缠住了父亲的手脚。父亲的研制工作困难重重、举步维艰，连续干了五六年，关键技术还没突破。就在这时，父亲听到了一个对他很不利的消息，美、德、英、法等国的同行们，由于二型的关键技术难以突破，认为它存在根本原理性错误，在一个月内，先后宣布下马。在此情况下，父亲在北京的上司完全有理由这么想：别人条件那么好都搞不出二型，我们条件这样落后能行吗？但父亲偏偏回答说，能行！父亲坚信二型的基本原理是正确的，并非"死胡同"，它只是一条荆棘丛生的峡谷。上司们并不否认父亲的看法，但要父亲在一份合同上签字：保证在三年内突破关键技术。父亲对成功有信心，但在时间上没把握。如果父亲做人稍微灵活或圆滑一点，在合同上签了字，也就没有后边那段痛苦不堪、刻骨铭心的日子，没有那张奖状的故事了。可偏偏父亲的为人认真得近乎古板，是个言而有信、说到就必做到的人，父亲怎么能自欺欺人，在合同上签字呢？这样一来，上边不予立项，中止拨款就是预料之中的事了。但若想如此就能让父亲放弃自己的追求，那可就大错特错了。可巧媳难为无米之炊。父亲没钱当然不行。上边不给钱，父亲就把所长当救星，天天坐到他办公室要钱。这可真难为了所长，所里的所有项目就数父亲的课题肥，上边拨给父亲的经费占研究所全部财政拨款的一半多，其他大大小小上百个项目，哪一项的经费都是老母猪的奶——喂自己的崽都嫌少，让所长到哪儿去给父亲找那么多钱花？但所长终究敌不过父亲的执拗，不得不到那些"老母猪"们身上给父亲挤奶喝，答应每年给父亲匀10

万。尽管这点钱，比上边过去每年拨款的零头还要少好多，但它却让父亲的那个项目摆脱了中途夭折的命运。所长也因此成为父亲一生中最敬重最信赖的人。

这个鬼城市，夏天热得似火炉，冬天又冻得似冰窟。父亲那段日子的艰辛，可想而知。当初建设父亲的实验室时，就配置了空调设施。可上边停止拨款后，父亲无论如何也花不起每年万元的电费了，空调设施自然成了闲置设备。冬天，父亲和他的助手们都把大衣、棉衣棉裤、绒衣……部队发的所有冬装全裹在身上，一个个臃肿得形似太空人。夏天呢，父亲就在门口悬一块"女人勿入"的告示牌，然后父亲这个大科学家和助手们的身上只穿着大裤衩。所幸父亲的实验室没有一个女同胞，不然那场面真不知有多尴尬。但即便如此，没几天每人身上还是捂出了一层密密麻麻的痱子，就像一根根裹满芝麻粒的大麻花。痱子奇痒，分散工作精力，父亲就让人去卫生所提了一桶痱子粉扑在身上止痒，每天一个个蓬头垢面、灰不溜秋，不难想象其滑稽的样儿。父亲甚至连买几块做实验用的大理石的钱都舍不得掏，在一个大雨滂沱的日子推着手推车走到四五公里外的施工场上去借。起初，工地负责人并不理睬"吝啬"的父亲。可当他们知道这些大理石将用于国家重大科学实验时，不仅爽快答应了，而且派人给父亲装好车，送到了实验室。

父亲实验室的窘迫，也不可避免地波及家里。在那段时间里，父亲的实验室常常拮据得差旅费都掏不出，若这时父亲或是家庭有困难的助手必须出差时，父亲就向母亲伸手。而在此情况下，母亲哪怕自己和我三餐只能喝稀饭，也没有让父亲失望过。但父亲每次接过钱后却只能交给母亲一叠车票和住宿票，随着这些车票、住宿票在母亲箱子里越积越厚，我们这个原本就捉襟见肘的家，越来越难当了。终于，在这年的腊月二十九，已身无分文的母亲不得不捏着一沓厚厚的车票、住宿票，请示父亲这年怎么过。大科学家父亲怔了半晌，叹口气说，就这么过吧。这些车票住宿票不可能换来鸡鸭鱼肉，就这样，大年三十的年夜饭，我们家只能吃几块豆腐。我记得那段日子，我们家的餐桌上几乎天天都是大萝卜、大白菜。

可这些，丝毫没有影响父亲搞科研的劲头。这就是父亲，他想干的事，你越不让他干，他就越是要干出来给你看。转眼又至年尾，这天上午，父亲从床上爬起来，啃掉母亲留在蒸笼里的两个大馒头，又照常走进了实验室，开始埋头工作。中午，母亲把饭送去了，他没吃。晚上，也没回家吃饭。奇怪的是，父亲一天没吃饭，竟一点也不觉得饿，他闹不明白，今天这两个冷馒头为何这般管用。父亲这天唯一的欲望就是调试机器，只要坐到机器旁，父亲就觉得精神抖擞，第二天下午三点钟，父亲眼前的绿灯忽然一亮，紧接着父亲的眼睛也跟着一亮，然后父亲那清瘦的身躯就像一根被压制已久的弹簧高高地从那张椅子上弹了起来——我们成功了！可当他的助手们闻声赶来时父亲却一头栽在地上了。父亲是饿昏的。父亲被助手们抬到卫生所输了两瓶葡萄糖液，又吃了母亲送去的两大碗米饭外加四只荷包蛋后，又精神抖擞了，立刻跑到邮局，向北京的上司们报告了关键技术已突破的喜讯。

北京的上司们此时正在筹备五年一度的先进集体和个人表彰大会。上司们听到父亲的消息后，高兴得竟忘记已连续几年没正式给父亲拨款这一事了，当即把父亲的名字写到已铅印成文的嘉奖令上，电话通知父亲马上前往北京领奖。父亲忽然间觉得非常累，想坐卧铺去北京。可是父亲的手头已穷得连一张硬座票都买不起，最后还是所长给他特批了一百元钱才得以成行。年前年后，火车上难免挤得慌，父亲连一张座位都没找到，他在过道上站了一晚后，实在支持不住了，就钻到座位下边躺下了，结果被一个前来查票的乘警给逮了出来，看父亲那一身尘泥、满脸污垢，别说警察，谁看了都会认定是专干逃票勾当的社会盲流。乘警凶神恶煞地吼着要父亲拿票出来。父亲不得不规规矩矩地掏出了票。可是乘警看了车票后还要看工作证。大概父亲觉得一个军人、一个科学家钻到座位下睡觉是件极掉价的事，怎么也不肯掏出工作证。这样乘警就更加肯定父亲是盲流，猛地扣住了父亲的手腕，要把他带走。那时，盲流是派出所收容的对象。乘警那双铁钳般的大手不仅扣疼了父亲的手腕，而且给了父亲莫大的耻辱，父亲愤然甩开手腕上的那只手，闪电般从口袋掏出了工作证，啪的一声拍到乘警的手上。乘警肯定怔住了，他怎么能理解一个盲流竟敢在乘警面前耍威风呢？可当他低头翻开父亲的工作证时，眼睛都瞪圆了，工作证上赫然写着"副师职科技研究员"。乘警当然有理由怀疑这是赝品，但翻来覆去看了数遍，也没能发现清晰地压在父亲照片上的"国防部"的钢印上有什么伪造的痕迹。乘警不得不赔着笑把工作证还给父亲，连说着对不起走了。可父亲早已憋在心里的那股子气，岂是乘警的一个笑脸就能泄去的？

　　父亲的上司们完全有财力和人力把几年才召开一次的表彰会组织得热热闹闹、隆重非凡。且不说会议厅门口高悬的气球，里里外外数十条醒目的口号横幅、主席台上芬芳四溢的鲜花这些个外在装饰，也不说与会代表住宿之豪华、三餐之丰富、参观游览点之多这些实惠的内容，只说说来参加会议的首长，就足以证明表彰会的档次了。那天坐在主席台上的中央首长就有好几个，本系统的头头脑脑就只有坐拐角的份了。

　　表彰会首先是部里一号首长作总结报告，然后中央首长作指示，接着宣读嘉奖令，最后才颁奖。作为候补代表的父亲无疑是最后一批、最后一个走上主席台的。父亲过去那段走马灯似的工作调动史，使他拥有不少的同学和同事。当这些同学和同事看见"失踪"多年的父亲突然出现在主席台上时，惊讶过后便给父亲送上了一阵热烈的掌声。这天给父亲颁奖的正是部里的一号领导。一号领导笑容可掬地把奖状递给父亲，但父亲接过奖状时脸上竟没一丝笑容，也没按常规给首长敬礼，和首长握手。在首长们纳闷的目光里，父亲一个向后转，高举起那张奖状，激动地说：

现在我需要的不是这个东西！

热烈的会场顿时一片哑然，上千双目光刷的一下盯着父亲。

李国胜，你现在需要啥？沉寂中，父亲一个坐在前排的同学笑问他。

父亲大言不惭，我需要的是钱！

同学又问，这几年部里给了你多少钱？

父亲就伸出四个指头晃了晃。

台下的人说，四百万还少哪？

父亲又晃晃那四根指头，没吭声。

大家就叹着气说，四十万是少了点。

父亲这才大声说，什么四十万，是四万！

台下立时一片哗然，纷纷议论父亲的上司们不像话。中央首长们也把责问的目光投向了部里的头头脑脑。这情景让部里的那些头头脑脑够难堪的了。然而让人敬佩的是，他们居然迅速把它转变为一次树立自己权威的契机。他们在主席台上耳语一阵后，一号领导便带着一脸微笑从父亲的身后站了起来，对着麦克风大声地宣布：

会议结束后，请李国胜同志立刻到财务处办理 500 万元的拨款支票！

会场上又一次掀起浪涛般的掌声。

8

接下来，父亲要做什么，就不难预料了。这件事，和在领奖台上要钱一样，父亲也完全可以"申请专利"的。

气鼓鼓地站在窗前的父亲，在我和母亲花了近三个小时把混乱的房子重新收拾利落后，情绪已经好多了。吃了晚饭后，他居然还产生了再去主任家拜访的念头。父亲莫名其妙地问母亲有没有红纸，然后拿了母亲给的红纸后便空着手走了。但不一会儿父亲又转回来提上了那两瓶上次主任说不会喝的白沙液。现在的父亲已不是刚刚走出那堵神秘的高墙时的父亲，经过这些日子的磕磕绊绊，父亲所学到的社会经验，已足以让他把再到主任家拜访这样的事办得很得体、很巧妙。父亲走到主任家门口时，已完全把自己的情绪调整到一个热情的串门者的样子了，甚至当主任太太看见父亲手上的两瓶酒后打开里层门时，父亲还响响亮亮地叫了一声"吴老师"。父亲进去后看见主任正坐在客厅的真皮沙发上看新闻联播。父亲叫了一声主任，看见主任请坐的手势后，便也在沙发上坐下，同时将手中的白沙液放在他和主任之间的茶几上，然后边品着主任亲自给他沏的龙井，边老朋友拉家常般跟主任说着话。这回父亲只字不提我的情况，这样主任也就不可能再跟父亲说过去他的部下跟我说过无数次的、诸如体谅国家安置困难的这样的话。父亲这天只谈他自己，他的人生经历、他刚刚完成的那个轰动全国的成果。许是父亲奇特的人生经历和那个成果的神秘引起了主任的好奇，或是钦佩，主任听得很认真，间或还由衷地点点头，后来主任竟然向父亲竖起拇指，连说了不起、了不起。这时，父亲才不失时机地从怀里掏出一个鲜艳的金丝绒小盒子和一个厚厚的红纸包，轻轻地从茶几上推到主任面前说，我孩子工作上的事就劳你费心了，这是我的一点小意思。然后，主任还没来得及再说"我不会喝酒"这样的话，父亲就已告辞走了。

可以想见，父亲走后主任家里是怎样一副情形。无疑，主任和主任太太首先会对父亲送去的这只精致的金丝绒盒子欣赏一番，猜测着是怎样金贵的一件首饰才配有这样一只金贵的盒子，是钻石还是蓝玛瑙？想象着圆圆鼓鼓的红包里藏着多少"四巨头"，再带着对父亲的无限感激小心翼翼地打开金丝绒盒子，然后主任和主任太太同时怔住了——

一枚一等军功章。

相信，当主任拿起那个红包时，脸上已经布满沮丧，动作也有点粗鲁了，他哧的一声便把红包撕作两半，然后就露出了一个似曾相识的小红本——

《中国共产党章程》。

毫无疑问，父亲送去的这两样特殊的礼物，足以让主任夫妇失眠一个晚上。因为当父亲回家后说了他给主任送去的礼物时，连我都失眠了。父亲这样做，给我的第一个感觉是痛快，然后第二个感觉就是：父亲把我的前途给毁了。父亲是大科学家又怎么样，大科学家又不是大市长，现在大市长对握有实权的下级还得悠着点呢，何况一个科学家，还轮得到你指手画脚、说三道四？我看父亲明天就早早地起床，赶紧去翻主任楼下的垃圾桶吧，不然那枚一等军功章让捡破烂的捡了去，还真有些可惜的。

但我显然低估了父亲。

父亲送军功章、党章后的第五天，我们家正吃着面条，那部一向沉默的电话机忽然尖叫起来。我抓起电话，话筒里跳出一声似有些耳熟的声音，是李教授家吗？是的。那请他接电话。父亲接过我递上的话筒，刚喂了一声，脸上那些不多的肌肉便欢快地抖动了一下，慢慢地溢出了欣喜的笑容，然后身体站得笔挺，对着那个话筒一个劲地说着谢谢。父亲听完电话后，刚吃了一半的面条也不吃了，莫名其妙地一把抓住我的手说，走，我们现在就走！

父亲和我来到了市退伍安置办，只见主任办公室里已聚着好些人，正兴致勃勃地说着什么。主任看见我们后，大步流星迎上来握住父亲的手，请他到沙发上坐了，满怀崇敬地介绍着父亲和父亲刚刚完成的那个成果。众人听了，纷纷上前和父亲握手，纷纷说着夸奖父亲的话。对于这种场面，父亲过去肯定应付得不多。大科学家父亲面对这些突然而至的夸奖和恭维，就像一个在深山老林里耕种了一辈子的老农忽然间走进了一片蔚蓝的大海，被一朵朵美丽的浪花簇拥着一般，受宠若惊、不知所措，只木讷地站着，带着一脸灿烂又呆板的笑机械地伸着右手，让众人轮番抓着热烈地摇晃。主任又热情地介绍了我这个大科学家的独生女，夸我是个久经部队锻炼的"花木兰"，然后指着一个和主任年龄相仿，身穿棕色中褛皮服，脸上架着一副极好看的眼镜的人对我说，这是夏意电器公司人事处的王处长，当然也是你未来的处长。这回轮到我受宠若惊、不知所措了，王处长的手在我面前伸了好一会儿，我才意识到失礼，双手猛地一把抓住。松开时，竟发现王处长轻轻揉了揉那只被我握过的手。夏意电器公司的确是值得我激动的。在这个城市，夏意公司几乎老少皆知，"夏意"这个品牌名在一个时期内几乎成为这座城市的象征，虽然前两年由于管理方面的问题，也曾一度滑向倒闭的边缘，但今年他们已与国外某实力雄厚的大公司实现了合资联营，引进了一大批外汇，这意味着"夏意"又迎来了一个新的春天，再次腾飞指日可待。这样一个单位，可以说已远远超出我的期望值了。紧接着，处长又像部队那些班排长分配公差勤务似的指挥着众人办理我的就业事宜，张三和王麻子办理档案交接手续，李四去开报到证，刘五办理组织关系……众人领受任务后都去了，当他们十几分钟后再次聚到主任办公室时，什么行政关系、党组织介绍信、报到证，所有手续一应俱全都捏在了我的手上。就这样，我苦苦等待了近两年、父亲奔波了数月的就业问题，主任只用了十几分钟便解决了。我的大科学家父亲，竟能施展出如此神功，是我连做梦都想不到的。

事情办完了，主任和大伙还继续放着工作陪父亲说话，这显然使父亲感到过意不去，父亲立刻起身告辞。但这时，主任让父亲稍等，主任从办公桌抽屉里拿出了一个小红本——父亲送去的那本党章，郑重地捧在手心说，感谢您给我送去了这份厚礼，这是你们老同志对我们年轻人的希望和鞭策，我不仅要收下，而且要随时带在身上。主任小心翼翼地把党章揣进了西服里面的口袋里。他又从抽屉里摸出了那枚军功章，爱不释手地抚摸着金丝绒盒子，满怀遗憾地说，这个我也很想收下呀，可是它太贵重了，它凝聚着您老一辈子的心血啊，我岂能夺人之爱呢，还是您老自己留着，我还年轻，让我自己去挣吧。主任把奖章放进父亲的手心后又拿出那两瓶白沙液，这时主任脸上的笑容里已有几分严肃了，说，李教授，这我就要批评您了，同志之间，何必搞得这么庸俗？再说您是长辈，我是晚辈，理儿不顺嘛。还有，我不是早就跟您说过嘛，我不会喝酒。主任指着周围的人说，李教授若不信，您问他们。众人就都说，主任的确滴酒不沾。大科学家父亲那喜气洋洋的脸上，此时已是尴尬不堪，连说着对不起，低头接过主任手上的白沙液，赶紧告辞出来。

回家的路上，父亲直骂上次给提了个醒的老头，说他不是人，居然诬陷主任这么好的领导，良心让狗给吃了，说以后若碰见他，一定要骂他个狗血淋头，替主任出口冤气。接着，父亲又怨我，说我变得这样俗气，真让他失望。尽管我心有余忧，两年悬而未解的问题，就这么轻而易举解决，事情恐怕没这么简单吧。可我的手里毕竟拿到了有关手续，在这个铁打的事实面前，对父亲的责怪我不得不洗耳恭听。

当晚，母亲又拿出全部绝招做了一桌好菜，父亲开了一瓶白沙液，自斟自饮了好几杯。

9

次日，我去单位报到。父亲坚持要与我同去。我想，既然父亲乐意，就由他吧。虽然这样别人会把我这在军营里滚爬了五年的二十五六岁的大姑娘当成那些第一次远离父母去上大学的小丫头片子。

天气也为我高兴似的，阴阴沉沉了好一段日子的天空突然间放晴了，一丝云彩也没有，炽热的太阳挂在湛蓝的天上，照得大地暖暖融融。父亲的心情也如这天气一般晴朗，一路上都在兴致勃勃地和我打着赌。我说，这段时间不是阴雨绵绵，就是云遮雾罩，今后肯定有一段晴朗日子。可父亲抬头看了看天后却说，最多晴一天，甚至半天，晚上肯定下大雪。父亲说，冬天阴冷得太久后突然放晴，意味着一场暴雪很快来临。还说他的家乡把这种短暂的晴朗，叫"开雪眼"，"雪眼"一开，大雪就会铺天盖地地来，然后才会真正晴朗起来。我问父亲为什么。父亲是物理学家而不是气象学家，父亲说不出令我信服的理由。父亲见说服不了我，便要和我打赌，我想起小时候常和母亲解绳套、猜谜语，刮过母亲不少鼻子，但还从没刮过父亲的鼻子，便说谁输了让刮三下鼻子。没想到父亲居然哈哈笑着同意了。父亲老了，父亲也小了。

说笑间，已到了夏意电器公司，呈现于我们面前的是一座前几年才落成的全市最高的大楼。"三菱"把我们送上了19层后，很快我们便找到了人事处。坐在宽大办公桌后边的王处长，还是昨天那样，中褛皮服，脸上架一副极好看的眼镜。王处长响亮地叫着"李教授"，迎上来热情地握着父亲的手，把我们请到沙发上坐了，亲手沏上两杯茶，才接过我递上的那些手续，分门别类地夹到挂在墙上的一溜皮夹子里，回头朝我们歉意地笑笑说，你们喝茶。然后就坐到办公桌前写着什么。我和父亲边喝着茶边等着王处长安排我的具体工作。但王处长只顾埋头写着，好像已忘了我们的存在。果然，王处长很久之后抬起头看见我和父亲时，就像看见两个贸然闯入他办公室的人似的怔了怔，然后扶了扶镜框笑问父亲，还有事吗？我便也笑着走近王处长的办公桌，问下一步给我安排什么工作。王处长说，你先回家等着吧，到时再电话通知。我问要等多久。王处长说，这就很难说，多则三两年，少则一年半载吧。我说，夏意公司不是已经和国外合资了，很快就要生产新产品吗？怎么还等这么长时间才能安排我的工作呢？没想到王处长听了，竟有些惊讶地问，夏意公司的情况刘主任他们没跟你说过？原来夏意公司与国外实现了合资经营后，大部分股份已旁落洋人手中，人事、经营、财政等大权均由外方操纵。原夏意电器公司的冰箱、冷柜、空调等系列产品中，洋人只看中了夏意冰箱这一款产品。对原夏意公司的员工，洋人也只接受工龄在两年以上的四十岁以下的青年技工，其他人只能继续坚守冷柜、空调这两个已经破落或即将破落的阵地，等待着时来运转、东山再起。

　　我等待了两年、父亲奔波了半年的结果，只是让我从社会待业转到工厂待业，父亲显然是不会甘心的。父亲当即带着我去找退伍安置办主任。坐在办公室的主任看见我们后，又满面春风迎上来握住父亲的手，请到沙发上，沏来龙井茶，然后关切地问我去报到没有，安排了什么工种。父亲放了茶杯，叹着气说起了夏意电器公司的情况。主任听了，脸上那些灿烂的阳光就慢慢消失了，许久才叹了一口气说，全市每年可是有几千人应征入伍。主任这话真不愧是经过深思熟虑的、高水平的，既含蓄，又到位，主任知道我是能听懂的，当然大科学家父亲更不可能不懂——全市每年有几千人入伍，也就有几千人退伍，退伍办就要安排几千人就业，这要牵涉多少企事业单位，他这当主任的哪能对每个单位的内部情况都了如指掌？当然这是表层意思。再往深里一想，不就是——如果这几千个人都像你们一样挑挑拣拣，我这退伍办主任还怎么干？果然，父亲脸红了，低下了头。但父亲还是向主任提出了给我另换单位的请求。主任摇头叹气，一副爱莫能助的样子说，只要我没去报到，还可以考虑，既然我已去报到，就是夏意的人了，他再管这事，别人就会说他手伸得太长了，怀疑他受了我们家的贿。

父亲不得不带着我悻悻地离开了主任办公室。

中午，我和父亲在一家面馆里每人要了一碗面条，各吃了半碗，然后坐到了下午三点，又登上那座全市最高的大楼，找到了王处长，请求他特殊一回，把我安排到合资公司去。王处长露出一脸苦相说，他自己都不知到哪儿请谁网开一面呢，原公司的管理干部合资单位一个也不要，他这人事处处长早就是一张"空头支票"了。这不，他今天一天都在写简历和求职报告，准备去另找东家，另谋生路呢。不过，王处长说，听说合资公司的外方老板是个极富同情心的人，建议父亲去找找他，像我们这种情况说不准会让他大受感动，然后为我破一回例。

笑话，中国人的问题中国人都解决不了，让军人、大科学家父亲去求外国人解决，可能吗？

和父亲走出"三菱"时，一股寒气迎面而来，让我猛地打了个寒战。抬头方知今天的晴朗，果然是开的"雪眼"，铺天盖地的鹅毛大雪不知何时飘洒下来了，已在地上积了厚厚的一层，晶晶亮亮的。父亲不仅是杰出的物理学家，还是出色的气象学家。父亲赢了。公共汽车已经停开，出租车也消失了，街上只剩下穿戴如企鹅的稀落的行人，喧嚣的世界突然变得一片沉寂，仿佛这个世界已被暴雪冻僵了。对这场暴雪毫无防备的穿着单薄的我和父亲，在纷纷的大雪中蹒跚而行，不久，便被雪花裹成了雪人。父亲走在我前头，纷飞的风雪劈头盖脸砸在他身上，父亲不得不揣着两袖，缩紧了脖子，弓着腰身，那委顿的样子，让我想起被大雪覆盖着的嫩苗。我赶上父亲，用自己冰凉的身体靠紧他那更加冰凉的身体，我们同时感到了一阵阵砭骨的寒冷。

回到家时，母亲已经做好了热腾腾的丰盛的晚餐，烧上了火盆。高压锅扑出的蒸气、火盆里悠悠的火苗、空气中缭绕的饭菜香，还有母亲灿烂的笑脸，使家里显得暖融融的。但坐在沙发上的父亲却仿佛没有感到丝毫暖意，依然如在风雪中那般兜严了两袖，缩紧了脖子，弓着腰身，呆望着被鞋上的雪花洇湿的地板。母亲边小心翼翼地往杯里倒着白沙液，边轻声招呼父亲，老头子，吃饭吧？父亲没动。母亲放下酒瓶子，怔了一会儿又试探着问，老头子，孩子的事到底咋样了？父亲没吭声。我就说，妈，您别问了。母亲再没文化，也能猜到些什么了。她回头端了一张小凳，坐到厨房门口默默地流起了眼泪。一家人就这么坐着，饭菜凉了，火盆里的炭火行将熄去，渐渐地，温暖的家里开始流动着阴森的凉气。这时，父亲却仿佛刚从冻僵的状态苏醒一般轻叹了一声，然后起身走进卧室，把前不久从实验室抱回来的那些资料及那些奖状、一等军功章给抱了出来，蹲在火盆边，一本一本撕碎放到火上。顿时，火盆里火焰熊熊，家里烟雾腾腾，纸烬纷扬，仿佛一个大烟罐。父亲被呛得不住地咳着，我和母亲也被呛得泪流满面。但我们谁也没有责怪和劝阻父亲。直至深夜，地上的那一堆纸只剩了那些奖状，父亲正用两根指头拎着那只装着一等军功章的金丝绒盒子犹豫不决时，我才情不自禁地蹲到了父亲身边，随时准备将手伸进红色火焰中去掏金丝绒盒子。虽然它只是一块普通的铸铁镀了一层极薄极薄的金，虽然它无论在市场上还是在社会上，含金量越来越低，但我相信，凡是穿过几年军装、扛过几年枪，在风里雨里滚爬过几年、拿了几年每月只有几十元甚至几元津贴费的人，都会懂得它真正的价值，在这种情况下，都会义无反顾地像我这样做的。

何况父亲为它付出的是30年的心血，父亲也曾把它看得比自己的生命还重要。

10

父亲那个项目真是多灾多难。

父亲那个项目的最后一难发生在天上。

父亲那个项目的主要部件，所里不能加工生产，是父亲派遣助手带着图纸前往北京的专业厂家监制的。到了成果鉴定会前把机器安装好一调试，才发现这个主要部件生产质量不过关。鉴定时间迫在眉睫，父亲把那名助手一顿臭骂后，不得不亲自带着图纸飞往北京。父亲寸步不离工厂的机器，师傅们生产的每一个零件，哪怕是一个螺丝帽，他都要进行一番仔细检测。父亲在机器旁蹲了六天六夜后，终于抱着一台无可挑剔的机器匆匆地登上了往南飞的航班。

父亲坐在紧靠舷窗的位置。窗外的蓝天万里无云，洁净如洗，阳光灿烂。机舱里，橘黄的灯光、发动机的轰鸣、乘务员恬淡的笑脸，在这万米高空之上营造了一方温馨安详的天地。已经六天六夜没合眼的父亲，很快便靠着椅背睡着了。父亲说，他在飞机上做了一个奇怪的梦，梦见自己的两只手变成了一双翅膀，穿云破雾追逐着一只老鹰。老鹰不住地回头嘲笑父亲，李国胜，你连我的尾巴也别想摸着。父亲说，不拧下你的脖子我就不是李国胜。父亲奋力拍着强有力的翅膀，终于抓住了老鹰那长长的尾羽……就在这时，父亲被一阵剧烈的颠簸惊醒了，接着，父亲便听到播音员那微微颤抖的声音，各位乘客，飞机出现故障，机务人员正紧急抢修。请大家注意保持安静，务必配合我们的工作。乘务员马上向乘客发放纸和笔，大家有什么话要对亲人说，请写在纸上。然后打开前座的布袋，按安全说明书的要求，做好迫降的准备。安静的机舱瞬时像个炸了窝的蜂巢，掀起一片惊叫、谩骂、号哭，然后是死一般地沉寂，绝望笼罩了每个人的心头，大家就像一堆堆烂泥似的瘫在座位上。在这期间，父亲的心头也曾涌上一阵恐慌。但它像闪电一样仅仅是一瞬，父亲的脸上便恢复了平静。父亲从座位上站起来，跨到过道上，打开行李架，取下那只随身携带的大皮箱，取了那台机器和那捆图纸，然后脱下身上的羽绒服，小心翼翼地包上那台机器和图纸，再用几条裤子扎紧。父亲做这一系列的动作时，就像一个战士出征前整理自己的背包，是那般井井有条，没有显出丝毫慌乱。然后，父亲抱着这个沉重的大衣包，迎着众人绝望的目光，迈着军人的步伐，从容地走向故作冷静、正给乘客发放纸笔的乘务员，大声地问她谁可以跳伞。在此情况下，凭父亲的这些举动，乘务员有充足的理由怀疑他是个神经病。乘务员大声向父亲吼叫着，你若想活命，就立刻给我回到座位上，系紧你的安全带！哪知父亲毫不示弱，命我可以不要！但这包东西绝不能不要！它比你我的命要贵重十倍！百倍！！千倍！！！父亲这语气，哪怕是一个在天上飞了几十年的乘务员听了，也绝不敢马虎。乘务员立刻将这一情况报告给了机长。父亲当即被请进了驾驶舱。机长在抢修飞机的紧急关头，仍然抽出了几十秒时间了解了父亲的简要情况，然后决定把飞机上唯一的预备伞给父亲用，让机要员和他一起跳伞。这是一把自动伞，不用人工开启，只需父亲带着跳出飞机，伞就会自动张开，父亲就能安全着陆。可是父亲谢绝了机长的好意。父亲说，他带着机器和图纸跳伞，不仅可能掉进水里，把那些图纸泡成纸浆，而且着陆不稳，会把机器砸坏，决意要具有丰富跳伞经验的机要员带着机器跳伞。父亲把那台机器和图纸郑重地交给机长后，回头走出驾驶舱，在一片恐慌的目光里，脸上挂着放心的微笑走向自己的座位。他目光紧盯着窗外，直至看见机翼下跃出一个人影，不久又开了一朵绚烂的伞花，父亲才收回了目光，按安全说明书上的要求，系紧了身上的保险带，并用双手紧捂着后脑，低下了头颅。这时，父亲才感觉到身下的坐垫正一点点地向下滑落，正带着自己一步一步地向着那个不幸的时刻靠拢，靠拢……这时，忽听轰的一声，紧接着，跌降的飞机又奇迹般地仰头跃入了云空，10分钟后，终于平稳降落在机场。机上惊魂未定的乘客们抱在一起哭作一团。但父亲却迅速离开了座位，第一个冲出了机舱，挡开了舷梯下那一只只迎接他的手臂，去追赶机场前往救援机要员的小车。父亲他们是在一个山谷平地上找到机要员的。父亲的机器和图纸完好如初，但机要员的一条大腿却骨折了。机要员为了保护父亲的这台机器，降落时用那条大腿做了它的缓冲垫。从不曾流泪的父亲抚摸着机要员的伤腿，感动得泪流满面。

事后，父亲逢人就夸那个机要员，而对自己视死如归的历程，却这样描述，早在几十年前的朝鲜战场上就时刻准备着这一天了，有什么好慌的。当我从旁人口中听到父亲这话时，父亲给他曾当了五年兵的独生女带来了好一阵骄傲和自豪。

那只金丝绒盒子，父亲当然不会丢进火里，它的价值，父亲那代人比我们更明白。

然而这场风雪毕竟来得太突然了、太凶猛了，它让父亲当晚就病倒了，这回可是真病，高烧四十多度，神志不清、呓语连篇，第二天便住进了医院。但父亲只输了几瓶葡萄糖，在医院躺了两天便回家了。父亲痊愈得如此迅速，这是我怎么也没想到的，我更没想到的是父亲从医院里回来后，竟如刚从哪个度假村精心疗养了一番回来一般，比过去任何时候都显得神清气爽、红光满面。父亲还兴致勃勃地又要和我打赌，我问父亲赌什么。父亲说，那个主任肯定是兔子尾巴，过不了多久就会倒霉的。父亲说，他跟着共产党干了几十年，对共产党是了解的，共产党绝对饶不了这帮蛀虫！五六十年代的刘青山、张子善贪污了两千多元钱，都被判了死刑。父亲就像发表什么宣言似的，显得这般信心十足、胜券在握。我知道，父亲那代人对中国共产党有着深厚的感情、坚定的信念。这次我没和父亲赌，当时我只报以轻轻一笑。

11

父亲开始了真正的颐养天年的日子。那个想开发激光感冒治疗仪的农民企业家老头，曾百折不挠地三番五次地来找父亲，可他每次得到的都是父亲毫无余地、坚定不移的回绝，最后几次竟被气恼的父亲拒之门外。父亲似乎真想"金盆洗手"，从此与科研工作一刀两断了。但这样一来，时间这一生命的载体，竟成了父亲最大的累赘。父亲打开电视，看到广告节目，就叹气，电视台都快变成商场了。国产电视剧，看不上十分钟就摇头，生活是这样的吗？外国电视剧，也让他直皱眉头，这些洋人也真是的，在大街上搂搂抱抱的干什么？只三天，父亲对电视瞄都不瞄一眼了。为帮助父亲消遣，我到租书店给他借了一套《射雕英雄传》，可父亲第一集还没看完，就把它扔进了墙角，说武功既有这么大能耐，学了武功就能呼风唤雨、飞天入地、人人都去学武功好了，还学科学干吗？我又建议父亲去老年活动室下棋，我听说父亲在哈军工时曾是物理系象棋界的"棋王"。结果第一天，父亲就因悔棋这样一些细节和对手吵了个面红耳赤。父亲什么都看不惯，干什么都不顺心。再也无事可做的父亲，就像一头拉了一辈子磨突然

163

卸了套的精力充沛的老驴，整日在家里转来转去，一次次地抱怨着那些制定劳动法的人，大骂他们是一群未老先衰的家伙，不然怎么会想到让一个人60岁就退休呢，说60岁正是出成果的时候，父亲甚至给人大写了一封信，要求更改劳动法、延长退休年龄。父亲终于尝到了一个思维正常、身体健康的人赋闲在家的滋味了。

好在父亲这样的日子过了并不久。上级决定继续开发父亲那个项目的更新型号，也继续开发父亲的智慧，部里在父亲的离休报告上批示：继续发挥余热。父亲离休的事就这样昙花一现般，很快结束了。所长是在父亲直打呵欠准备歇息的晚上10点多钟来到我家的。父亲听到这消息时，正不住眨巴着的眼睛猛然间瞪得似一对猫头鹰眼，炯炯有神、光芒迸射。父亲当即和所长钻进那间实验室，又是次日晚上才回来。看来父亲这辈子只能属于那间实验室了。

也许是父亲知道了赋闲在家的滋味实在不好受的缘故吧，父亲继续工作后不久，破例给我在实验室里谋了份临时工的差，让我终于有了机会走进那个父亲工作生活了30余年的砌着高高的围墙、筑着密密的铁丝网、门口站着荷枪实弹的哨兵的神秘天地。在此前，父亲一个劲地向我唠叨那个我在五年的军营生活中已不知背了多少遍、考了多少次的《军人保密守则》。其实，父亲的顾虑实在是多余的。因为实验室里的一切，我除了认识那几台电脑外，其他的一无所知。我像走进了个迷宫。

我的工作是打磨石英片。父亲的安排，对于他仅有高中文化的女儿来说，已经人尽其才了。这是一种再简单不过的劳动了：坐在凳子上，用手轻轻按着石英片即可。但要磨出精品，却绝不是一件简单的事，不仅坐姿要正、手势要对、用力要匀，而且要聚精会神，思想绝对开不得半点小差，父亲说，在这简单和不简单之间，就是工艺水平。另外，父亲还安排他新招的几个研究生和一名博士和我一道干这活。

那名博士是刚调来的，听说很有些才气，父亲准备让他担任副总设计师。父亲也知道60多岁已经不年轻了。只是我不懂父亲为啥也要他们干我这临时工的粗活。让我更不懂的还是父亲为我这临时工安排了不少基础理论课。父亲不仅找来一整套物理专业的大学本科教材，而且为我制定了缜密的学习计划，其中还有考试安排。有时他给学生上辅导课，竟也把我叫上一块儿听。父亲还振振有词地说这叫交叉学习，取长补短，共同提高。磨一天石英片就够累了，然而，下班后的日子我更难休息。父亲把过去的很多工作交给了那个新来的博士干。这样，在晚上或节假日，父亲就可以待在我的身边充当一个出色的家庭教师了。父亲并不理解我这时多想看电视松弛一下神经，到公园里走走活动活动筋骨，他又怎会理解一个二十五六岁的人身边坐着一个指指点点的老头时，心里的那股别扭劲。每逢我表现出一丁点厌学的迹象，父亲就会痛心疾首地说，不学习，你连临时工都干不好。而每次看完我的作业后，父亲就用食指和中指生气地敲着覆盖着一个个大红叉的作业本吼叫，没想到我李国胜的女儿这么笨！然后就不厌其烦地一次又一次讲解那一道道打了红叉的题目。每天，父亲不把我折腾（请允许我用这个词）到深夜绝不允许我躺下。父亲对我这样的生活，显得那样得意，说早该这样了，前段时间真是瞎折腾，大发了一番悔不当初的感慨。而我自己就不尽然了，说真的，要没有月底那个发工资的日子，我真有些坚持不住了。对于一个二十五六岁的老待业青年来说，自食其力的日子，有着多大的诱惑，是不言而喻的。我甚至想好了第一次工资的开销：给母亲买一件御寒的呢大衣，为父亲置一双保暖的棉皮鞋。

终于熬到这天了，我一上班便兴冲冲地走进财务室。可当会计阿姨拿出工资单让我瞄一眼自己名字后边的那个数字时，我像触了电般猛地怔住了——120元。这也叫工资？我当兵时的津贴费还五六十元呢，它能让我自食其力吗？会计阿姨说，问你父亲去，他是老板。这还用说？我当即就找到了老爷子。可是父亲面对女儿一串连珠炮似的问号，却轻松地笑着说，谁叫你是我的女儿呢？再说你现在的主要任务并不是挣钱嘛！

原来父亲醉翁之意不在酒呢。

假若我还是十八九岁的中学生，对父亲的这番良苦用心，我会感激涕零的。但我已经是个高考落榜后在军营里泡了五年又在社会上赋闲两年多的二十五六岁还没找朋友的老姑娘、老待业青年了，他这番良苦用心就只能让人啼笑皆非了。我想父亲也真够理想主义的，竟然幻想着身边的一个临时工有朝一日会成为居里夫人。

12

决定"炒"父亲的"鱿鱼"，是在一周后的星期日。这天，我在去澡堂的路上，与刚从广州回来的所长老四不期而遇。他还是过去那样帅气，腰间别着沉甸甸的大哥大，胯下骑着豪华的"太子王"，鼻上架着高深莫测的墨镜。他开口又关心起我的工作问题。我说，在父亲手下打工，每月工资120元。我一副霜打萝卜菜似的垂头丧气的样子。我不知道为什么竟向他诉起苦来，过去在他面前从没这样过。只见他脸上泛起一丝惊奇，然后又泛起一层喜悦，说他也跟三个老兄拜拜另立门庭了，现为元美日用传销公司效力，两个月前就已干上"红宝石"了。说我要是愿意跟他干，不说每月120元，12000元都不成问题。我说我连什么是传销都不知道，怎么跟你一块儿干。他立刻神采奕奕、滔滔不绝地向我聊开了他的"传销经"，说这还不简单，不就是我传给你，你传给他，他再传给他吗？只要亲戚朋友多，再加上腿勤、嘴甜就行了。传销多少多少就是"红宝石"，多少多少是"翡翠"，多

166

少多少是"钻石",多少多少是"金钻","红宝石"每月工资近万元,"翡翠"5万多,"钻石"10余万,而像许兆和、梁冰婵夫妇这样的"金钻"竟然高达数十万。

他的话让我怦然心动了。我有为数众多的亲戚,有十年寒窗的同学,我还有五年并肩作战的战友,我更有一副从母亲那儿遗传来的健壮的身板,我无论在学校还是在部队,人缘极好,至今我还保存着他们的通信地址,有书信往来的不下百人。要是把他们发动起来,加上这些亲戚、同学,战友的亲戚、同学、战友,这是一个何等广阔的传销网啊。既然我有这样的优势,我为什么不也出去闯闯呢?但我没本钱。他说他有的是钱,还向我做着鬼脸说他的钱不也是我的钱吗?这回我真是不理解自己了,对他这样的话,我居然没否认,只低头笑笑。

我已经二十五六岁,我不能再牵着父亲的衣襟跟着他的脚印走,而该像一只鸟儿那样去自由地飞翔了。然而,女儿"炒"父亲的"鱿鱼",毕竟是件让人尴尬的事情,他能接受得了吗?

结果我因此第一次领教了父亲生气的滋味,而且还不是一般的生气。晚饭前,我自然不能向父亲说。饭后,是父亲一天中最高兴的时刻,我也不忍说。然而,当母亲收拾完饭桌,系上围裙走进厨房后,我却不能不说了,因为这时父亲又拿出我的那些教科书和作业本,笑眯眯地坐到了我的身边。果然如预料的那样,父亲刚听完我的决定,那张阳光灿烂的脸立刻垮了下来:

这是谁让你干的?!

我能说出他吗?若父亲知道是他的主意,真不知会做出什么不理智的行为。父亲见找不到"教唆犯",又如他探索科学谜底一般,寻根问底地向我盘问起传销问题,当他听完我刚从所长老四那儿听来的"传销经"后,大发雷霆了:

这是偷税漏税、违法乱纪!只有没文化的人才干这种事!

我知道父亲并非有意伤害我。可我的回答也是无意的——

你有文化，你是大科学家又怎么样？连自己女儿……

尽管我很快意识到这话将给父亲带来多大伤害，及时控制住了自己的舌头，可我还是把父亲气坏了，父亲的脸色刷地变了，嘴唇哆嗦着说不出话来，半晌才把手朝门口一甩，向我发出一个雷霆万钧的声音：

滚！我没你这个女儿！

咣！母亲手中的碗滑落在地，碎了。

这么快就要踏上传销之路，我真有些措手不及。但我却不得不走。母亲追了出来，很失望地望着我，山秀，你真走啊？我说，妈，让父亲消几天气也好。父亲，母亲，原谅你们不孝的女儿吧。

当晚，我就到所长老四那儿领了一批芦荟系列化妆品和足够的路费走进了火车站。候车时，尽管有他陪在身边，可我还是感到了一种难耐的落寞，便去买了一份当日的晚报。哪知我打开一看，眼睛立刻为之一亮，报上有这样一行醒目的黑体字：

沙海市退伍安置办公室主任×××因有索贿受贿嫌疑，被市检察机关收审。

父亲真不愧是科学家，料事如神。

当我跑完这趟传销，回来把这消息告诉父亲时，他还会不要我这个女儿吗？我想。

野　火

1

　　妻子莲背着儿子旺，手提人造革大包，走到八连临时来队家属房，汗涔涔、笑嘻嘻、甜蜜蜜地叫了一声"他爹"。正生着煤炉的石连长抬起头，揉了揉被浓烟熏红的眼睛，望一眼妻子莲的肚子，马上觉得这事很蹊跷。

　　半个月前，妻子莲来信说，她又怀上了，她本想生下来，给他上个双"保险"，可肚子一鼓，就藏不住，让限期一个月内引掉，说这还是看在军属的分儿上，否则就报告部队，让石连长回家一趟，要么她去部队。他父母不在了。她说她手术后，家里连给端碗水喝的人都没有。

　　石连长被吓了个不轻，也让他对数月前的那个晚上后悔得不行。那是莲来队探亲的最后一晚，莲用悠悠的"小兔子乖乖"早早地把儿子旺哄进了梦乡，两口子也早早地拱进了一个被窝。本来这晚两人不该操练那种事情的，但一想次日一别又一年半载，两人就情不自禁。结果这晚两人时间稍长了些，结束时竟发现把套给弄破了。他拿过包装一看，发现是国内某橡胶厂生产的，气得他直骂，偏偏这仅有的一次意外就意外出鬼了。

　　当时，连队的施工进入关键时期，若按时完成，数十万元款子就会按合同拨到团里的账上。而拖延完成，按合同一天两万地扣。他能离得开吗？

但眼前莲的身材分明比过去还苗条。

石连长纳闷地把目光缓缓地从莲扁扁的肚子抬到她幸福甜蜜的笑脸上，你不是说又……

莲笑着放下包，解下背上的旺儿，回头睨着石连长说，你个傻瓜，你不想……

原来妻子莲唱的是"空腹计"，为的是"调虎离山"，或寻找来队的理由。这让石连长心里像搁了块石头，很不痛快，怨道，你怎么能骗人呢？妻子莲笑着说，人家想你嘛。石连长说，要骗也不能用这种法子骗。妻子莲说，不这么骗，你能让我再来队？

这时，石连长突然想起妻子莲数月前的那次来队和团长与他的那次谈话。妻子莲那次来队，在工地上住了两个多月还不走。那天，团长用自己的一号吉普把他从工地接到了办公室。

团长客气地给他递上了一支烟问，家属来队多久了？

他赶紧低下头，两个多月了。

团长的意思，他懂。部队有规定，未随军的军官家属每年只能来一次队，住一个月。

你当连长快满五年了吧？团长又说。

他再傻，也知道团长这话的意思：团里准备让你动一动，在这节骨眼上，你可得注意影响。

他一回到工地，便立刻做妻子莲的动员工作，次日就让她回家了。

没想到，这节骨眼还没过，她又来凑热闹。

臭婆娘！

嘭！石连长反手把门一摔，疾风般离去。

西北风嗖嗖地刮着，像一枝枝带刺的荆条直往人身上抽，面颊、耳朵阵阵刀割般疼。石连长低头甩开大步，像钻密密麻麻的刺蓬般钻过连队边上的风口，一屁股坐在山洼里的草坪上。

坐了一会儿，天就黑了。石连长想，她大老远来，这样待人家太那个。就回去了。

妻子莲早就把饭菜弄好了。一家人吃完洗毕，已到了该歇下的时候了。

石连长虽和妻子莲拱在一个被窝，但只给她一个背。他对她心里还有气。妻子莲在背后咻咻笑。石连长说，你笑啥？妻子莲说，笑你刚才摔门、骂人挺有干劲，现在倒没干劲了。石连长在黑暗里自嘲地笑了，转身轻搂着妻子莲。妻子莲手伸到枕下摸东西，碰碰他说，给。石连长问，啥？妻子莲说，你自己看呗。石连长接过那东西，捏捏，是个纸盒子，摸了灯绳拉亮，是操练用的那玩意儿。石连长把那玩意儿往枕下一塞，摇摇头。妻子莲说，你有病不是？我可不想再给你骗人的理由。这回我骗不了你。为啥？这回是从乡计划生育专干那儿开后门要来的。都一样。不一样，质量高了好几个档次。你又骗人。骗人不是你婆娘，不信自己看。

石连长慢悠悠地翻身，拾起那纸盒，凑近台灯一看，果然看见那上边写着两个和电影《奇袭》中那些美国兵的钢盔上一样的大写英文字母：US。

石连长扑哧笑出声来。

这时，连队方向突然响起一阵急促尖厉的声音。因为它，漆黑的夜色更漆黑，宁静的夜晚更宁静，仿佛时间停止走动，地球停止了运行，所有的心脏停止了跳动。

有情况！石连长衣服一披，裤子一套，鞋一跶，抓了帽子、腰带，拔腿就朝连队窜。

石连长边穿着衣服边飞奔到连队，突然从泡桐树下射出一束手电光，照着他的脸。谁？是团长的声音。石连长抬手挡住手电光说，是我。

团长声音严厉，擅离岗位，哪儿去了？石连长说，上临时家属房了。团长说，上临时家属房啥事？石连长说，婆娘又来了。旁边有人笑。团长重咳了一声，止住那些笑，说，她今年不是来过吗？石连长说她进攻意识太强，我没防住。又有人笑，但都捂着嘴。团长说，为啥不报告？石连长说下午刚来，没来得及。团长不问了，掀起袖子看腕上的夜光表。

这时，作训股长边偷笑边凑到石连长耳畔说，年终了，来检查一下你们的战备情况。

原来是紧急集合。石连长一听，身上刚冒出的一层热汗里又加了一层冷汗。一分多钟过去了，兵们的宿舍里还风平浪静、毫无动作，只有梦魂在悠然地游荡。

塌方了——

静谧的宿舍里突然爆出一声吼。石连长一听，急得直跺脚。坏事了，这回洋相可出大了。兵们做梦都还在打隧道。兵们宿舍里立刻像沸水似的乱作一片，继而兵们似泄闸的洪水，从各门口奔涌而出，向四周流窜。集合！集合！石连长站在操场中央，扯着嗓门喊了半天，总算收拢了队伍。可刚刚平静下来，伤兵贺东又一路叫喊着连滚带爬撞出了宿舍，你们等等我，不能丢下我这个残废呀，不能眼看着我被活活压死呀……石连长赶紧奔过去扶住贺东，压低声音道，别嚷了，没塌方，是紧急集合。贺东这才擦着满头汗珠安静下来，悄悄走进队列中。

团长和股长、参谋、干事们手中的长手电晃过来了，一一从兵们身上晃过。此刻，石连长觉得自己的脸皮，被人硬生生、血淋淋地剥下来了。瞧瞧跟前这些兵吧，简直惨不忍睹，没戴帽的、没扎腰带的、穿倒了鞋的、套反了裤的……五花八门，有一个新兵，晚上刚发生了一场"防空战"，旧"伪装"撤掉了，新的"伪装"没盖上，让整个"战场"裸露着。嘻，幸亏这里没女人。

团长又唤过军务参谋，检查军容风纪。其糟糕程度就可想而知了，不仅头发长、指甲长，而且很多人的军装破了、鞋子脏了，指甲黄黄的留着泥土的痕迹。军容风纪没一个合格。

全团哪个连队像你们这样？你们过去的八连哪儿去了？现在的八连是个啥？简直是一支农民打工队！

团长给石连长甩下这句话痛心地走了。但它却像一杆锋利的钢钎，把石连长的双脚扎在地上，很久也没拔起来。

团长没说错，他八连今年来的确是支农民打工队。

近些年，沿海部队、城市驻军大搞劳务输出，奖金、过节费、生活补助，源源不断地落进了官兵的口袋里。那辆每天进出部队的邮车，和那辆接送来队家属的"老解放"把这些信息运送了进来，渐渐地，这支仅靠每月打印在工资表上的工资艰难度日的部队，就失去平衡了。部队领导不得不琢磨着也搞点创收，他们有的是劳力，却有劲没处使。部队驻扎在偏僻的山区，四面高山几乎让他们与世隔绝，附近就一个不足万人的小镇。山上虽有着茂密的森林，但谁也不敢动它一根毫毛，它是国家一级自然保护区。今年总算来了个机会，小镇附近要修一条高速公路。团里当即成立了副团长任组长的工程承包小组，四处奔走揽工程。承包组眼睁睁看着人家用"老头票"包走了一块块"肥肉"，他们面前只剩了一块人人都不愿啃的又硬又没肉的"猪腿骨"——一个百余米长、地质复杂、阴河纵横的公路隧道。但部队考虑再三，还是拿过了这块"骨头"。再不拿，就连啃"骨头"的份也没了。反正部队有的是劳动力。团里之所以没把这块"骨头"交给别的连队，而是放进了八连的嘴里，是因为八连是个纪律严明、管理严格，有突击力和战斗力的连队。八连没辜负团里的信任，按时啃下了这块"骨头"，从"骨头"上为团里撕下数十万元的"筋皮肉"。但谁又想过，这"骨头"是怎么啃下的呢？战士分三班连轴转，干部分两茬轮番跟，除了睡觉吃饭，就是泥猴似的在坑道里钻出钻进。一年来大伙手里不是铁锹镐头，就是风钻推车，没摸过一次枪，没出过一天早操，没检查过一回军容风纪，那时他这连长脑子里整天只想着一件事：推迟一天完成团里就少两万元收入。

2

整顿。

团长亲自给石连长打电话。团长说，复员工作马上展开，到时军长要蹲到团里来，八连务必在军首长下来之前整顿好军容风纪，不能因为一颗耗子屎坏了一锅汤。两天后，他还要带人来检查军容和内务，到时再出洋相非拿他这连长是问不可。

石连长也算是老连长了，这一类整顿他知道该怎么搞。他放下电话，往通讯员跟前的椅子上一坐，把头顶的棉帽一摘说，给我收拾了。通讯员瞧瞧连长的头说，连长，还没超标呢。也收拾了。是！通讯员给石连长围了白布，拿了推子问，老规矩，左右摆？不。那一边倒？秃驴。通讯员摇头说，何苦呢，嫂子昨天刚来队。石连长瞪了他一眼，让秃驴就秃驴，啰唆干吗？

通讯员几推子下去，嚓嚓几下，便铲尽了那片黑黑的"次生林"，露出一个秃秃的山顶。

石连长解下脖子上的白布，拍打几下身上的头发，抓过棉帽往头上一扣，说，通知各排，立刻带到课堂集合。通讯员脚跟一并，风一般跑了。

石连长刚准备上课堂，只见吴拔领着一群兵挤进了连部。石连长赶紧请大伙坐。这些兵都是准备年底脱军装的老兵，得好生待着。尤其是吴拔这兵，虽不是班长，也不是副班长，但其在连队的号召力绝不亚于任何一个排长，在兵中，是个一呼百应的头儿。石连长客气地问，大伙有什么事吗？吴拔也貌似客气地说，我们想请问连长是否还记得一件事。石连长问啥事，吴拔嘿嘿笑着说，就是奖金问题。实事求是说，石连长是把这事给忘了。但经吴拔这么一提醒，他马上就记起来了。那是施工进入关键时期的一个傍晚，石连长带着兵们去上夜班，可刚走到隧道口，吴拔就和一伙老兵坐下不走了。石连长问他们为啥。吴拔就像今天一样要汇报思想。石连长就说，你说吧。吴拔说，我们都是当兵的是不是？当然是。当兵为的是保卫祖国是不是？这是天职。保卫祖国就要苦练军事本领是不是？这还用说。吴拔说，那我们现在是给部队打工是不是？石连长说，不能这么说，打工是给老板赚钱，我们是为部队做贡献。吴拔说，都一样，只是老板不同。因此，既然是打工，我们就要工钱，起码也得意思意思，好买包烟解解乏。石连长说，我们当兵的要讲奉献。吴拔说，那你们当官的为啥不带头讲奉献，有食堂吃着，有工资拿着，还让我们打工赚钱发奖金，我们不要部队按劳付酬，已是了不起的奉献了。这个问题，石连长可是头回遇上。至于它的答案，石连长更是从没思考过，也没从书本上看见过，首长们似也没说过。石连长真不知如何回答吴拔好。无奈，石连长为抢时间、赶进度，让兵们尽快干活，只好许下一张空头支票：战士上班一天补助2元。仔细一算，这也是好几千元的账呀。可他这连长手里只握着干活的权，经济大权掌握在团官们手里。

原以为兵们也和他一样，早把这事忘了，没想到……

集合哨响得真是时候。连队要集合，这事以后再说，石连长说。吴拔也好说话，说好吧，我们等着连长回话。就领着兵们去了。

集合，大概是军营中最平常的活动。可这一最平常的活动，对于走出军营驻扎在隧道口的山沟里的八连来说，却成了一件久违的新鲜事。用"穿山甲"来形容八连过去一年的生活，是再形象不过的，他们日复一日地重复着同一个活动：钻山洞。上班时，带班的军官把一个个疲惫的兵们从床上遛溜起来，然后提着柳条帽一挥，领着一群睡眼惺忪的兵们，跌跌撞撞摸进潮湿而灰暗的山洞。同样，下班时，军官也摘下头上的柳条帽一挥，就领着一群被风钻的轰鸣震昏了脑袋的兵们，无精打采地朝着洞口摇晃。集合，没环境，没时间，似乎也没必要，甚至还显得有一点多余。一个分管后勤的团首长，到工地检查工作时，对八连这种"强化施工"法倍加赞赏，说这是集中优势兵力打歼灭战的战略战术在和平时期的灵活运用。他还由此生发了"和平贡献"论，说在战争年代，一个连队战斗力如何，就看它能否完成战斗任务，而在和平时期，尤其在商品经济时期，衡量一个连队对部队的贡献，一个重要的方面就看它能否给部队创造良好的经济效益。按理论的话，八连堪称顶呱呱的标兵连，他们不仅没推迟完成任务，把合同上规定的数十万元承包款一分不少地挣到了团里财务股的账上，而且提前十天让隧道贯通，按合同规定的奖励款项，给团里拿回数万元奖金。这的确让石连长陶醉了好几天。也正因为如此，昨晚团长"过去的八连哪儿去了"的质问，才让石连长一宿没合眼。

兵们三三两两、摇摇晃晃，像前段某次难得休息的风和日丽的日子里提着马扎聚到空旷的草地上去享受阳光的温暖时一般汇进了课堂，然后就和在草地上一样在课堂里说笑逗玩，几个兵则凑到一块儿在膝盖上甩老K。

石连长昂头挺胸，甩着双臂迈进来，本就不晴朗的脸又似压上一片乌云，一下子黑了下来。

咳！咳！石连长站到讲台上，先咳了两下，清脆而有力，没有丝毫拖泥带水，傻瓜听也知道，这咳声不是某种生理原因所致，而是表达着某种心情。然后石连长就用乌云笼罩下的阴沉的目光，瞪着课堂里这情景，瞪着兵们百余双听到石连长咳声后惶惶投过来的目光，直至一排长猛然醒悟自己是连队值班员，慌忙起立，整好队伍，转身立正、敬礼，按条令要求向石连长报告完毕，石连长脸上的乌云才出现几丝缝隙，露出些阳光。

兵们无疑也从连长脸上的乌云和一排长那串嘹亮的报告词中意识到课堂不是草地，都停止了逗玩说笑，收拾了扑克，有些不知所措地望着石连长。

石科！在一片静寂中，石连长首先点了给养员的名。到！石科应声起立。石连长说，你马上去买12把理发推子、12包洗衣粉、12把指甲钳。给养员又响亮地回答一声，是，转身消失在门口。石连长用冷峻的目光罩住眼前这一张张因长期钻山洞失去阳光抚爱而苍白的茫然的脸膛，开始宣布他的整顿计划。石连长说，首先要整治环境卫生，在卫生区内，不能有一张纸屑、一片树叶、一个烟屁股，最好是连草都不留一根；寝室的地板要用"白猫"洗衣粉洗，墙壁天花板要扫干净，窗户要擦明亮，不能留下一个蜘蛛网、一点污迹、一件杂物。其次是整治个人卫生，整治个人卫生要像整治环境卫生一样完全、彻底、干净利落，破了的军装要补上，脏被子要洗净缝好，鞋带要按规定扎好，指甲要剪短锉平，头发要绝对符合条令要求，让别人横竖挑不出毛病来。尤其是这头发问题，符合要求与不符合要求之间伸缩性很大，条令要求说，鬓角和后脑露出帽墙的头发不得超过一厘米，而那些参谋干事检查军容风纪时，让帽子下压一点或上仰一分，让手中的卡尺放平或是下斜，其得出的结论就大相径庭。一句话，别人想要你不合格，合格也会成为不合格，要想别人抓不住把柄，放不出屁来，只有像我这样——

石连长摘掉头上的帽子，一个光秃秃的圆脑袋，似一个数百瓦的大灯泡，在课堂里光芒四射。兵们轰然大笑。

石连长自己没笑，不慌不忙把帽子扣回头上说，大家笑吧，但笑完了都去理头发，理啥头我不管，团长后天晚上来检查，我今天晚上就检查，在这儿先把话挑明了，到时我是要挑剔的，哪个排的兵经不住我挑，哪个排长就跟我一样剃秃驴去。

队伍解散后，石连长又向炊事班走去。炊事班是个很重要的岗位，伙食问题是大家关注的焦点，也往往是出现问题的关键。尤其在眼下这老兵退伍时节，老兵们一个个心里都憋着气，就像憋着一座活火山，工作上稍不注意出现了漏洞，它们就会喷发出来。

但石连长到了炊事班一看，立刻放心了。炊事员正淘米、洗菜、切菜，紧张有序地准备着午饭。炊事班班长刘然坐在门口，聚精会神地写着什么。石连长走到眼前了，他还没发觉。你在写啥呢？那么专心致志，石连长笑问。刘然说，我计划下周的菜谱呢，好安排给养员采购。石连长满意地点点头。他打心眼里喜欢这兵。这兵烹调技术全面，通过刻苦自学，拿到了国家一级厨师证书，不仅把连队的大锅饭大锅菜做得如小锅饭小锅菜般喷香可口，而且菜谱一天一个新花样，一周内不吃重复菜。这兵工作积极主动、以身作则，管理也有方，工作安排有条不紊，在兵们中间威信很高，有些伙房兵不怎么理司务长的茬，但个个都听他的话。这兵是农村兵，入伍快满五年了，他家乡是革命老区，挺穷。石连长说，现在是非常时期，你的担子很重。刘然说，连长放心，我保证让大家像参谋干事们挑不出你头发的问题一样找不到碴。石连长笑着离开了炊事班。

兵们已经开始行动了，有的扫落叶，有的拔草，有的拾烟蒂、纸屑，有的坐在走廊上边晒太阳边理发。但石连长细看时，发现绝大部分是新兵。只有李满和贺东两个老兵，蹲在连部前边的空地上拔枯草。这两人都是入伍快满五年的老兵了。李满是城市兵，家里是个体户，听说钱多得像春天的河水——往外溢，但这兵和别的城市兵不一样，同年入伍的其他城市兵三年前就闹着走光了，他却要求留了一年又一年。贺东是农村兵，在年初一次隧道塌方事故中，右腿被压成粉碎性骨折，现在虽接上了，但比左腿短了整整四厘米。

老兵们全聚在连部的门口。石连长知道老兵们等他干什么，但他只能装糊涂，笑说，新同志都干开了，咱们当老兵的可得有个老兵样啊……不出石连长所料，领头的吴拔果然站出来说，我们等连长的回话呢。石连长问啥回话，吴拔说奖金的回话。众老兵也说，对，我们要奖金。这时，在旁边拔草的李满走过来，先向石连长笑笑，然后对大家说，大家都是入伍三年以上的老兵了，难道有关战士为义务兵的条文都不知道？既是义务兵，哪有拿奖金的，大家就别为难……众人不待李满说完，就开始骂李满，你家里有钱，坐着说话腰不疼。吴拔则上下瞄着李满说，你在八连算老几？我们问连长话，也有你搭腔的份儿？李满讨了个没趣，又看看石连长，悻悻地去了。这时，贺东也一扭一扭走过来说，我也来凑个热闹，问连长要样东西。老兵们说欢迎老贺加入我们的行列。可贺东说，我不是向连长要钱。大家问他要啥，贺东朝大伙晃晃那条短了四厘米的腿说，我想向连长再要一截腿。老兵们面面相觑，但很快就有人白了贺东一眼说，你这是自找的，那么多人都跑开了，就压了你一个。贺东一听呼的一下扬起了手中的拐杖。好在石连长及时伸手架住，才没让他砸在那兵的脑袋上。然后他诚实地告诉老兵们，奖金没有。连长真痛快，吴拔像电影上的那些肝胆侠士，牵牵嘴角、歪歪脑袋，领着老兵们走了。

石连长愣愣地站在那儿。

3

尘土飞扬，无云的天空灰蒙蒙的，似一张硕大的宣纸，上边只斜斜地画着个黄兮兮的日头，暗淡的阳光，把光秃秃的泡桐树、白桦树、白杨树，斜斜地印在地上。

石连长低着头，紧跟着眼前那个也低着头的矮矮胖胖的影子向前走着。迎面而来的西北风，似锋利的刀刃，从身上疾速削过，脸庞、脖子、耳郭等暴露着的肌肤，像被粗糙的砂纸搓着般生疼，寒气针一般扎进厚实的军装。石连长如裹了一身冰凌，连胸腔的心脏也在微微打寒战。

兵们仍在午间的睡梦里自由地游荡。

石连长向后山那背风的山坡走去，那里很清静，石连长每遇到什么头痛事，就独自躲到那里去想。现在他需要独自到那儿去清静一下，理理下一步工作的头绪。年底了，复员工作开始了，一年来的矛盾，甚至几年来的恩恩怨怨，施工带来的新问题，都在这时明朗化，都在这时爆发，都在这时了结。年底的工作，就像吹进这个山洼里的西北风，一会儿东、一会儿西，乱旋乱转，让人眼花缭乱，捉摸不透。

石连长绕过连队宿舍楼，踏上那条在草丛中时隐时现、通往那面山坡的小路，不经意间抬头看见炊事班班长刘然和炊事班的八九个兵在连队西侧的副业地上铲草翻地。过去的副业地，一年四季，白菜萝卜、豆角辣椒铺满地，连队外出施工后，这里便荒弃了，此时杂草没膝，一片枯黄败景。刘然好几次跟他说，现在市场上的菜一天一个价，涨得比春天的河水还快，而伙食标准却是"老皇历"，一年难得动一次，连队调剂伙食很困难，不能让这草继续长在这该长菜的副业地上。此时，刘然和他的伙房兵，身上只穿一件灰色绒衣，抡镐挥铲干得正欢，一个个头顶似煮着一锅开水，热气袅袅。他们的身影，在寂静的连队中，在刺骨的西北风里，在枯黄的荒草滩上，像一片独特的风景。

石连长站在一株冬青树后，看着这独特的风景，如荒漠中看着一片绿洲，焦涸的心渐渐漫起一层水雾，有些湿润。

石连长看了一会儿后便走向了那个山坡。这个山坡真是清静的港湾，无论春夏秋冬，不管东南西北风，掠过那条狭长的山沟后，都会扑向对面的山坡，这边永远是鸟语花香、石卧树静的世界。站在这清静之地，遥望对面山坡树摇树摆、草起草伏，犹如置身世外桃源。石连长已很久没来享受这份清静了，记得上次到这儿来是在接受外出施工任务的第二天，那时正是春天，万物复苏，满目绿茵。而此时已是深冬，山坡还是这面山坡，还是这般清静，只是眼前的景物已面目全非，绿茵茵的草地褪色了，干燥霉腐的气息替代了氤氲花香，对面山坡传来的草鸣林涛，已不是往昔那带着浓浓湿润气息的哗哗声，而是拉锯般干涩的沙沙声，那片无边无际、生机盎然的杉树林，枝头红了，似一片熊熊燃烧的山火。

这里还是八连的森林防火责任区。每年到了冬天，到了这枯黄的季节，团里都要石连长在一张打印好的防火责任书上签字。因此，这里也是石连长心里的一份挂念，肩上的一份压力。

往日，石连长走到这山坡，走进这份宁静，灵感就会如春天的泉水，从干涸的大地上喷涌而出。可今天，当他置身这枯黄的景色中，灵感之泉竟也如这冬天的一切，失去了勃发和喷涌的动力，枯竭得就像周围的这些树木草茎。一个下午石连长也没把下一步的工作理出个头绪。

夜色在石连长冥思苦想却一无所获中徐徐笼罩了大地。山沟那边传来一声尖厉的哨声，值班排长按石连长的安排，开始集合部队，准备检查军容风纪了。石连长踏着夜色往回摸。

连队前边灯火通明，两只吊在泡桐树上的两百瓦的大灯泡，把三列横队百十个兵照得亮堂堂、明晃晃。石连长走近连队时，又咳了两声，还是那种不纯粹是生理原因的咳声。值班排长听到这咳声，吊着嗓门叫了声立正，然后咚咚跑过来报告。石连长还过礼后，动作不紧不慢却很庄严权威地走到队列前，先让排长们出列在一侧站成横队，然后也吊着嗓门向兵们喊了一声口令，脱帽！

百十顶军帽齐刷刷地摘下来，呈现在石连长面前的百十个头颅，就像黄河中游的某一段——泾渭分明，一半圆圆秃秃，一半杂草丛生。圆圆秃秃的是未满服役期的新兵，杂草丛生的是三年以上的老兵。

石连长看着这泾渭分明的头，一股气就顶上了喉咙，但一想这气发在兵的身上没道理，于是只好让它咕噜在喉头，挥挥手让兵们都回去。

兵们走后，石连长就把一张黑脸转向一侧的排长们，你们这是啥意思？

排长们说，没意思，向连长看齐。

石连长说，谁要求向我看齐了？

排长们说，连长说要挑剔，我们怕经不住挑剔。

石连长说，那老兵们为什么就不怕？

排长们说，老兵们不怕，可我们怕。

排长们同时摘掉头上的帽子。也是四个圆圆溜溜的脑袋。

石连长说，还挺自觉嘛。

排长们说，我们不想自觉，连长也要我们自觉。

石连长说，回去做做工作，都让他们理了。但不必要求都光头，够标准就行。

排长们都分头去找老兵谈心了。但不一会儿都跑回来报告石连长，老兵们说，和排长免谈，要谈，就和连长谈。

石连长不得不亲自去找老兵谈。他知道老兵为什么要他亲自谈，也知道老兵一到年底，软豆腐也会变成硬钉子。但硬钉子也得碰，他这当连长的不碰，谁也不会替他碰。

石连长走进兵们宿舍，看见老兵聚在一堆。无疑，对石连长的亲自谈，他们是早有准备的。

石连长满脸微笑走过去说，大伙都是老兵了，新兵们都动作起来了，老兵还不快跟上？虽然光头不好看，但一头鸡窝也不像个兵。石连长说团里规定复员兵也要理了头发再离队。吴拔说，我们不理。石连长说，再说上午我的话大伙没听见？吴拔说，听得清清楚楚。石连长说，听清了为何不行动？难道我这一连之长说的话像放屁？不爱闻就可以不闻？没想到吴拔翻了翻白眼，又腰抖着两条腿说，连长的话本来就像屁。

石连长气得脸泛紫，头冒烟。但气也没办法。石连长知道吴拔指的是奖金，在这个问题上，他的确把自己的话当屁了。

4

想起吴拔说自己的话是屁，石连长又是一晚没合眼。

天亮时，石连长打定主意，向团里要钱，兑现兵们的奖金。

石连长让文书打了五千元的施工补助报告，盖上自己和指导员的印，然后踩着自行车去了团部。

九点钟，正是团机关办公的黄金时间，排列在狭长走廊两侧的办公室的门敞开着，门口都悬着写着这股那股的白底红字牌，从各办公室传出的翻报纸声、喝茶声、爽朗的说笑声，在狭长的走廊上汇成一支惬意欢快的乐曲。

石连长在这乐曲的伴奏下，径直走到副团长办公室门口。财务制度规定，单位经费"一支笔"管理，而这支笔就握在副团长手里，要钱，非得找他不可。

石连长正要抬手敲门，门自己开了，是"四只眼"财务股长开的门，股长扶了扶眼睛前边的"眼睛"，看清站在门口的石连长，他脸上立刻绽开笑容，弯腰给石连长敬礼，然后一把抓住他的手说，感谢你对我工作的支持。石连长莫名其妙地抓着股长的手说，这话怎么讲？应该是我们基层感谢机关的支持才对呀。股长哈哈大笑说，石连长就不用谦虚了，因为你的支持，现在开始有人表扬我这财务股长有水平，就差喊财务股长万岁了。石连长更糊涂了，怔怔地望着股长。股长慢慢翻开手中的文件夹说，你带着弟兄们给团里挣回了几十万，我终于有钱给大伙发奖金了，瞧，副团长已在花名册上签字了，马上就发。说完，股长合上文件夹，回头向副团长说声我走了，又握了一下石连长的手。石连长微笑着向股长挥挥手，目送股长哼着歌离去。但心里却嘀咕着，你们都拿奖金，都幸福，只有我一个人顶着一个烂摊子在受苦受难、备受煎熬。

副团长还沉浸在方才在奖金花名册上签字时的喜悦和兴奋中，白白圆圆的脸庞上泛着红润。对于石连长的到来，副团长像接待贵宾般热情，请他在沙发上坐，亲自泡茶，亲自递烟，就差没亲自给他点火。做完这一切，他才微靠着沙发，两手交叉放在腹部，亲切地向石连长展示着脸上的红润和微笑说，石连长，你带着八连给团里挣回了数十万，团里明年的日子就好过了。你是大功臣，下一步年终总结，我亲自向团长政委为你请功，为八连请功……

副团长那次到工地了解施工进度时，已经这样表扬过石连长一次了，那时石连长听了这表扬热血沸腾、激动不已，好几个晚上没睡着。可同样的表扬，他现在听了心如止水，怎么也激不起情感的波澜。

他捧着茶杯，指间夹着烟灰摇摇欲坠的烟卷，平静地听完副团长热情洋溢的表扬，又等副团长微笑着问起现在连队的情况后，才放下茶杯，熄去烟蒂，从兜里摸出经费申请报告，双手递给副团长。

副团长埋头看完报告，缓慢地抬起褪尽红润和微笑的圆脸庞说，五千元？你八连要这么多钱买啥呀？是不是塌方把电视机压扁了？石连长低着头说给战士发奖金。副团长思考片刻说，我没说过要给战士发奖金呀。石连长说，是我答应的。副团长似有些意外说，你答应的？团里经费这一支笔，是握你手里还是我手里？石连长说，这我是没办法，战士们闹着要奖金，不给就不进洞，任务又逼得紧，我不答应怎么办？副团长说，大家当的是义务兵，发奖金，乱弹琴！你这连长就这水平呀？石连长说，可大家说，当兵搞训练，保卫祖国不要钱，但施工挣钱发奖金，这奖金就应该有他们一份。副团长的声调明显高了好几度说，部队的光荣传统呢？奉献精神呢？你就不能用这些去做大家的思想工作？

石连长不吭声了，气鼓鼓地闷着头。副团长的脸又开始泛红，继续批评石连长，你们这些连长指导员哪，部队的光荣传统都让你们丢光了，发奖金，你这是怎么带兵的？石连长心里本来就憋着一股劲，现在又让副团长劈头盖脸一顿批，内挤外压，终于忘了自己是下级，呼的一下站起来，与副团长接上了火说，我是没水平，你水平高，去八连当几天连长试试！下次再有施工任务，你去施工，你去讲奉献，讲光荣传统试试……

石连长整个被一团无名火燃烧着。

谁在这儿放肆！这时，一声怒吼在石连长耳边炸响。石连长一惊，僵住了，转头一看，在办公楼那头的团长闻声过来了。

团长威严地立在石连长跟前，你是谁？

石连长垂着头，八连长！

团长指着副团长问，他是谁？

石连长说，副团长。

团长问，知道为什么还顶撞？

石连长说，我……

团长说，我什么我，明天到你连队一块儿算总账！

经团长这一轰，石连长脑袋清醒了许多，有些后悔，但已经晚了。

团长说，听口令，向右转！

石连长乖乖地转过身去。

团长继续说，目标八连，齐步走！

石连长齐步刚迈出副团长办公室，身后就传来副团长的嘀咕，还准备提升呢，就这水平。

石连长低头从闻声站在门口看究竟的参谋、干事、助理员们的目光和阵阵叹息、猜测、不解声中，走出了团机关大楼。他心想，这一顶撞无疑把自己的前途顶掉了。但不知咋的，他并不怎么惋惜。让他心疼的还是八连，这个他从战士、副班长、副排长一直走到连长的连队，竟让自己搞成了这个样子。

5

石连长去团机关前，特意安排连队搞队列训练。队列是整顿作风纪律的法宝。带兵的人，最怕兵们闲着，没事也要给兵们找事，不给他们找事，他们自己也会去找事，有人找让你高兴的事，有人找无聊的事，也有人给你捅娄子让你头疼的事。"天天一身汗，一觉到天光，把兵累得王八蛋，连队日日保平安。"带兵人传诵的这支歌谣，说的就是这个理。

操场上，兵们一个个挺腹塌腰含胸，一片绿身影像一茬霜打过的萝卜菜，没一点精神头。齐步走像往日进出坑道那样迈着四方步，踢正步像走齐步，跑步则像刚冲过百米终点线继续绕场向观众致意的运动员，挺潇洒，但没兵样。一排长不到一小时就喊哑了嗓子。他戴着"连值班员"的红袖章，立在一侧，看着这些霜打的萝卜菜似的兵，心里觉得比自己喊口令做示范还累得慌。他频频抬腕看表，没等喇叭吹响沙哑的课间休息号，他便提前一分钟吹响了休息的哨子。

训练场上疲惫的兵们听到休息哨，像庄稼地里霜打的萝卜菜嗅到了春天的气息，忽然焕发生机，呼啦啦一齐涌向背风向阳的走廊打闹闲聊。

李满边解着腰带边向连部门口的那张长条椅走去。他是参加队列训练的唯一的老兵班长，也是全连参加训练的一个半老兵中的那一个。另外半个是贺东，他虽然因为那条短了四厘米的腿没上场操练，但他也没躲在家，他坐在连部门前的那张长椅上挂着拐杖看大伙训练。按部队的说法，这是半休。

连部门口迎风背阳，冷。但李满情愿去受冷，也不想到那暖和的走廊上和新兵们待一块儿。老兵们都没参加训练，他鹤立鸡群，花开一枝。他担心走廊上的新兵们和寝室里的老兵们像打量人群中的猴子似的打量他。

不过，要说李满和其他老兵不一样，也的确不一样。且不说其他老兵大都是农村兵，大部分家里都不太富裕，有的甚至很穷；而他家不仅在城里，而且有很多钱，家里做生意付款收费，经常不用手指数，而用尺量。更主要的是，他有一个不同于别人父亲的父亲。有的父亲有了钱后就满足了，而他的父亲还不满足，说家里有钱只拥有一半的财富，只有那种既有钱支撑日子又有人支撑门面的家庭才拥有全部的财富。而他家恰恰没有这样的支撑门面的人，他的几个哥和姐高中没毕业就玩起了秤杆子，拨起了算盘子。父亲唯一的希望只剩下他这老小，可他在家复读了一年又一年，考了一届又一届，名字在大学榜上也落了一次又一次。父亲把他送到部队，要求他一定要找两块金牌回去，可他连考了三次军校都没混上一块红牌牌。今年已当了五年兵，可他还是不甘心，还想抓住最后一次机会。

因此，其他老兵闹退伍，他还留队。

对他来说，这最后的机会本来不费吹灰之力就可以抓住。现在办事都兴找台子、傍膀子。他不用找，就有台子和膀子，而且还挺硬气。军里的一号首长——军长，虽不是他亲爹，但也仅次于亲爹——是他亲舅。只要他这舅肯发话，什么机会抓不住？问题是，他这亲舅好似并不认他亲外甥，他在军长舅麾下当了五年外甥兵，军长舅没来看过他一次，甚至那次到团里来蹲点，转遍了所有连队，就是没有转八连，就因为八连有他的外甥兵，临走时，才派刘秘书来看他，同时捎来一本书——《钢铁是怎样炼成的》。刘秘书那人倒不错，让他有什么问题就给他去电话。今年八月，他又一次考军校落榜，亲娘捎来一些家乡特产：麻糖，让转给军长舅。他向连长请了三天假，第一次踏进了军长舅的家。军长舅看似很高兴，让舅妈烧了好肉好鱼，倒了好酒，又亲自作陪，热情款待外甥兵。席间，军长舅问他家生意，问他父母身体，问他今年多大了、谈恋爱没有，就是只字不提他兵当得怎么样，以后有什么打算，仿佛他只是军长舅的外甥，而不是军长舅的兵。无奈，他这外甥兵，只能硬着头皮厚着脸皮，告诉军长舅自己已三次考军校落了榜，请军长舅给破格弄个上军校的名额。

军长舅看着外甥兵笑笑，没说给，也没说不给，他和外甥兵碰了一下杯说，给你介绍一个人。军长舅给外甥兵介绍的这个人，外甥兵其实不认识，在部队里，只有军长舅认识，他是军长舅在参加解放战争时的老连长。老连长是江西人，参加过二万五千里长征。老连长作战很勇敢，那时打仗子弹少，每当子弹打完了，老连长就从背上唰的一声抽出那把大刀，光膀子一挥喊，弟兄们！和敌老儿拼了！拼一垫底，拼两赚一！说完第一个冲出堑壕，和敌老儿玩命。他不知玩掉了多少条敌老儿的命，可始终没玩掉自己的命，却让敌人玩掉了他的后代：在一次肉搏中不小心被敌老儿一刺刀扎掉了男人才有的那玩意儿，为此老连长一辈子没沾过女人。加之，老连长没文化，因此，长征途中就被提拔为连长的老连长，一直到新中国成立后，也还是个连长。

新中国成立后，组织上考虑到他的身体因素，决定让他转业到地方，同时趁此机会把职务上给他往上挪挪，让他到县里当县长。但老连长说，他没文化，现在身体又不好，一个连长都当不好，哪能当县长？老连长不仅没去当县长，而且拒绝了组织上让他继续在部队当连长的决定。他脱下军装回老家当了农民，他说当初参加革命就是因为没地种，没饭吃。

军长舅离开老连长没几天，那张师专毕业证书，就让他从一个战士直接跳到了老连长留下的交椅上，当了连长，此后，军长舅又凭着那张师专毕业证，从营长、团长、师长，一直跳到了现在的军长。

军长舅始终没忘记老连长，没忘记老连长回乡前向团长提出的让他直接当连长的建议。经多方打听，军长舅终于找到了老连长的下落，并在一次外出开会时，特意让司机多开了三百公里路程，去看望了老连长。老连长所在的那个区，和全国所有的老区一个样：穷。那里的田野、房屋、人，也和老连长当初参加革命时差不多，不同的只是当初没田没地的人家，现在都有了几亩责任田。但军长舅这次看到的老连长，却已是名副其实的"老"连长，他腰弯如弓，发白似霜，黄土般瘦削的脸上沟壑纵横。总之，军长舅在老连长的身上再也找不到他那挥舞大刀和敌兵儿玩命的影子了。老连长住着一间土坯房，房里就一张床、一张桌、一个炉灶、一只锅，连电灯都没点，更不用说彩电、冰箱、洗衣机。军长舅进了屋，眼睛就发酸，问老连长有什么困难。老连长抽着那杆当连长时就和驳壳枪一块儿别在腰上的铜烟斗，深深的皱沟溢出满足，告诉军长舅政府每月都发残废补助金，再加上自己侍弄着一亩五分地，日子过得比革命那阵好多了。这时，军长舅无意间在漆黑的泥墙上发现一块"军属光荣"牌，这才得知老连长回乡后抱养了一个孙子。几年前，老连长把孙子送到了部队上。军长舅让老连长告诉他，孙子在哪个部队，以便通过朋友或战友给予他关照。

老连长笑笑说，当初参加革命，谁给你关照了？再说我这孙子和我脾气一样犟，说自己的路要自己走。军长舅听了，不便再问，只好作罢。军长舅告别老连长时，悄悄把五百元钱塞进了他的烟袋。但半个月后，军长舅又收到一张五百元的汇款单。

军长舅给外甥兵介绍这个老连长的意思，外甥兵不可能不懂。

一想到这儿，李满觉得是该给刘秘书打个电话了。

6

石连长一脸沮丧回到连队时，部队已经开饭。石连长把吴拔从饭堂里叫出来，说，你小子再不能把我的话当屁了。

吴拔嘻嘻笑着说，连长给我们弄到奖金了？

石连长说，没有，但我尽力了。

吴拔抖着腿说，那你的话还是……

石连长知道，这小子想说还是"屁"，不由得气不打一处来，吼了起来，你小子还想让我怎么样？我这小连长只有带大家干活的权，没有批钱发奖金的权！

然后，他扭头向临时家属区走去。

家里跳跃着缝纫机的哒哒声。妻子莲当姑娘时学过裁缝。她闲着没事，便把连队的缝纫机抬过来，帮着兵们缝拆洗过的被套，补破了的军装。

儿子旺趴在床上的衣被堆上，双手紧握着炊事班班长刘然削的一支木头枪，向窗外梧桐树上的两只麻雀瞄准，开枪。妻子莲低头忙着，饭菜在锅里焖着。

石连长揭开锅盖，端起一钵饭，夹了一只荷包蛋、一把小白菜闷闷地吃着。

莲怔怔看着石连长，摇摇头，翻翻手中的被套，笑说，瞧这些多浪费吧，千军万马呢，要让它们全成了你的兵，别说一个小小的副营长，军区司令员这样的大官你也早就当上了，我们儿子将来起码也是个营长、连长的。石连长抬起埋在碗里的脸，浪费？浪费啥了？妻子莲扑哧一声笑了，举起手中的被套给石连长看。石连长一看，也扑哧一声，嘴里的饭菜都喷了出来。

浅灰色的被套上画着一张深灰色的"地图"，有"欧亚大陆"，有"美洲大陆"，还有数不清的、大大小小的"半岛""群岛"和"孤岛"。

这时，儿子旺见打了不知多少枪，也没打死那只麻雀后，开始对手中的手枪失望甚至讨厌了，把它往窗外一扔，回头扑到石连长身上闹着要吹气球。

石连长面对儿子这小小的要求，却感到很为难。部队住在这山洼里，大米、鱼肉和蔬菜都是团里统一到数十公里外的小镇上去拉，然后再分给各连队。叫石连长一时半会儿去哪儿给儿子弄气球？他只好哄儿子，旺旺听话，爸爸明天给你弄支真枪。儿子旺倔强地摇着石连长胳膊，不嘛，我现在就要吹气球。

石连长又烦了，索性把碗筷一放，拂掉儿子的小手，又去了连队。

连队还有很多工作等着他去做。退伍工作开始了，每个老兵都要谈一次话。这次谈话，比平时的谈心更重要。大伙当了三年兵，军装穿了一千多天。牙齿和舌头这么好，都时不时地咬两下，五湖四海的人聚一块儿过三年，还能没个矛盾、冲突和隔阂？该检讨的要检讨，该说明的要说明，不能让兵们三年前心里开着花来，现在扭着个疙瘩走。再说，一千多天里，生活中会发生多少事？也该问问老兵们家里有什么困难，对部队有什么要求，能办的尽力办，办不了的，也该把话说到，把慰问和温暖送到，大家毕竟在一只锅里同吃了三年饭。

在八连，最应该关心的就是贺东。这兵是在福利院长大的，高中毕业参了军，服役期满时，他死活不愿退伍，说不想离开连队这个家，兵当了一年又一年，肩上的杠加了一道又一道，把兵当到了极限，五年，军衔也到了顶峰，上士。更值得同情的是，那次隧道里猝不及防塌下的那块石头，不偏不倚砸在他腿上。如果说，别人当兵失去了时间、青春，而他，还失去了一截四厘米长的腿。

石连长说，贺东，咱们聊聊。

贺东说，好啊，聊聊好啊。

贺东心里乐开一朵花。他早想找石连长聊聊了，只因为有些话难开口，才迟迟没找石连长聊。现在石连长主动找他聊，话就没什么不好说的。他觉得自己命真苦。同样是人，别人有父母有家有亲戚，他至今不知自己何方人氏，父母在哪儿，连姓都是福利院那个贺阿姨给的。同样是当兵，别人好端端地来，好端端地回去，而自己却好端端地来，挂着拐回去。但转念一想，似乎也没啥悲哀的，这截失去的四厘米长的腿，让他想起福利院贺阿姨给他讲的那个"塞翁失马"的故事。谁敢说，他失去的这四厘米腿就不是那个老头失去的那匹马呢？

石连长把贺东搀进自己的办公室，给他递椅子、泡茶水，又轻轻接过他手中的拐杖，倚到一边墙上，然后坐在他对面的椅子上。

石连长心平气和地问，贺东，回家后有什么打算？

贺东满怀憧憬地说，先得找个单位，当然要好一点的，然后娶个媳妇，甜甜蜜蜜过几年，然后再要个儿子，美美满满度此生。

石连长又问，你认为好一点的单位是哪些？

贺东说，比如说银行、保险公司、税务局、工商局等。

好家伙，全是大伙削尖脑袋挤破脑门往里钻的"豪门"。

石连长说，这些单位是不错。

贺东把身体向石连长躬了躬，连长，你家有人在外边当官吗？

石连长问，啥官？

贺东说，省长、地区专员这一级最好，没这么大的，银行行长、工商局局长、保险公司老总这类握有实权的也行。

石连长说，祖宗十八代就出了我这么个连长。

贺东说，那这就难办了，好单位就这么些，每年退伍的那么多，有钱的、有靠山的、好胳膊好腿的都挤不进去。

他提起那条短了四厘米的腿晃了晃说，我这没家、没钱、没靠山，腿还短了四厘米的人谁要？

石连长说，组织上会考虑的。

石连长觉得自己这话像一句台词。贺东也像看演出似的看着石连长，抖了抖脸上的肌肉，这就是空头支票，只能把我引进那些濒临倒闭的工厂大门。

石连长听了这话，就想说贺东这话是谬论，但又觉得自己没有充分的理由和依据这样说人家。现在说这些，虽不是贺东说的是"空头支票"，但也差不多了。

两人沉默了一阵。贺东才开口问，连长，你有妹吗？

石连长说，有两个弟。

贺东又问，嫂子有妹吗？

石连长说，她在家是老小。

贺东就摇头叹气，说这样娶媳妇也没门儿了。石连长说，世界上有一个男人，就有一个女人，又不是两个男人才一个女人，再说我国实行的一夫一妻制，又不是一夫多妻制。贺东说，话是这么说，可生活中还是有不少人打光棍。现在的姑娘挑对象，一米七以下的两条腿一样长的男人都嫌矮。他又提起那条短了四厘米的腿晃了晃。我这个个头一米七差了一厘米，一条腿还短了四厘米，养活自己都困难的残废，哪个姑娘肯赏脸？要是连长有老妹或是小姨子，三分命令加上七分工作，还有那么点希望，可连长没老妹也没小姨子。贺东一半玩笑一半认真，让石连长笑不起来也怒不起来，只好两人都摇头。

又沉默了一阵，又是贺东先开口，连长，你和嫂子啥民族？两个汉族。要是两个少数民族就好了。啥好？可以再生一个呀。再生一个有啥好？这样你就舍得把儿子旺旺送给我，这孩子跟连长您一样帅气，挺机灵，我挺喜欢的，进不了好单位，娶不上老婆，老了总得有个人做伴，连长说是不？

石连长无言以对。

贺东说，回去是没活路了，既然已把连队当了几年家，干脆永远当家了，不走了。

石连长说，可你已是五年兵。

贺东说，五年又怎么了？你是连长，是这个家的家长，你要把谁留家里，还能没办法？

石连长再次沉默。

连长事多，我就不打扰了。贺东朝石连长笑笑，起身挂了墙边的拐杖，走了。

石连长木讷地坐着，木讷地看着这间待了好几个年头的办公室。办公室里东西少，就两件：一张睡觉的床，一个放书的格子柜。不足十平方米的小小的办公室显得如此空荡。但此时，石连长坐在这小小的办公室里，竟有一种置身于波涛翻滚的大洋深处的感觉，看不清海岸线，看不见航标灯，自己这只无舵的小舟，不知该驶向何方，汹涌的波涛，忽而把他顶向浪尖，忽而把他甩进浪谷，他感到一阵茫然、晕眩、恐惧。

窗外传来一阵欢声笑语。窗外的副业地上，炊事班班长刘然带着他的"火头军"在种菜，丢苗培土、淋水浇肥，欢快地干着，也欢快地说笑着。高高的草丛铲除了，板结的土地翻松了，一片枯黄的冬景里，有了星星点点的绿色，有了丝丝缕缕春的气息。他们身后的山坡上有七八只雪白的山羊在枯黄的草丛里觅食，它们似悠悠飘荡在灰蒙蒙的天上的一片白云。这片"白云"是今天才飘来八连的。

昨晚，刘然去家属区看望来队的嫂子和侄儿，也向石连长谈了连队副业生产发展计划，他说连队不仅要搞好种菜、养鱼，以后还要养羊、养鸽、养鱼，"海、陆、空"全面发展，明年年底一定把团里"副业生产先进单位"的锦旗扛回来。他充满了憧憬，也充满自信。当时，石连长感动得一句话也说不出，只一个劲点头，一个劲对自己说，你绝不能亏待了这好兵。现在，石连长看着他这么快就牵回来的羊群，心里更感动，但也有一丝隐隐的担心。

他这只在大洋深处漂荡的无舵的小舟，能把刘然渡到理想的彼岸吗？

石连长茫然。

傍晚，石连长回家时，儿子旺还在床上打着滚，闹气球。

莲不管他，猫在缝纫机前，埋头补衣缝被。

石连长也不能管他。石连长一进来，就看见煤炉孤独地蹲在门后边，铁锅歪在饭桌下。莲忙得还没顾上做饭。

石连长睨了一眼儿子旺说，这小子。

莲则抬头睨了石连长一眼说，和你一样犟。

石连长端了那只锅子，舀了一勺水，蹲到门口去刷。连长还真模范呀。有人说。石连长抬头，是李满。

石连长问，吃了？

李满说，吃了，我来拿被子。

石连长挪挪腿，让李满进了屋。李满向莲笑笑，叫声嫂子。莲边踩机子边点点头，让他在床上坐一会儿。李满把半拉屁股挂在床沿上，伸手抱过哭闹不休的旺旺，能告诉叔叔为什么哭吗？儿子旺哼哼唧唧哭着说，要气球。李满把手伸进裤兜里，摸出一张"老头票"，塞进儿子旺的手心，说叔叔给旺旺买。蹲门口刷锅的石连长看见了，丢下锅子走过来，把钱从儿子旺的手心掏回来塞到李满手里，小李，这钱你留着以后用。连长，是瞧不起咱当兵的，还是这钱上有病毒？都不是。那嫌少？说哪儿去了。为啥不要？不该。又不是给你。给谁都一样。李满想想说，侄儿这么大我见了几次？石连长也想想说，好像第一次。既然第一次见侄儿，我这做叔的该不该表示一下？石连长哑然。

这时，一直埋头缝补的莲笑盈盈地抬起头，对石连长说，既然是小李给旺旺的见面礼，你就替小孩收下吧。石连长再不想收也得收下了。他总不能在兵们面前表现大丈夫主义，给兵们留下笑料吧。

李满惬意地笑了笑。

石连长只好又蹲到门口刷锅子。儿子旺还不知钱是很有用的东西，只对钱上那花花绿绿的图案感兴趣，他对着天花板上的灯光津津有味地照看，一时把气球忘在了一边。

李满也不逗旺旺了，站到缝纫机前，甜甜地叫着嫂子问被子缝好了没有。莲停了机子，很快就从衣被堆抽出一床缝好的军被。李满接过被子，摸着那些机子扎出的虚线，夸了一阵缝得好，然后又从口袋里摸出一些钱，递给莲。莲见了，眼睛亮了亮，但没接，手在衣服上擦着说，兄弟，你这是？嫂子，就算给我缝被子的工钱。

刷锅子的石连长听到钱，不禁抬起头，看见李满手上捏着的那把票子，厚厚一摞，全是"老头"，没一万，也有八千。

这是缝一床被子的工钱？这是什么钱，李满知道，石连长也知道。石连长用目光去瞪妻子莲，想让她知道这可不是"工钱"，也不是刚才的"见面礼"，收不得。但妻子莲瞧都没朝这边瞧。石连长又用饭勺使劲刮锅子，刮出了一串尖厉刺耳、数里可闻的声音。妻子莲这回听见了，但抬头剜了他一眼，目光又盯着李满手上的那叠钱说，兄弟，你一个当兵的哪来这些钱？李满说家里每月都寄。寄多少？两千。都花光？都花光。怎么花？大门口有家饭馆。看得出，你家很有钱。我爸做生意都懒得数钱，用尺量。莲叹了一口气说，家里有钱多好，看你做人多大方，像我们这没钱人家，就只能当个小气人。哪里，嫂子和咱们连长，谁不知道是好人。

李满回头看着在门口埋头刷锅的石连长说，我这几年还多亏连长关照呢，不然早脱军装滚蛋了，以后，要麻烦连长的事，还多得是。这话石连长听到了，话中"以后""军装"这些字听得更真切。为此，他的心越揪得紧，越担心妻子莲把那叠钞票当"工钱"，或是"见面礼"。

妻子莲仿佛对石连长刮锅子的意思一点不理解，真要把它当"工钱"了。她说，好吧，那这工钱我收，本来，我这是不收钱的，但既然你家钱太多，我就不客气了。李满脸上掠过一阵由衷的欣慰。

石连长只能一边把锅子刮得震耳欲聋，一边用眼睛瞪妻子莲。只见她的手指已伸到那叠"老头"上，但她只轻轻抽出了一张，仅仅是一张。

李满的手抖了抖，嫂子，全给你的。

妻子莲说，你不是说是缝被子的工钱吗？这一张都多了，我还要找你钱。

妻子莲从口袋里摸出一把十元票子，数了九张放在李满手中的那把"老头"上，笑说，收十元还是多了，但既然你有钱，我就不再找了。李满脸红了，但还不肯收回"老头"们。他说，嫂子，除了工钱，还有一点小意思。妻子莲笑笑说，兄弟，嫂子缺钱不假，但不缺这么多钱，你们连长有工资。

石连长松了一口气，也停止刮锅子。

李满说，我这……不仅……是给你的工钱，也是对连长这几年给我无微不至关怀的一点……小意思。

妻子莲说，兄弟，我可不是你们连长，你要感谢连长，何不当面谢他去？

石连长想，这锅子该刮完了。于是，他提着它，适时地走进了那头的水房里，又足足洗了十分钟锅子，回来时，李满已把缝好的被子抱走了。

妻子莲快步过来，夺过那只锅子，正反瞧过，见没烂，才舒了一口气说，真担心让你给刮出个洞来，晚上只能嚼生米。石连长嘿嘿笑着，我真怕你……妻子莲说，你以为我是旺旺呀。石连长捧过莲的脸，使劲哂了一口，给你嘉奖一次。莲幸福地摸着潮湿的脸说，快做饭吧，嘉奖留着熄了灯再给。

妻子莲给兵们缝完最后一床被，让兵来拿走时，玩累了也哭累了的儿子旺已醺然缩在属于他自己的那个被窝里。石连长和妻子莲简单洗漱后，也双双躺在了属于他俩的那床被子里。

咔嚓，天花板上的灯灭了。房子里忽然间没了机器声，没了儿子旺的哭闹，也没了由于电压不稳而忽明忽暗让人心烦的灯光，只有大人和小孩一粗一细的鼻息，在若明若暗的夜色里，交替着，流淌。

妻子莲翻个身，身下的床板吱了一下，你不是说"嘉奖"吗？

石连长问，嘉奖？挨整的连队，我嘉奖谁？

妻子莲说，看你，刚说的话就忘了。

石连长说，哦，是这事，你踩了一天机子，累了。

妻子莲回道，你也累了。

7

次日上午，石连长正准备再找李满谈话时，军务股黄参谋突然找到石连长，说是来考查预转志愿兵的战士的情况。军务股可是握着志愿兵审批大权的"衙门"。军务股长的位置空缺半年了。有人说，那是特意给石连长留着的。

黄参谋问，八连定的是谁？

石连长说，还没定呢。

黄参谋说了一声，哦。

石连长把黄参谋领进办公室，请他坐，又拉开抽屉拿出那包待客用的硬盒"红塔山"抽了一支给黄参谋，然后又亲自给泡茶，说机关首长来了也没什么好招待的。黄参谋说股长这么客气，下级实在不敢当。石连长见黄参谋叫自己股长，手不由抖了抖，一些开水倒在了他拿杯的左手上。石连长放下杯子，抚着泛起一片淡红的手背，笑说要是你们军务股能亲自下军务股长的命令就好了，那我石某现在就是股长了。黄参谋说，石连长变成石股长是迟早的事。石连长说，当然，以后我儿子当个股长绝对没问题。黄参谋说股长真会开玩笑。石连长见黄参谋又叫他股长，就真拉了股长对参谋的那种面孔说，黄参谋是开玩笑还是讽刺人，我八连正在挨整顿，你是真不知还是装不知？我这小连长在机关大楼顶撞堂堂副团长，你没看见，还能没听说？黄参谋却还是一副笑脸说，这些我都知道。黄参谋把椅子朝石连长跟前挪了挪说，副团长在你面前算老几，狗屁，他还挡得了你的道？谁不知股长台子硬着呢。石连长说，我祖祖辈辈修地球，是筑了不少泥台子。石连长把泡好的茶水递给黄参谋。黄参谋双手接了放办公桌上，神秘地笑笑，什么泥台子，是咱军里钢浇铁铸的顶梁柱。石连长让黄参谋给说糊涂了。谁呀？军长呗。军长？军长外甥就在你手下，你是谦虚、保密，还是真的不知道？谁？李满。这……石连长确实不知道。黄参谋摇着鼓得白白胖胖的腮帮子，悠悠然吹着茶水。杯里，舒展的茶叶浮浮沉沉，漪纹轻漾，云蒸雾绕。黄参谋香甜地喝了一口，又放下说，上午我接到军里刘秘书的一个电话。石连长问哪个刘秘书，黄参谋说军长的刘秘书。石连长喃喃说，刘秘书我认识，他来过一次八连，说找个熟人，也没说是谁，只几分钟就走了。看来这熟人就是李满了。黄参谋说，刘秘书要我转告您，说李满这兵想转个志愿兵，让您务必关照一下，正好你们连队还没定。

石连长终于明白眼前这位"机关首长"为啥叫他"股长"了。坐在这豆腐盒似的办公室里的石连长，此时有一种置身波涛汹涌、无边无际的大洋深处的感觉，自己这叶小舟不知该驶向何方，一片茫然无措。脑海里那张幼稚中透着憨厚刚毅的脸，山坡上那群白云般飘动的羊，枯黄的副业地上那缕重新萌生的春的气息，那个"海、陆、空"计划……随着他时而冲向浪尖，时而跌入波谷。

不行，不能欺骗自己的良心，推卸自己对战士的责任。一个电话、一张条子就能改变做人原则的，是张连长、李连长、王连长……但不是他石连长。

当然，这事还得讲究个策略。自己毕竟只是一个小连长，人家可是军长的秘书。

石连长起身给黄参谋添水，说要是黄参谋早几天说就好了，你别说，我们八连还真是"藏龙卧虎"呢。你们八连不是没定吗？正式的支委会是没开，但我昨天也接到一个电话。哪来的，谁？北京来的，总政的一个部长，中将。啥事？也是请关照他的侄儿转个志愿兵。谁？炊事班班长刘然，我当时就已答应人家了。

黄参谋一听，不仅急得茶水也不喝了，而且刚喝下去的那几口也很快从额头冒出来，我如何给刘秘书回话呢？我如何给刘……石连长见这位"机关首长"竟被自己瞎编的几句谎言吓成了这样，不禁心生了些同情。心想，好在自己已当不了军务股长了，不然，身边净这些窝囊废，不整天恶心才怪。石连长故意叹了一口气说，这事是挺为难，一个是顶头上司、军长、少将，一个是顶头上司的顶头上司、部长、中将，谁也开罪不起呀。黄参谋还是一个劲重复着，我怎么给刘秘书回话呢？突然，黄参谋眼珠子骨碌碌一转说，石连长，那你亲自给刘秘书回个话吧。

黄参谋走了。但这回轮到石连长傻眼了，轮到他问自己，我怎么给刘秘书回话呢？

石连长还愣怔着，刚走不久的黄参谋又打来电话，俨然股长的口吻，石连长，还不快跑步过来，你的兵在副团长办公室闹事！

石连长跑去时，只见副团长办公室里乱哄哄，几十个老兵把十几平方米的小房挤得水泄不通，沸扬的吵闹声大有冲垮四面砖墙之势。你为什么不给奖金？让我们出去打工，每天两元奖金都不给，岂有此理……

副团长扯长了脖子，涨红了脸，大声解释着什么。但他的声音掺杂在兵们的吵嚷中，就像十级台风下的一条小船那样脆弱，冲天巨浪裹挟着它，在茫茫大洋里时隐时现。

石连长一把将吴拔揪到门外问，你小子想干什么？

吴拔满不在乎地说，你给我们要不到奖金，我们自己来要！

要不是这里是机关大楼，他真想一拳把这兵揍趴在地。

团长赶来了，响起一阵雷鸣般的吼声，谁在这儿撒野？！谁敢在指挥机关放肆？！！

"台风"被这"雷声"震住了。沸腾的副团长办公室刹那间静若止水。

保卫股长和军务股长这时也闻声赶到。

团长说，保卫股长去打开禁闭室！军务股长通知特务连跑步过来！两位股长齐答一声响亮的"是"，跑步去了。团长赶紧向石连长使了个眼色。石连长当然领会团长的意思，朝那些老兵喊了一声，还在这儿丢脸？不快跟老子滚蛋！

石连长低头走过挤满参谋、干事、助理员，塞满鄙视、惋惜等各种目光的走廊，身后跟着一溜沮丧的老兵。

石连长低头带着这伙老兵走到连队附近时，突然听见儿子旺叫他，抬头，看见儿子旺和贺东在一块草地上玩耍。儿子旺在枯黄的草丛中奔跑着，一只气球风筝般在金黄色的阳光里轻轻飘摇，气球的造型有些怪，像只葫芦。贺东拄着拐杖，一瘸一瘸地追逐着儿子旺。儿子牵着那只风筝般的气球小鸟般扑进了石连长怀里。贺东也一歪一扭走了过来，笑着叫声连长。石连长强装了笑说，谢谢你，小贺。贺东说，连长，您客气啥，如果我过几天退伍了，还请连长把旺旺送给我回去做个伴呢，我这不正抓紧培养感情嘛。这话又给石连长心上撒了一把盐，心里一下子变得涩涩的。儿子旺手中的气球在他眼前悠悠飘荡。突然，石连长的眼睛鼓得圆圆的，接着，他像被人掴了耳光似的，脸上泛起一层青紫。

气球上有两个和美国兵头盔上相同的英文字母：US。原来这"气球"是男女"操练"时用的玩意儿。

石连长一把夺下儿子旺手中的"气球"，朝地上一摔，拉了儿子旺的小手就走。贺东拾起"气球"，一瘸一瘸追上来说，连长，这是干吗，孩子玩气球你生啥气？石连长真想臭骂贺东一顿。但看着贺东手中的拐杖，看着他那条短了四厘米的腿，他忍了。石连长难过地说，贺东，叫我怎么说你呢？你残废了，你对我有意见，尽管提。但你怎么能这样对一个不懂事的小孩呢？

贺东云里雾里，我对小孩怎么了？

石连长指着他手中的"气球"，这种东西能给旺旺玩？

贺东问，这啥东西？

石连长生气道，你能弄到这玩意儿，还不知啥东西？

贺东问，不是气球吗？

石连长怒喝，避孕套！

贺东把"气球"一扔，重重地呸了一口，这玩意儿刚才还是我给吹的呢。

这时，儿子旺扯了扯石连长的手，说这"气球"不是贺叔叔给的，是妈妈给的。

石连长气冲冲把儿子拉回家，劈头就向正踩着机子缝被补衣的妻子莲发起火来，你这女人怎么这么不要脸，那东西能给孩子玩吗？妻子莲停了机子，抬头怔怔望着石连长，啥东西？

石连长说，你从乡政府开后门弄来的东西！

妻子莲不以为然地笑笑，那有啥？儿子哭着要气球，我到哪儿给弄去？我看用它做气球蛮好，耐用，一个能吹几天，还不用花钱，用完了可以再领。

石连长大喝，不像话！不要脸！

妻子莲终于把手上的破军装一丢，叉了腰，我拿它给儿子玩，又没拿它去偷人，有啥不像话，不要脸？

这时，石连长看见桌上放着一大块猪肉和一棵鲜嫩的大白菜，便问，哪来的？

妻子莲没好气，去炊事班拿的！

臭婆娘！兵们现在变着法找碴挑刺，你这是成心给我添乱！

石连长自己也没闹明白，自己今天怎么这么大火气，自己的巴掌是怎么抢起来的。只听啪的一声脆响，妻子莲带着脸上五根清晰的指痕，身体一斜，歪倒在床上。

儿子旺吓呆了。

妻子莲傻眼了。

石连长也怔住了。

妻子莲最先醒过来，从床上爬起来，掀起拳头、泪水、痛骂交加的暴风雨，劈头盖脸向石连长袭来，你打呀！你打呀！把憋了几个月的劲都使出来打呀，你这没出息的男人，该使劲的时候你没劲，打人倒是挺有劲，我去炊事班拿菜，还不是想节省点时间，给你的兵补衣服，缝被子。找了你这样的男人，算我这辈子瞎了眼。辛辛苦苦，没讨个笑脸，讨了顿打……

石连长挺胸，仰头，垂臂，闭嘴，双目平视，两腿叉开，迎接妻子的"暴风雨"。

8

妻子莲的"暴风雨"刚歇住，通讯员就跑步过来说，保卫股长来了。石连长心里又是一紧，难道连队又出新麻烦了？

石连长跟着通讯员跑到连部，见与保卫股长同来的，还有两个地方公安，心想，这次可能是个大麻烦。

这时，保卫股长指着那两个公安人员向石连长介绍说，这是自然保护区消防队林队长，这是镇派出所王所长。

林队长、王所长和石连长握了手，说今年久旱不雨，北风不断，容易发生森林火灾，我们来和部队的同志一起落实一下防火措施问题。

石连长一听，终于宽了心，原是一场虚惊。

石连长带着保卫股长、林队长、王所长走进八连的防火责任区：那个背风的山洼。林队长指着那片杉木林和杉木林后边绵延的原始森林说，它们的价值可不仅仅在经济方面，生长在这片林子里的许多植物和动物，属于国家一级保护对象。若发生火灾，给国家带来的损失将是不可估量的。因此，你们连队防火任务非常重。石连长说，是。王所长则指着那辽阔的山坡说，最好在那个地方设个观察哨，日夜监视山里的情况。石连长又说是。最后，保卫股长要石连长尽快制定一个应急方案交给保卫股备案，并像往年那样从公文包里拿出一份打印的森林防火保证书，让石连长在上边签字。

石连长送走保卫股长等人时，下午的操课号已经响了。

石连长顾不上回家吃午饭，忍饿找吴拔谈话。这事事关连队稳定，拖不得。通讯员把吴拔叫到了连部。石连长让他坐着，自己强打精神直直跨立着，呈居高临下之势，然后像飞机扔炸弹似的，对着他一阵猛轰，没想到你小子是个见钱眼开的小人，为了区区百十元奖金，竟聚众到团机关闹事，值得吗？这不是违纪，是犯法！知道吗？吴拔梗着脖子说，知道。石连长说，知道为什么还去？吴拔说，老子就是心理不平衡。石连长说，这事是要处理的，尤其是你。吴拔说，随便。石连长说，你做好挨处分的思想准备吧。吴拔愣了愣，然后把身子从椅子上一提，随便！

吴拔气冲冲走了。不久，一排长一头撞了进来，神色紧张地说，你快去我们排看吧。石连长如一尊冰雕般镇静自若，一排咋了，房顶塌了？一排长嘴唇明显地哆嗦着说，他坐在排里，一手握着一把水果刀，一手往挂在墙上的八卦图上掷不知从哪弄来的飞镖，说……他说啥？说快要退伍滚蛋的人，谁敢给他处分，他就摘掉谁的眼。石连长白了一排长一眼说，你还一个排长呢，让一个兵吓成了这个样，啥熊玩意儿，回去，看他还说啥，及时报告。其实，石连长心里也有些发毛。一旦出了事，别说一排长，他这连长，甚至营长、团长，都是一根绳上的蚂蚱，都得挨处理。但和兵滚了十几年的石连长也深知，有些时候，你越怕事，越出事。今天一个吴拔不治住，明天就可能出现第二个甚至第三个吴拔。

石连长突然想起自己的那支"五四"手枪好久没擦了，该是擦枪的时候了。干部的手枪由文书统一保管。石连长去拿枪时，顺便让文书去叫吴拔，说想和他再谈谈。

在吴拔眼中，石连长并不是电影上的"无敌杀手"，他自然来了。

床上放了一张报纸，上边有序地放着手枪零件。石连长盘腿坐在床上，正用裹着油布的通条捅着枪管。他让吴拔坐在床对面的那把椅子上。石连长说，刚才我们都太激动了，没谈好，这回我们心平气和地拉拉家常。我们战友了五年，没感情，还有人情嘛，弄得那样剑拔弩张的，没意思。石连长抬头看看吴拔，见他睁着一双眼，笑笑继续低头擦枪，开始和吴拔拉家常，咦，你结婚几年了，孩子多大了？吴拔眼珠子飞快地转着，在想连长这话啥意思。这时，石连长恍然大悟似的用沾满枪油的手拍拍自己的脑门，说你瞧我这记性，我怎么就忘了老弟还年轻，还没结婚，我这人哪，自己有了婆娘有了儿子，就以为所有的人都有婆娘有孩子。石连长又抬头看对面，见吴拔已低下头，又问，吴拔，一个人有几个脑袋，几只眼睛啊？吴拔仍低头不语。石连长就又摇着头，说瞧我今天怎么了，神经似的。一个人不就一个脑袋两只眼睛吗？连小孩都知道，我还问你这小伙子。

坐在椅子上的吴拔触电般抖了一下。石连长装作没看见，开始组装报纸上的"五四"手枪，他把弹夹响亮地拍进弹仓说，吴拔，听说你飞镖打得挺准？

吴拔低头低声道，玩玩，不准。石连长说，你就别谦虚了，听人说，你在八卦图上练飞镖，说要扎鱼眼珠，绝不会扎在鱼眼皮上，真是绝招。

至此，吴拔已大概听出些味了。他抬头看看石连长在手中把玩的手枪，说话的时候嘴唇都有些颤了，连长，我那是玩的。石连长笑笑，用手枪瞄着一片在窗边晃悠的枯叶说，吴拔，你猜我的枪法怎么样？那……还用说。算你猜对了，我的枪法用百步穿杨来形容，那是一点不过火，打靶时，五十米外的胸靶，五发子弹，不敢说从一只眼儿里穿过，但绝对不会逃出那个白心。

沉默。石连长把放在准星缺口上的目光移向吴拔。这家伙的脑门上渗出了一层汗珠。石连长脸上滑过一丝得意，瞄准那片枯叶，继续说，吴拔，咱俩到靶场上举行一场邀请赛如何？你玩飞镖，我打枪，同等距离，同一个靶子，看谁环数高。如果你嫌这不过瘾，想动点真格的来点刺激的，也行，无论在哪儿比，你挑，我都陪你玩玩，咋样？

吴拔看一眼石连长手中那透着阴气的黑洞洞的枪口，满脸汗珠，嘴唇都乌了，我哪……比得过连长，又……哪敢……和连长比。

石连长收回手枪，在手里抛了抛说，这么说，你认输了，换句话说就是投降了，投降可意味着缴械哟……

吴拔乖乖地回去拿来了那把水果刀、飞镖和八卦图。石连长收了，把它们和那支手枪一块儿锁进床头的铁皮箱，然后笑吟吟地朝吴拔挥挥手说，回去照照镜子，看看头发有多长。

9

晚上，石连长又像根擀面杖似的在床上来回擀了一夜。明天团长就要来检查了。

可以说，明天这次检查，对八连是件至关重要的事情。以后八连能否在团里改变形象，挺直弯曲的腰杆，抬起低垂的头颅，就看明天团长来后，环境是否整洁，室内的地板是否干净，床上的被子是否叠成了豆腐块，兵们的头发是否短到了合格的程度。战争年代，评价一个连队是否有战斗力，看你攻克了多少山头，消灭了多少敌人，抓了多少俘虏。进入和平时期后，这个标准也随着硝烟的远去而远去了。这时，日复一日使用的训练场，战士身上的头发、胡子、第一颗纽扣（包括那根细铁丝弯成的风纪扣），以及战士宿舍里的被子、蚊帐、衣帽钩，连队周围的每一个纸屑、烟蒂、瓜果皮和每一根青草……所有目能所及的细细碎碎的东西，都成了评价一个连队先进与否的标准。

显然，明天八连是难以改变目前的境况的，这也正是石连长此时失眠的缘故。八连的天漏了，他这连长不得不当"女娲"，去补天。石连长也知道，这天，他难以补上。但再难也得补。他想着对一些问题作"技术处理"，比如：猪圈肯定脏了，明天团长来时，得安排一些没理发的老兵去扫猪圈；明天一早起床后，先全连集合自检一次，尽可能把问题消灭在萌芽状态；整内务时，让新老兵"结对子"，一帮一，但这回是"新"帮"老"，帮叠被子；总之，想尽一切办法补，让八连这块天能少漏一点就绝不多漏一毫。

次日清晨，起床号一响，石连长就一把揪住了一排长耳朵，快去吹哨，全连集合。一排长提着哨子，穿着个大裤衩，晃到走廊上，把哨子吹得和他的睡眠一般惺忪缠绵，声音也有气无力，全连集合。石连长把一排长堵在门外，你娘们呀？再吹一次！一排长只好又转身，鼓着腮吹了一声脆脆响响的。石连长扎着腰带刚走上操场，兵们就跟着出来了。不仅新兵，吴拔和那些老兵也都出来了，还都穿军装、戴军帽、扎腰带，尽管军装上有些补丁，但粗看还是整齐一致的。

石连长首先检查头发，随着他的一声摄人魂魄的"脱帽"，百余顶大盖帽唰啦啦取下，露出一片收拾得利利索索的"山头"，没有哪个"山头"上留有一根"杂草"。

全是秃的。

太阳出来了，方才还有些黯淡的天地间忽然一片金黄，一片明亮。石连长看着眼前这片被阳光镀上一层金黄的秃秃的"山头"，心里也亮堂了。

上午八点，一溜吉普车停在八连前边的水泥路上。团长准时到了。

团里带来了一个庞大的检查队伍，十几个人，大部分是股长以上的。

部队特有的那套报告请示的程序过后，石连长开始带领团长和跟在团长屁股后头的庞大的检查队伍，依次检查环境卫生、内务卫生和军容风纪。那些股长们在卫生区里找纸屑、数烟蒂，在宿舍里像射击预习似的，眯着左眼瞄看各种东西是否摆成了一条线，在操场上左看右瞧兵们的领花、帽徽是否钉在位置上。石连长无暇顾及这些股长们，他寸步不离地陪着团长。在卫生区，团长说，虽然不彻底，但总算有了动作；在宿舍，团长说，虽然没别的连队整齐划一，但被子洗干净了，叠得也马马虎虎，这也是进步；在操场上，团长看见兵们衣上的破洞补上了，说补得不错，并当即叫过军需股长，让他给八连的兵们每人补发一套冬装，不能让老兵穿着补丁军装离队，丢人。

最后一项是检查头发。一排长一声哨，全连集合，石连长一串短促有力的口令，一声惊天动地的"脱帽"，全连百余个秃秃的"山头"齐刷刷地袒露在金黄的阳光下。

石连长转身，正要向团长报告，却见团长已掉头向那辆吉普走去。石连长怔了一下，不知自己哪点没做对，开罪了团长，赶紧跟了上去，连叫了好几声"团长"。团长不理他，一直走到吉普边，才猛地掉转头，盯着石连长，你这啥意思？

石连长疑惑，我……没啥意思。

团长说，有意见就提，何必用脑袋抗议。

石连长一愣，这……

团长喝道，还不快让部队戴帽？好看哪？

石连长回道，是!

石连长跑去下令，又让各排带开继续训练，团长又把他叫过去。团长拍拍他肩膀，叹口气说，知道你八连长心里有情绪，知道如今八连的兵难带，八连变成这个样，不光是八连干部的问题，团里也要负责任。因此，团长准备亲自带着工作组来八连蹲点，让石连长给收拾两间房子。

股长们都上车了。团长打开吉普车的门，但想想又关上，回头把石连长拉到一边，今晚去我家一趟，带你去个地方。

石连长问，去哪儿? 关心下级? 上馆子?

团长说，给你擦屁股。

石连长疑惑，啥屁股?

团长没好气道，忘了顶撞领导了? 不去向人家道个歉?

石连长听了激动得说不出话来，紧紧握着团长的手，一直握到了吉普车边，团长打开车门。团长上车了，汽车发动了，但团长又拍拍司机的肩，让他熄了火，然后打开车门，又跳下车来，叹口气说，八连长，有件事还是先跟你通个气吧，好让你有个思想准备。

石连长问，啥事?

团长说，有人告你。

石连长纳闷，告我? 到你这儿告我?

团长答道，别人怕我官官相护，电话打到军区去了。

石连长问，谁?

团长说，告你用手枪威胁战士。

石连长什么都明白了。

团长说，你当了这些年干部了，不用我说，也知道问题的严重性吧。平时，战士枪口对人，你都批评人家，自己却对战士说要打靶? 石连长说，我没威胁之意，只是在例行擦枪时和他开了几句玩笑。团长说，

210

得了，得了，和你打了那么多交道，你心里那点小九九，我还不知道？那我也是没办法，如今的兵……别解释了，我这团长的耳朵眼睛可不是吃饭的。但上边对这事很重视，压力很大，你先做好挨处分的思想准备吧。

团长带着检查组走了。

石连长木桩似的久久立在那儿。

10

检查组刚走，通讯员就来叫石连长，说司务长找他有事。

石连长走进司务长办公室时，觉得像走进了银行营业所。

其他军官早来了，正人手一叠票子，哗哗地数着，一根根粗糙而笨拙的手指，此时像银行里的点钞机一般灵巧，数一阵，还呸一声，往手指上吐点唾沫。手指欢快地拨动一次，一张票子就欢快地流过指间，一张朝阳般灿烂的笑脸就随之欢愉地颤抖一下。

看这几个排长，刚才还一个个愁眉苦脸的，但第一次拿到了奖金，虽然不多，只五百元，就把他们幸福成这样。五百元钱数了一遍又一遍，仿佛数一遍就增加一倍。

沮丧的石连长，被一片喜悦和欢乐包裹着、浸润着。但石连长的心里却像窝着一块冰，正缓缓地向外辐射着一股股凉气，侵蚀消融着这种喜悦和欢乐。

一排长用钞票响亮地拍了一下手心，朝石连长眉飞色舞道，连长，辛辛苦苦干一年，总算拿到奖金了。石连长冷淡地看了一排长一眼。司务长把奖金名册推向石连长，并同时递上一支笔。石连长接过笔，在自己的名字后边签了字。司务长打开保险柜，拿出一沓扎着一圈白纸并且白纸上写着石连长名字的钞票说，连长，你数数，五百元。但石连长没接，问现在猪肉多少钱一斤，司务长说五元。全连吃红烧肉一顿能吃多少斤？五十斤左右。这钱让大家吃两顿红烧肉。司务长怔住。排长们也停止数钞票，怔住了。司务长望望手中的票子，又望望石连长说，是不是嫂子在家种田丰收了，请客？石连长说旱灾，减产了。那你为啥嫌钱多？钱再少，这钱我也不能要。连队又不缺伙食费，司务长再次把钱递给石连长说，这钱又不咬你手。石连长说过去我没拿奖金，兵们都说我的话是屁。我再拿了这奖金，以后我的话就更是屁。

石连长要司务长马上去砍肉，让兵们晚上就吃红烧肉。说罢，石连长出去了。但不久，他又转回来，对还手拿钞票愣在那儿的其他军官说，你们的奖金谁想拿，都可以拿，但我把话说前头，谁拿了，谁的排里出了事，谁去擦屁股，别找我。

石连长走了。

还在房里的排长们，面对面，大眼看小眼，不动，也不说话。银行营业所似的司务长办公室，突然间变成了一间冷冻室。

拿奖金，要把排里拿出了事，他妈的，别把这军饷也给拿掉了。

一排长把手中的钞票放到了司务长桌上。

娘的，这是什么事？那些没参加施工、没流一滴汗的干部，奖金拿得心安理得、喜气洋洋，我们钻了一年洞流了一年汗，反而怕奖金烫手。

二排长也把钱放下了。

我老婆怀上了，这钱我要，好给婆娘多买几只母鸡吃。三排长把钱揣进了口袋里。但二排长伸手又把它掏出来，啪地放到司务长桌上说，你比拖家带口的连长还缺钱？在工地上，汗水比连长洒得多？

三排长没再去动那叠钞票。

八连的军官都没要奖金。

晚上果然吃了一餐红烧肉。每桌一大盆，还有两瓶红葡萄酒。开

212

饭集合时，石连长告诉兵们，买这红烧肉的钱是军官的奖金。战士没奖金，军官这奖金也不要，上下扯平了。队伍里出现了一阵小小的骚动。百余个兵们的脸上，惊讶的、猜疑的、不解的……啥表情都有。百余个兵们的嘴边，赞扬的、钦佩的、惋惜的……说啥的都有。

吃饭时，石连长倒了一杯红酒，走到吴拔身边说，吴拔，今天咱俩该喝一杯。石连长碰了碰他的杯子说，为咱们的处分干杯。石连长一饮而尽用空杯朝着吴拔，至此，咱俩的事也扯平了，谁他妈再提旧账，是王八蛋！

吴拔低头望着杯里的红酒，没喝。

11

傍晚，李满把五张票子拍在了大门口那家馆子的那个漂亮姑娘面前的吧台上。

李满一接到刘秘书的电话，当下决定到这儿摆一桌。既然家里多得是钱，既然家里少的是一个撑门面的人，那么为撑家里的门面而多花点家里的钱，也值。

李满今天的饭局不请官，请的是两个兵：刘然、贺东。他和刘然、贺东是八连仅有的三个服役期满五年的老兵，也就是说，只有他们够转志愿兵的格，只要刘然、贺东主动要求……那么这八连唯一的转志愿兵的指标就自然而然地……接着就是转干、提升，把他那个有钱的家庭在人前撑得顶天立地。

这一招，在石连长那儿没走通。但李满对自己即将跨出的新的一步还是充满信心的。刘然、贺东是农村兵，家里都穷，他们想转志愿兵，并不像他一样是胸怀大志，而是为了改变生存环境，一句话，为了生活中有钱。他家可以直接满足他们的欲望和要求。

天色渐渐暗下来。

贺东拄着拐杖一瘸一瘸地来了。李满赶紧过去搀扶。

贺东问，满哥，你请我们吃饭，啥由头？

李满回道，没啥由头，战友五年，要分别了，叙叙旧。

贺东笑笑，满哥，瞧你客气的。

馆子里今晚就他们，冷冷清清。两个人屁股坐一把椅子，两腿盘一把椅子，边抽烟边喝茶。

可刘然迟迟没有来。

贺东说，刘然这家伙，不就是个班长吗？端一副团长的架子。

李满说，我们先吃吧。

酒菜上来了，自然是这山沟里最好的菜：野味。酒也是最好的酒：茅台。酒过三巡，刘然还没来。两人放下杯筷，开始抽烟。李满弹了弹烟灰问贺东，年底有什么打算？贺东腿残了，但脑袋可没残。李满为啥请他吃饭，真是叙旧？狗屁。贺东晃了晃那条短了四厘米的腿说，按理是滚蛋的时候了，可我这个样子回去能干啥，等死？死活我也不走了，部队这口皇粮吃它一辈子。李满试探着问，假若给你一笔钱呢？贺东说这要看给多少了。二万五。还不够娶老婆呢。翻一番，五万。贺东掐指算着，五万，存进银行里，每月的利息也有几百元，够吃饭了，可老婆孩子……

这时，刘然终于来了。

李满赶紧往那空杯空盘里倒酒夹菜，举了杯说迟到者罚三，这可是规矩。刘然却既不端杯，也不拾筷，说吃了。李满放了杯，满脸不高兴，说刘然连个面子都不给。贺东也说刘然这班长像团长。刘然说哪里，是食堂离不开，这段时间，每个菜都要他这一级厨师亲自炒，否则老兵们吃了有意见，闹事，再说，无功不受禄，虽战友五年，但也没给李满帮啥忙，哪有脸享用这好菜好酒呀。李满说，刘班长是说我摆的是鸿门宴，酒菜里有毒呢。贺东就说，我来喝给你看，吃给你看。贺东脖子一仰干了一杯，筷子一伸夹起一块鸡肉。刘然说，两位战友误会了，刚才我确实忙。李满说，是啊，你忙，忙得连战友感情都不要了。刘然说我这不是来了嘛。不喝酒，来了等于没来。我就是来喝酒的。李满这才笑了笑，重新举杯。几杯？三杯。刘然一口气三杯囵囵酒，连口菜都没吃。然后他站起来，朝贺东、李满两拳一抱说，两位老战友请原谅，失陪了，明天早餐做包子的面还等着我回去发。李满起身按住刘然肩头，说再忙也不会忙到这份上吧，我想……

这时贺东忙说憋得慌，一瘸一瘸上了厕所。

李满说，刘班长，我想和你做笔生意。

刘然下午一接到李满的邀请，就想这饭局虽不是鸿门宴，也得是现代社会的生意餐，果然。刘然说，好啊。李满把开场白、细节什么的都免了，直截了当，让刘然自己开个价。刘然当然明白李满要他开的什么价。但李满干脆得让刘然感到有些突然。不错，他刘然勤奋工作，并不是为了奉献而奉献，心中也有自己的追求。但他认为这只能用汗水去换取，他压根没想到李满竟用金钱去购买，而且还如此理直气壮。刘然笑了笑说，老李真不愧商人世家出身。李满说，三万咋样？你家挺有钱嘛。李满又往上涨，六万。刘然二十多年生涯中，还是第一回见识这样赤裸裸的交易。这价够可以了，听说一个营长申请退伍，还没这么多钱呢。六万，对他、他的老人，以及遮蔽他和老人的那间低矮的红砖瓦房来说，无异于一个天文数字，把它交给将他养育成人的老人时，老人一定不知怎样数清它，不知如何花掉它。但老人把他养大成人，然后送到部队，希望的就是这些吗？他已从老人数十年期冀的目光里知道老人最需要什么。刘然说，你是商海里泡大的，自然知道做生意的基本法则。李满说，当然，公平交易。可我们这生意不公平。还嫌少？太多了。那……怎样才公平？用金钱永远不公平。

你的意思是？刘然说，用汗水。刘然握了握木然的李满的手说，这下我确实该回去发面了，再见。

12

八连北侧有一山沟，从厨房、厕所、猪圈流出的废水都汇聚在这儿，臭气熏天、蚊蝇成群，故兵们叫它臭水沟。上边来检查卫生，八连因为它挨了不少批评，丢掉了好几面锦旗。营房股年初就为八连制定了"治污工程"，在沟里埋一管道，让污水从地下流走。只因八连外出施工，此工程一直未动工。

现在，刘然决定把"治污工程"改为"海军工程"，带动大家把臭水沟挖深扩宽，在沟口筑一堤坝，既治了污，又可把沟改建成鱼塘，让八连的农副业生产"海、陆、空"全面发展：天空有飞翔的鸽群，山上有流动的羊群，水里有游动的鱼群。

今天西北风特大，搅得天空一片"乌烟瘴气"。太阳像只小孩子玩旧的小皮球，黯淡地悬在东南天上，洒到地上的阳光，灰灰的，如月光一般隐隐透着凉气。快十点了，霜仍厚厚地白花花地铺着。天气特别冷。

刘然九点带领炊事班开完早餐又安排了午餐后，又想到了那个"海军工程"。他必须赶在明年开春前完成它，以关闸蓄水、放养鱼苗。他到连队工具棚里提了铁锹，背上筐子。他只有两个多月的业余时间。他来到臭水沟，高高地卷了裤腿、挽了衣袖，蹚进了臭气扑鼻、寒冷刺骨的污泥里。

刘然的秃头上似架着一口锅，蒸气袅袅，脸上汗水涔涔，而泡在泥水里的双腿却冻得通红，脚掌早已麻木了，踩在泥里，走在石子上，甚至走到荆刺上，都同一个感觉：没感觉。但他仍一铲一铲往筐里铲着稀泥，一担一担向沟口挑去。一片枯黄的荒草里，渐渐出现了一条路，一条印着一只只湿漉漉的光脚印、洒满了汗水的路。

石连长是从操场去猪圈的路上无意中看见这一情景的。石连长静静地看着那个在水沟里忙活的身影，脸上露出了欣慰的笑容。

石连长决定抓住眼前这个活典型，马上组织全连开现场会。石连长把兵们带到臭水沟边，指着在冰凉的泥水中干得热火朝天的刘然，动情地说，大家看看，这是五年的老兵，快退伍的人，还舍不得喘口气，继续毫无保留地奉献，做饭、种菜、养羊、挖鱼塘，我们这些人还有啥说的？兵们餐餐吃着刘然做的喷香的饭菜，对他本就有好感，现在又看见这动人的情景，心里更是钦佩不已，都说刘然这兵真不错，要是让他复员，是八连的一大损失。石连长见现场会已开出了效果，就让兵们回去了。等兵们一走，石连长就命令刘然上来。刘然埋头挖着污泥说，离做饭时间还早呢。石连长心疼地说，冻坏了双脚，以后你想奉献都没法子奉献了，就不能在天气暖和些的日子多干点？刘然说，没事。石连长听了心里直着急，低头脱了鞋袜挽了裤腿，下去硬把刘然给拽了上来。

石连长回来后，马上让文书打了个让刘然转志愿兵的报告，并当即让通讯员送到了军务股。

几天后，团里召开党委扩大会，正式布置了老兵退伍工作。团里要求：每连只能转一个志愿兵，其他五年以上的老兵必须退伍；退伍战士不能带走驻地女青年，违犯者，追究连队干部领导责任；退伍战士离队时要着装整齐，军容严整……

会上，团长还传达了集团军刚刚电传过来的一个通知。通知说，部队原装的62式舟桥，器材笨重，结构复杂，作业速度缓慢，已难以适应情况多变、反应快速的现代战争特点。总后装备部准备于明年春给部队换装，改用结构简单、作业速度快的79式带式舟桥。为与新装备相适应，急需调整部队编制，汽车连由四个扩编为七个，而舟桥连则从八个缩编为七个，在老兵退伍后、年底前完成缩编任务，缩编过程中可能出现的遗留问题，应结合退伍工作一并解决。团长说整编哪个连队，团里还没定，为稳定部队情绪，暂时还需保密，大家只能带着耳朵来，不可带着嘴回去。

散会后，石连长去军务股找黄参谋。正伏案写着什么的黄参谋抬头看见石连长，指着对面的椅子请他坐，然后问连长有何贵干。石连长说，前几天我给你们打了个报告，关于刘然转志愿兵……黄参谋说，我看到了，刘然的确是个好兵，但……唉，怎么说呢，你们连的事不是你能定的，也不是我们能做主的。石连长蒙了，但又什么都明白了。

石连长茫然地回到连队，第一个念头就是想找刘然好好地谈一次话，他感到对不起他，得让他先有个思想准备，不然更对不起他。石连长走近伙房时，见刘然系着围裙，正站在灶台边挥铲炒菜。

石连长又在伙房门口站住了。此时能告诉他吗？他想不通，他垮了，炊事班也跟着垮了，本来就已乱哄哄的连队，岂不更乱？炊事班班长平时就有半个指导员之称，在这退伍时节就更是顶得上一个指导员。

石连长在伙房门口转悠了好一阵。他这当了四五年的老连长，突然间竟不知怎么当连长了。

一种要出大事的感觉突然间笼罩在石连长的心头。

13

晚上，那种要出事的感觉越来越强烈，仿佛事情就在眼前，使石连长焦躁不安，甚至有一种莫名的恐惧。

果然，这天晚上就出事了。

啪——

凌晨两点左右，后山传来一声脆响，在这宁静得近乎沉闷的凌晨，它这般突然、凄厉，这般气势磅礴、震荡天宇，让墨一般漆黑黏稠的夜色为之一阵战栗。

枪声！是哨兵走火，还是……

石连长一个激灵，翻身起床，迅速套了衣服就往外奔，只见后山腰上出现了一条"红龙"，在强劲的西北风里奔窜、翻滚、跳跃、飞舞。它贪婪地吞食黏稠的夜色，漆黑的天庭因它而红了，亮了。它发出阵阵快乐的欢笑，死一般沉寂的夜晚因它而复活了，热闹了。它无情地践踏、扫荡着山坡上枯黄的草丛，让那些残枝败叶在绝望中无力地呻吟。

后山起火了。

石连长作为一名职业军人，闪过脑海的第一个念头，就是迅速扑灭这场山火。石连长一边以百米冲刺的速度向连队冲去，一边摸出那只铜哨，发出紧急集合的信号。可是兵们的宿舍静悄悄的。石连长气愤地冲进一排，拉亮电灯，床上的兵没了，大衣也没了。石连长跑到二、三、四排，也是如此。全连一百多个兵们，包括残疾战士贺东，早已带上大衣上山救火了。

石连长跟到后山，兵们正提着在山脚鱼塘里泡过的大衣，风一般扑向山腰上肆虐的火龙。石连长身为连长，此时的职责，不仅仅是和兵们一道搏击火龙，更主要的是指挥大家如何搏击火龙。石连长深知，一旦让它窜入东侧和东南侧两片杉木林，火势就难以控制了，不仅这两片杉木林将化为灰烬，还将危及后边那漫无边际的原始森林。必须把它们降服在西北侧的草坡上。石连长仔细观察后，奇怪地发现，火龙像对东侧的这片杉木林突发善心似的，窜到它的边缘后，便绕道而行，凶猛地扑向东南方的林子。火龙离那边林子还有数百米，这给石连长和兵们留下了与它搏击的时间。

显然，此时不是石连长思考火龙为什么对东侧林子突发善心的时刻。他脱下身上的棉袄，也在鱼塘里一泡，然后与兵们一道扑向肆虐的火龙。

石连长挥舞手中的棉袄，奋力扑打着火焰，他忘了自己是一个指挥员。而事实上，此时也用不着什么指挥，火龙充当着最出色的指挥员，哪里有火焰，兵们就奔向哪儿，哪里火势最猛，哪里聚集的兵们就最多。火龙在强劲的西北风的怂恿下，向兵们施展着淫威，狂舞着伸出猩红的、火辣辣的舌头，狠毒地舔着兵们的衣服、脸膛。但兵们没有被它逼退，一次又一次向着火龙扬起已渐渐被烤干了水分的大衣，一次又一次用自己的血肉之躯冲向火海。

西侧的草丛最深，因而那儿的火势也最猛，火墙不可一世地高高窜起，李满在它面前竟显得这般弱小。虽然他手中的大衣让他稍稍远离了火焰，但他脚下突然一滑，却让他险些被火海吞没，好在有人发现，及时把他拖出火海，当他从地上爬起来，揉去眼中火灰时，那人已奔向火墙，但他还是看清了那一瘸一瘸的身影。

火龙渐渐精疲力竭了，当它窜到东南那片林子边上时，终于被兵们制服，倒下了。

在高音喇叭嘹亮的号声中，一束黎明的光牵出了一轮朝阳，烧红了几朵云霞，把东边的天映得一片灿烂。后山那刚经历火的洗礼的山坡，像人体长出的疖子被挤出腥臭的脓汁后留下的一块偌大疮痂，在火红的阳光下，一片灰黑，一片沉寂。

山脚，石连长开始集合清点士兵。石连长身上经历了火焰反复烧烤的军装，大洞小洞，褴褛不堪，沾满泥土火灰的脸膛上滚动着一双乌黑的眼睛。从他眼前晃过的一张张脸、一身身军装，也是灰黑中转动着两点乌黑，身上也是大洞小洞、褴褛不堪。

敏锐的石连长很快就发现，他的队伍中少了一个人：炊事班班长刘然，大家都说扑火时没发现刘然。饲养员说，昨晚就寝前，班长去看羊圈，发现丢了一只羊，说他去山上找找。炊事班的人说，熄灯后，大家很快就睡觉了，都不知班长啥时回来的，回来没有。这时在后山担任警戒的那个兵叫了一声，说他昨晚站哨时，实在困得慌，就把枪倚在旁边，在哨位上裹着大衣睡着了。然后他突然被人踹了一脚，接着就听到枪响。他一个激灵站起来，就发现山上起火了，开枪的人已奔向那片山火，他没看清那人是谁，但看清了那人身边有一只雪白的羊。

刚撤下火场的兵们又一次冲进了火场，一边呼喊着刘班长，一边扒拉着那一堆堆火灰，可大家连一根残骨、一片军装碎布都没找到。

突然，石连长想起昨晚大火在东侧那片杉木林前绕的小弯。他拔腿向那片杉木林奔去，终于在树林边看到了刘然。他躺在倒伏的杂草上，血肉模糊，无力地伸展四肢，痛苦地咬着牙。他身体两侧倒伏的草丛，只燃烧了一半。

不难想象，是刘然在外出找羊时首先发现了山火，他就近赶到哨位鸣枪报警，然后第一个冲上了火场。当他看见山火已靠近这片树林时，先赶到了这里。

那时，山火距离杉木林仅几米之遥。他在火光里搜寻着扑火的工具，可他看到的不是秃枝，就是枯败的树叶，总之，他没找到任何可用以扑火的工具，也许那时他想到了山脚那口水塘，但迅速逼向杉木林的猩红的火苗，压根就不允许他去把身上的衣服泡湿。

于是，他只能咬紧牙关，让自己横在地上，然后滚向熊熊火海，一次，两次，三次……终于，让山火在这片杉木林前拐了个小弯。

太阳升高了，阳光透过杉木林的叶缝，在林地上洒下一块块细碎的金黄，雀儿在树上喳喳欢鸣，活泼的松鼠在林子里上蹿下跳……杉树林里温馨依旧。

14

这场突然而至的山火，彻底改变了八连的运行轨迹。石连长不得不放下包括退伍工作在内的所有工作，集中精力处理它带来的一系列新问题。

迫在眉睫的就是刘然的后事。石连长让文书打加急电报，就说刘然病重，通知家属来队。刘然家里只有一个年迈的爷爷，是老人把他从小拉扯大的。也正因如此，石连长决定赶在家属到来前，处理完烈士的后事，他怕老人家看到血肉模糊的孩子，心理上一时承受不住，出现意外。当然，也考虑到尸体防腐问题难解决。

洒满阳光的操场上，刘然静静地躺在一块洁白的床单上，石连长带着兵们，用温水擦洗着他身上的泥土和火灰，用从数十公里外紧急买来的黑油漆粉刷着一口向附近老百姓借的白棺材。

妻子莲风风火火走来了，怀里抱着一个很大的刚缝好的布娃娃。布娃娃有长长的睫毛、长长的辫子、圆圆的小嘴、粉红的脸蛋，是个漂亮的姑娘。妻子莲看见棺材上刷的是黑漆，便骂石连长比儿子旺还笨，说刘班长是黄花郎，又不是七老八十的人，怎能刷黑的。石连长一想，也骂自己真糊涂，按家乡的习惯，黄花郎应配红房子，好娶红花女。石连长赶紧让人擦掉那黑漆，再去数十公里外买红漆。

刘然身上的泥土、火灰已和皮肉掺在一块，擦洗时，稍不小心，就连皮带肉。妻子莲看见了，心疼地骂石连长和那些兵，看你们这些男人，重手重脚，就不能轻点吗？他疼呢。她去拿兵们手中的棉纱。兵们说，嫂子，你走吧，刘班长是小伙子，你擦，有些地方不方便。妻子莲不依不饶说，小伙子又咋了？论年岁，他还是我弟，比我大的男人我还见过、摸过呢。她愣把男人手中的棉纱夺了过来。她不像男人们那样擦，她用吸饱温水的棉纱一点一点地沾那些泥土和火灰，她沾了十几个小时，把刘然身上的每一个地方都沾洗得干干净净，然后轻手轻脚地给他换上一套崭新的军装。

石连长轻轻地把刘然抱进那个涂了新油漆的红色的"新居"。妻子莲抱过那个漂亮的"大姑娘"，让她躺在刘然身边。妻子莲喃喃地叮嘱着，今后，你俩就在一块儿过日子了，刘班长，你要爱惜她，有她陪伴你，日子才不会孤单。梨花，你要照顾好他，男人脾气不好，你要让着。希望你们相亲相爱，和睦幸福……

妻子莲说着说着，禁不住滚出两颗泪。周围的兵们听着听着，禁不住湿了眼睛。

次日，地方林业部门的领导同志，带着绣着"感谢最可爱的人"字样的锦旗，开着卡车，载着猪、牛、羊，一路燃着鞭炮，前来八连慰问。他们看过现场后，感慨地说，要不是部队及时扑灭了山火，这数千亩的杉木林，以及后边的原始森林，上千万甚至上亿元的国家财产可能将化为灰烬。

与慰问团同时来到八连的，还有由公安局、林业局及部队保卫部门联合组成的事故原因调查组。但调查组十几个人，经过一天的现场勘察，和几天的谈话了解、走访调查，没找到引起火灾的直接原因。

像这种闹不清原因的山火，当地老百姓称之为"天火"。调查组在事故报告书上写的是标准的消防用语：

野火。

这场野火，让团长带着工作组提前到了八连。这场野火，使团长临时改组了工作组成员，把原来的保卫股长、作训股长换成了两个参谋，把宣传股和组织股的两名干事换成了两名股长，团长把背包一放，就指示组织股长立刻搜集素材，整理事迹材料，迅速上报请功。他指示宣传股长马上和地方电视台及省城各大报纸联系，及时把八连的动人事迹宣传出去。

当天中午，电视台及各报社的几十名记者，或踩着单车，或跨着摩托，或开着小车，风尘仆仆、千里迢迢赶来了，并以他们特有的雷厉风行的作风，立刻投入采访，一时间，八连的每一个人都成了记者采访的对象，都成了英雄。电视台的摄影记者，扛着摄影机，一遍遍扫描兵们兴奋的脸庞。报社记者们一次次问兵们，面对烈火你想到了什么？当时你是怎样扑火的？……兵们回答时，无论是含着羞涩、语气结巴的，或是对答如流、慷慨激昂的，脸上都带着激动的神情。记者们采访完毕，立刻奔向电视台、报社，抢头家新闻去了。当天晚上，兵们就从屏幕上看到了自己那或羞涩，或憨厚，或兴奋的面孔。第二天，报纸上又出现了八连及八连不少人的名字。

兵们说，没想到这场野火又把八连给烧红火了。

刘然遗体安葬仪式是在第三天举行的。他的归宿就在那片刚经历火的洗礼的山坡上。全部在家的团首长，机关及各营、连代表，千余官兵前来为刘然送行。集团军、师、团和各营、连都送了花圈。一路黑纱，一路花圈，一路肃穆，默送着刘然和他那红得耀目的"新居"。千余官兵在那片痂疤一般的山坡上又站成了一片绿，众多花圈摆成一片雪白，在绿和白簇拥的中间，是一点灿烂的金黄。

15

等刘然的爷爷用颤巍巍的双脚量完那段崎岖的山路，爬上汽车绕出那个大山脉，再登上火车来到八连时，已是第六天了。

刘然的爷爷身穿一套不知从哪弄的也弄不清是什么年代的棉布军装，头上也是一顶棉布军帽，身上挎一只帆布挎包。都是新的。尽管如此，还是难以掩饰年月在他身上留下的痕迹：腿曲了，腰弯了，背躬了，头白了，脸上沟坎纵横。

让石连长稍稍宽心的是，这是一个坚强的老人。石连长把老人接到连部后，心想老人经过长途跋涉，身体和心情都难以再次经受折磨，他没有马上提起刘然牺牲的事，而是拿出早已备好的香烟、糖果、糕点，热情招待老人。兵们听说刘然家里来人后，都来连部看望，大家群星拱月般簇拥着老人，你给老人剥糖纸，我给老人递烟，他给点火。一张张笑脸和一阵阵笑语温暖着老人。不久，妻子莲也带着儿子旺来了。妻子莲给老人倒上一杯热茶。石连长拉过儿子旺，让他叫爷爷。儿子旺羞羞脆脆喊了爷爷。老人微笑着"哎"了一声，伸手抱起儿子旺，在嫩嫩的脸上亲了亲，又让孩儿坐在自己的膝上，这才问起刘然这孩子到底咋回事。石连长不得不向老人说起那场突然而至的山火，告诉他刘然已光荣牺牲，以及他牺牲的具体过程。显然老人早已料到事情的真相，老人只沉默了一会儿，便轻轻点点头说，养他这些年，值啊。石连长说，真对不起，由于我的失职，让您失去了唯一的亲人。老人说，我要感谢你，连长，你带出了一个好兵。石连长指着周围的战士说，以后大伙都是您的亲人。妻子莲也说，以后他爹和我就是您的儿子、儿媳妇，一定经常去看您。

老人轻声说着谢谢，慢慢站了起来。石连长知道老人家想去看孙子了。石连长和妻子左右搀扶着老人，兵们在后边跟着，一起来到那面痂疤一般灰黑的山坡上、那堆雪白簇拥着的黄土前。

老人在那堆黄土前蹲下，取下肩上的黄挎包，取出酒壶、酒杯和一串粽子。老人提起酒壶，倒满杯说，你要走了，爷爷给你送行。他自己先喝了一杯，然后端起另一杯说，孩子你受伤了，你躺着爷爷喂你。他慢慢倒着杯里的酒，酒水点点滴滴全部渗进了黄土里。接着，老人又拿起粽子，说，吃饱了再走吧，饱了才有劲。他一个一个剥开粽子叶，掐成一小块一小块丢在土堆前。掐完了三个粽子，他才慢慢直起身。这时，只见老人身子往上挺了挺，努力站直了，然后缓缓抬起右手，直到弯曲的手指触到了帽檐才停住。

一个苍老又永远年轻的军礼。

石连长和兵们这时才明白，老人为什么穿这套过时的棉军装。原来他是一名老兵。

这时，团长气喘吁吁跑上山来说，军首长来了。军长和他带来的工作组，没进团招待所，直接奔八连来了。

石连长回头一看，果见一行人已走到了山脚。走在头里的是军长，秘书提着一只白色花篮紧跟其后，然后是集团军司、政、后机关的首长们。石连长立刻就地整理队伍，准备迎接军首长。刘然的爷爷也知趣地从那堆黄土前退到队尾，与八连的兵站在一起。

军长向石连长摇摇手说，报告就免了。军长肃穆地走到那堆黄土前，伸手接过刘秘书递上的花篮，恭敬地端放在那酒壶、酒杯旁，然后带着随行人员脱帽默哀三分钟，又躬腰抓了一把黄土，撒在那堆黄土上，这才转身对团长说，立功报告军里已经批了，军功章也带来了，就在这儿召开表彰会吧。团长显然感到有些突然，顿了顿。军长扫视着苍茫的天空和天空下逶迤的大山说，这儿虽没有主席台，没有音响，没那么多人，但这儿有烈士，烈士能听到党和人民对他的认可。团长说，好吧。

于是，表彰大会虽不隆重，却十分庄严地在大火留下的灰烬上、在烈士墓前召开了。

首先，团长口头宣布了关于给李满、贺东等二十五人荣记三等功的通报。之后，集团军副参谋长代表直属队党委宣读了关于给王南等六人荣记二等功一次的通报，并亲手把一枚枚银光闪烁的军功章别在功臣的胸前。然后是集团军政治部主任宣读了关于给舟桥团八连荣记集体二等功的通报，他把一面鲜艳的锦旗给了石连长。最后是军长宣读关于给刘然烈士追记一等功的通报和《关于号召集团军全体官兵向刘然烈士学习的决定》。当军长从组织处长手中接过一枚沉甸甸、金光灿灿的军功章时，老人从队尾颤巍巍地迎着军长走去。军长这时才注意到他的队伍里站着一个老头。军长怔住了，半晌，才说了句没头没脑的话，您怎么来了？！

老人说，来了。

军长似想起什么，刘然是……

老人道，我的孙子。

军长手心里的军功章当的一声掉在地上，他大步向前，紧紧拥抱着老人，这孩子就在我军里，真没想到呀。

老人说，我在这个团战斗生活过，我有意让孩子……

军长愧道，我对不起您啊，这么久我竟不知你的孙子……

老人道，小林，不，林军长，我难过，可我更高兴，孩子走了，但他和我们当年一样，没把路走歪。

军长高高举起老人枯瘦的手，激动地说，同志们，他是我解放战争时期参加革命时的老连长！

李满一听，怔了，原来军长舅跟他讲过的老连长就是刘然的爷爷。

石连长一听，也怔了，他怎么也没想到刘然真有个亲人是军长的上司，与他那天跟黄参谋瞎编的那段谎话比，差别只是不是中将，而是农民。

所有的兵们都怔了，他们也许在想，刘然为什么放着这么硬的关系不用，而去寒冷的泥沟里挖鱼塘。

16

失去了唯一亲人的老连长，对军长只有一个要求：让他看看老部队。

住在团招待所的军长给蹲在八连的团长打电话，指示他近期内组织一次阅兵式，并且一定要搞好。团长下令全团一周内停止一切工作，突击训练阅兵式和分列式。

八连无疑是这次阅兵的重点，也是难点。因此，在八连训练动员会上，团长亲自讲了话，提了要求。在连级动员会上"亲自"，团长上任几年，这还是第一次。团长"亲自"后，石连长让各班组织讨论，并给大伙出了三个讨论题：一是怎么样才不辜负团首长的期望；二是我们应给烈士的亲人留下什么印象；三是怎么做才对得起上级给八连的荣誉。

石连长到兵们宿舍检查讨论情况时，看到了曾那么熟悉现在却有些陌生的情景。不管新兵还是即将退伍的老兵，都坐着马扎，围成了圈，热烈地发言，无论慷慨激昂、激动不已的，或是平心静气、娓娓道来的，都在表达同样一个意思：不辜负上级首长的鼓励和期望，不往八连那些鲜红的锦旗和自己金黄灿烂的军功章上抹黑，不给烈士丢脸。

在团长的几番催促下，军需股终于在这天中午给八连官兵每人补发了两套冬服。当天下午，八连的兵们都穿上崭新整洁的军装，走上操场走队列。石连长也穿着崭新的马裤呢军装，扎着腰带，挺起胸脯，跨立在操场边，炯炯双目扫视一列列训练的兵们。石连长发现，他的兵们像变了个人似的，突然间都精神了、抖擞了，一个个胸脯挺得高高的，腰身拔得直直的，班长们的口令清脆悦耳，兵们的齐步、跑步、正步排山倒海，立定靠腿地动山摇，嘹亮的番号更是气冲云霄。石连长一阵心花怒放。

这才是真正的八连。团长不知啥时走到他身边，拍拍他肩说，石连长，咱们谈谈去。

两人回到连部相对而坐。团长说，八连是个有着光荣传统的连队，在战争年代为民族的解放事业立下过丰功伟绩，进入和平时期后，又历次在抗洪抢险、国防施工任务中做出了重大贡献，在近十年里，一直是团里的标兵连队，为部队的正规化建设起到了很好的榜样作用，今年担任施工任务，又给团里拿回了数十万元，为部队做出了新贡献。这些，将永远铭记在我团的历史上……

石连长听着这些，好像听悼词似的，脸上的喜悦渐渐消失了，终于听不下去了说，直说吧，团长，我们八连……

团长说，……解散。

石连长沉默。

团长接着说，昨晚常委会上刚定。团里主要考虑到八连是编制序列的最后一个连队。

石连长说，团长不用安慰我。

团长还想再说，当然……

石连长向团长抬抬手。石连长不想团长"当然"下去了，免得一个难出口，一个难入耳。不用团长"当然"，石连长也知道团长"当然"的是什么。石连长沉默着，他不想思索并列举可以促使团长改变主意的一切理由。团长说其实接受整编也是一项光荣的任务，是一种真正意义上的牺牲，八连是我军现代化建设大道上了不起的铺路石。团长的话不能说没道理，只是石连长听着这道理很不是滋味。解散八连就像割下他身上的一块肉，甚至像消灭他的肉体一样难受。入伍十几年，他一天也没走出过八连，从战士、班长、排长、副连长，直至一连之长，一步一个脚印地走过来，十几年的汗水、心血、青春以及情感全部留给了八连这块土地，可最终却得到一个遗憾的感叹号。团长说军务股准备给八连增加退伍指标，服役期满的老兵全部退伍，一个不留，而那个转志愿兵的名额准备收回，因为转了到时也没地方安排，是个麻烦事。未满服役期的新兵分到别的舟桥连。至于军官，组织上一定妥善安排，请大家放心。

团长说，八连的事一完，你到军务股报到。

石连长沉默。

团长又道，当股长。

石连长又抬头望了一眼朦胧的天空。

团长最后说，这军里也批复了。

石连长对团长的话有点意外，可就是高兴不起来。

17

李满又把几张"老头"拍在大门口那家馆子里那位漂亮小姐前的吧台上，让弄一桌这里最好的菜，野味，和这里最好的酒，茅台。

一会儿，贺东一瘸一瘸进了馆子，拄着那根拐环顾左右，见只有吧台后的小姐和圆桌边的李满。

贺东问，就我们俩？

李满反问，八连现在有几个五年兵？

贺东道，唉，是就我们俩。

贺东瘸着走到圆桌边坐下，把拐放在身边一张空凳上，笑说，李满哥，你是口袋里的钱多了往外蹦吧，前次不是已敲定了五万元？可怜我，想再加点？李满也笑着提了茶壶，斟满贺东面前的杯子，递上一支"红塔山"，然后送上打着的液体打火机，说，今天不是谈生意，图个高兴呢。贺东说，你的事定了？那五万元想反悔？李满说，你我这次都立了功，这还不是高兴事？贺东一手拿了茶杯，一手夹着烟卷，定定地看着李满。

李满问，怎么？一块待了五年还不认识？

贺东说，听说连队要解散，老家伙全滚蛋，你没听说？

李满按灭手上的烟蒂，也用征询的目光定定地望着贺东，问，老贺，假如我转了志愿兵，你说以后我会怎么样？那还用问，昨天我听人说军长是你舅？李满笑着点点头。贺东说，那你一转志愿兵，肯定马上就转干，然后连长、营长、团长，前途无量呢！那假如说我不转志愿兵，回家给父亲当助理？那首先是去掉助理这两个字，然后赚很多的钱，再用这些钱给社会捐款，捞个这个长那个长的头衔，如今多少有钱人当上了"名誉校长""名誉会长"，到我们那时候，说不定……总之，像你这样的有钱人，如今去哪儿都前途光明。

李满说，那我还转啥志愿兵？

贺东回道，你早该这么想。

李满前天去团招待所看望军长舅时，刘秘书就已悄悄告诉他，八连要解散，老兵一个也不留，本想把他往别的连队调，可军长舅交代过刘秘书，说他这外甥的路也要像老连长的孙子刘然那样自己走。当时，李满听到这消息，一点也不感到沮丧，相反，他觉得很坦然。这种坦然也许源自那场突然而至的野火，以及接踵而至的一连串事情，在火场上奋不顾身的战友们、死里逃生的自己、英勇牺牲的刘然、失去亲人后在苦痛中欣慰的老连长，以及军长舅在烈士墓前召开的特别表彰会。这些，在他二十多年的生命历程，包括这五年没有硝烟的军旅生涯中，还是第一次经历。它们使他不得不去回忆、思考过去的岁月，让他想到了过去不曾想过的许多问题，它们与他头脑中的一切旧事不期而遇后，便激烈地冲撞厮杀起来。他感到了冲撞和厮杀给心灵带来的强烈的震撼。

但当晚，李满还是给父亲挂了长途，他并没说起连队解散的事，只说了连队救火的事，说集团军给连队记了集体二等功，说自己和其他数十名战友一起立了军功，也说了刘然光荣牺牲的事。一向坚持要求他留在部队混出个模样给家里撑门面的父亲，一听说有人在扑火中受伤和牺牲以及他被火海包围的情况后，立刻问他伤了什么地方没有，然后态度来了个一百八十度大转弯，让他马上就退伍回家，担任家里公司的总经理助理。父亲说，他的身体一年不如一年了，李满的哥哥姐姐，不是公子就是公主，把家业交给他们不放心。李满当过兵受过锻炼，这次又经历了一次考验，还立了军功，家业交给李满，他心里踏实。并说，民政部门要求他们家的公司安排十名退伍兵，让李满退伍时，同时带十个战友回来。父亲说这些人靠得住。

贺东晃了晃那条短了四厘米的左腿，叹息一声说，真后悔，那天在坑道里，我比大伙晚跑一步，让腿短了一截。不然，我也可以到你家去讨口饭吃的。李满说，这次扑火，你不也立了三等功？可我左腿短了四厘米。当过兵的人，一条腿的也比某些没当过兵的两条腿的强。你是总经理就好了。我是总经理助理，助理助理，别人爱理就理，不想理就不理，这事，我那总经理父亲不理，我就不当这助理。贺东凝望李满许久，摇头笑笑说，我一个残废，值得你这样？李满又给贺东倒酒、夹菜、递烟，点着火说，老贺，那晚扑火，你比谁慢了？你比谁先撤了？你扑灭的火段又比谁少了？谁能说你是残废？顶顶的英雄呢，这样的人，我家公司用探照灯都难找呢。再说吧，我们当了五年和平兵，没机会体验战争，可我想，战争不也是要流血牺牲吗？我们那天扑火不也同样有流血牺牲吗？因此，我们八连的人也算一起出生入死过一回了。人一生能有几人与你一块出生入死呢？这种经历这种情感，难得呀，一起出生入死过的战友不互相帮衬，帮衬谁？再说，那天救火没有你，我还能回去当这总经理助理？贺东举了举手中的拐杖说，见死不救，我还是人哪？李满也扬了扬手说，知恩不报，我也不是人。两人相视笑笑。然后李满吆喝服务员上菜上酒。

野味端上来了，茅台也拿出来了。最后，那位漂亮的小姐送来了两套碗筷。

李满启着茅台上的密封圈，突然想起什么似的，问贺东，如果刘然在，今天我请他，他肯赏脸吗？贺东说他肯定来。李满就又吆喝那位漂亮小姐再上一套碗筷。小姐看看门口说，你们不是两个人吗？李满说，你怕我不付三个人的招待费是不？小姐说，我不是那意思，而是觉得没必要。贺东用拐杖敲了一下椅子说，少啰唆，让你上三套，你就上三套！那漂亮小姐一愣，赶紧又端出一套碗筷来。

李满、贺东把第一杯酒洒在地上。

18

阅兵前一天，突然下起了纷纷扬扬的冬雨，把原本朦胧的天空变得更加浑浊。可次日清晨，雨又突然停了。连续放肆了十几天的西北风，也在这时歇住了。冬季的天空，虽没有云彩的点缀，但经过一夜冬雨的洗礼后，蔚蓝蔚蓝的，空旷而美丽。山上那一片片林子，一面面草坡，也被雨水清洗得一尘不染，显现出几分葱翠。

山谷里的操场上，彩旗舒展，待阅的一队队官兵身扎腰带，手戴白手套，昂头挺胸，持着步枪，挎着冲锋枪，肃然而立。

太阳冉冉爬上了东边的山顶，四射的朝霞，洒在逶迤的山峦间，苏醒的鸟儿婉转地鸣唱，操场中央的高音喇叭也播放出悠扬的《迎宾曲》。

老连长在军长、军政治部主任等领导的簇拥下，走上检阅台，站在中间，他那苍老的身躯夹在身材魁梧的军长和政治部主任中间，显得这般微小，但他那身与众不同的军装，又让他这般引人注目。只见老人努力挺直已弯曲的双腿和佝偻着的腰身，刚毅地闭紧嘴唇，撑起肿胀沉重的眼帘，让炯炯双目注视着正前方。

　　老人眼前，一个个兵挺拔如一座座山峰，一块块兵阵葱翠如一片片森林。重峦叠障的群山，似一片汹涌的波涛，翻滚着扑向蔚蓝如海的远方。

章　鱼

1

这一天，吴建兴已苦苦等待了近三十年。

三所招待所会议室因为今天而改变了模样。室内几乎看不见一件旧物，一切都是新的，就连一时难以更换的墙壁也较过去多了一层"新意"：挂了一条鲜红得耀目的横幅——国防科技研究院三所《激光制导系统》鉴定会。

吴建兴仔细察看手里的那只塑料盒子，他的博士研究生王虎、苏薇薇则分别用电表测试着一根根导线。

讲台上盖着一块鲜红的绒布，绒布中央放着一只拳头大小的盖着圆顶透明罩的物体，彩色导线漫向四周。醒目极了，似一只美丽的章鱼。

这只美丽的"章鱼"就是今天的主人公：激光制导系统。代号：0系统。

吴建兴的手指只需往塑料盒子上的小红键上轻轻一按，这只"章鱼"就会立刻吐出一束旋转的光环，如一只飞旋的陀螺，似一位翩翩起舞的仙子。如果让这只"章鱼"附在飞机上，这旋光可以将飞机准确地引向某一个预定的轨道上；将这只"章鱼"放在巨轮上，这旋光可以把这艘巨轮不偏不倚地带到大洋彼岸的某一个港湾；让它吸在导弹上，这旋光就可以把这枚导弹导向某一个目标……命中率：

100％。

专家们陆续走进会议室坐定。一排就座的八个人中，有六个是干瘦老头，写在他们跟前那个小牌子上的名字显然比他们的形象要引人注目，都是科学院院士。其他两位军人倒显得精神，不过，这也多少得益于他们肩上的牌牌：一个是金色的"飞机坪"上镶一颗金星，另一个是笔直的"火车轨"里夹四颗银星。前者是国防科技研究院院长纪光少将。后者是该院所长吴建家大校。

招待所服务员脸带微笑手托盘子走进会议室，在每位专家、记者、领导跟前放一根香蕉、一瓶矿泉水、一包香烟。

吴建家拿起香烟，利落地撕去密封条，先抽一支给院长，再自己叼一支，然后掏出打火机，咔嚓一声打出火苗，斜扭着身体给院长先点。

"院长，吴建兴搞出这个'O系统'真是不容易。"吴建家边给院长点着烟边说，唇间的烟卷上下微微抖动。

院长感叹地吐出一口白烟，轻轻仰靠在沙发背上，"且不说吴建兴不容易，你们整个三所都不容易。"

"时下不是兴重奖吗？"吴建家让身体保持着原有的斜扭状，用玩笑的口吻说，"院长打算如何重奖吴建兴？"

"你看鉴定能通过吗？"院长没直接回答他。

"我看万无一失。"吴建家十分肯定。圈内人都清楚，这种鉴定会只是一种过场、一个仪式，具体技术问题早就解决了。

"如果鉴定成功了，我不是重奖，而是重重奖。"

院长笑着拍了拍自己的口袋，好像那里边早装着嘉奖令什么的了。

"也包括你这位所长。"

"我就免了，功劳主要是同志们的。"

"终归是你们所里的成绩嘛。"院长又爽朗地说。

吴建家微笑不语。但此时，他全身都让喜悦滋润透了。尽管立功、嘉奖、表扬是奖，象征性地发几个钱也是奖，尽管院长并没挑明对他怎么奖，但他对自己将得到什么奖，心里还是有谱的。干部处的刘副处长前几天微笑着莫名其妙地叫了他一声"主任"。本院能称为"主任"的不就是政治部主任吗？

10，9，8，7……

倒计时器开始显示字幕。

专家们一边盯着前方，一边把双手抬到胸前；记者们的照相机对准了那只"章鱼"，准备咔嚓一声拍下它吐出的那束将照亮中国甚至照亮世界的美丽旋光。

在倒计时器跳出"0"的那一瞬间，吴建兴全身的力量几乎都凝注到了食指上，他迅捷地按下了那个小红键。

"刺——"一声撕裂破布的声音过后，美丽"章鱼"吐出了一缕烟雾。

烟雾？为什么是烟雾？旋光呢？那束美丽的旋光呢？

吴建兴和他的弟子同时扑向那只"章鱼"。此时，几乎所有的人都愣住了。然后，专家们叹息着放下胸前的双手，记者摇着头放下相机，院长和所长吴建家木然地站起来。

院长纪光的目光慢慢扭向吴建家，目光里明显地写着："这到底怎么回事？"

吴建家一触到院长的目光，马上想起了自己刚说过的"万无一失"，他像一个骗子被人当场揭了老底，平视的目光刷地落到了地上，在鲜红的地毯上画圈圈。对，这到底怎么回事？

"还不快撤！"纪光院长瞪了吴建家一眼，用战场上指挥战略性撤退的口吻命令道，然后与他擦身而过。

吴建家不得不站到前边，让脸上的尴尬直面大家，"各位领导、各位专家、记者，真是不好意思……"

会议室里，只剩下吴建兴和他的弟子了。但他们并不知道这里只剩他们四人，他们的目光和心思全部定在红绒布中央那只"章鱼"上。他们培育了几十年，不知经历过多少次失败，才让它吐出了那束美丽的旋光。但此时，它在吐出一缕白烟后，安静地躺在那里。

许久，吴建兴缓缓地朝弟子抬起眼睛：这到底怎么回事？王虎、苏薇薇也向导师回以同样的目光：是呀，这到底怎么回事？

自从它发光后所进行的数十次试验中，每次它都吐出了那束美丽的旋光，成功率100%，可这次……

虽然这是第一次，虽然它的概率只有1%，甚至没有1%，虽然完全可以用偶然来搪塞，来解释。但这1%却发生在这样一个关键时刻。一旦把这1%安在导弹上，发射后这枚导弹就没有了眼睛。一枚没有眼睛的导弹将飞向哪儿？敌方阵地？我方阵地？居民点？……鬼知道。

1%，在科学领域尤其军事科学领域就是100%。又一次失败了。

2

吴建兴坐在微机前的转椅上。

往日，他一坐在这个地方，十根指头就优美地敲打键盘，敲出一串繁忙快乐的声音，闪烁的屏幕把他的四方脸映照得更加明亮。

可今天，他没开机，两只手随意放在两边的扶手上。天花板上的日光灯暗淡地照着，在他额头的皱痕里写下一条条阴影。屏幕映着他冷峻的面孔，也映着他冷色的马裤呢军装上那没有活力的文职肩章。他没看见自己的表情，此时，他的目光正看着屏幕的一侧。

那里立着一张照片，还有支撑着照片的那个大蜘蛛般的铁器：雷达制导系统。

照片夹在一块小玻璃框里，金属框架锈迹斑驳，照片是黑白照，已经泛黄褪色，一看便知年月已深，但它仍清晰地再现着上边三个人当年的英俊。这三个人同村同族，而且同为"建"字辈，上学后是同学，后来又成为名副其实的同一战壕的战友。左边那个瘦长脸是吴建国，右边那个圆脸是吴建家，中间的四方脸就是他吴建兴。

玻璃上蒙着一层薄薄的尘埃。前段时间一忙，就忘了擦它了。他伸手拿过它，细心擦拭起来。

那是初中毕业的前一天，他们三人相约去照相馆合影，这也是他们唯一的合影，之后再也没有这样的机会。回来时，全校同学都聚在操场，一个老师站在高高的台子上，手拿一个铁皮话筒，在振臂演讲。他们走过去，只听那位老师说："我们刚刚打跑了日本帝国主义，美帝国主义又打过来了，现在已经打到了鸭绿江边，同学们快报名参军，拿起枪杆，保家卫国……"

"我们也参加志愿军吧。"吴建家情绪激昂地说。

"中！"他和吴建国立刻赞同。当年，他们父母拉着他们的小手，满山遍野躲日本人的情景记忆犹新。

就这样，三人没来得及告别家人，匆匆离开学校，径直到了朝鲜，三人还分在了同一个连队。

他把照片小心翼翼地放回原处，继续静静地坐在转椅里。实验室就他一个人，还是这部电脑陪伴他，还是墙角的那张铁床陪伴他……孤独陪伴着他。在这儿，他第一次感到了孤独。

难道过去的路走错了？他开始怀疑自己。

噫，要是建国在这儿就好了，他一定会和他干"0系统"，这样"0系统"也许早就成功了。但他走了，为了眼前这个雷达制导系统，走了。

那天的情景，几乎全连人都看到了。

那是停战谈判期间的一天，天气突然晴朗起来，悬在天空的太阳温暖地照着山岗，照着山岗上的积雪。

突然，一个在阳光下闪闪发亮，拖着一条火尾巴的物体划过天空，一头撞在右邻山头的一个坑道口上，紧接着轰隆一声，那个坑道立刻塌了下来。好在那个坑道已经废弃，部队早已悄悄撤了下来，不然后果不堪设想。

紧接着第二天，又一个同样的东西撞在同一个地方，准得真邪乎，让全连的眼都看直了。可这个没听到爆炸声。但敌军炮火也马上封锁了那个山头。

不久，连长接到了当时还是团长的纪光的电话，说刚才没爆炸的那个玩意儿叫什么飞弹，是美国的新式武器，要连队不惜一切代价把它扛回来。

连长决定先派三个人过去看看。但全连战士都站了出来。连长最后挑中了他们三个。他们是连里仅有的三名初中生，可以算作文化人，既然是什么新式武器，文化人去最合适。

他们猫着腰向那个山头靠拢，可敌人还是很快发现了他们，炮弹雹子般砸向他们，把他们压得根本无法动弹。

"我去把敌人炮火引开！"

吴建家提起枪要跃出去。

"我去！你父母身体不好等你回去！"

"你爹就一个儿！"

吴建家甩开他的手。

就在他们争执之际，吴建国已经从弹坑里跃起来，沿着山谷跑过去。

敌人的炮火紧紧地撵着他……

他和吴建家扛回了那枚没爆炸的飞弹。可吴建国没有走出那连天的炮火。

那时，他还不知道这飞弹就是导弹，不知道眼前的这个铁蜘蛛就是把飞弹准确地带到那个坑道口的雷达制导系统，更不知道这次行动将影响他的一生。那时，他还纯粹是一个兵，只知道有任务就抢着上的兵。

他清楚这些，那是好几年以后的事。

听说那枚飞弹扛回来后，马上就送到了志愿军总部。第二天，一辆专列又把它送到了国内一个刚刚成立的研究机构。年轻的共和国急切地需要自己的新式武器。

不久，连里收到了志愿军总部的嘉奖令：追认吴建国为战斗英雄，他和吴建家分别记一等功。

陈赓副司令员回国前，又特地找到他俩，重重地拍着他们的肩说："小伙子，跟我回去吧。"

就这样，他和吴建家从硝烟弥漫的朝鲜战场跨进了陈赓副司令员当院长的大学——"哈军工"。

可能是这个缘故，他上大学后毫不犹豫地选择了导弹系，选择了制导专业。

美国制导技术发展之快，的确令他惊讶，雷达制导、红外线制导、激光制导……终于，他凭着自己苦心累积的学识发现美国新一代制导技术的不足，他决心弥补这个缺陷，大胆提出了超世纪水平的旋光理论——"0系统"计划。他不满足于跟上美国，他想超过它。

从那时候起，他从没有怀疑过自己的理论，凭着这近乎固执的自信，他跳过一条又一条失败的鸿沟，让"0系统"发出了第一束旋光。

他没理由怀疑自己。

"哈军工"曾有这样一则有趣的故事，两名从朝鲜战场入学的预科生，段考时，数理化总分仅有二十多分。这两名同学在战场上冲锋陷阵、英勇顽强，但此时面对科学却开始畏缩，提出了退学申请。

陈赓院长知道后，把这两名同学叫到办公室臭骂了一顿，说在科学面前畏惧的士兵，绝不是真正的士兵，是孬种！后来，这两个学生出现了两种截然相反的情况，一名学生由于陷在男女私情里难以自拔，结果预科毕业不及格，留级了。而另一名学生发奋图强，终于以全优的成绩结束预科，顺利升入大学。

那名佼佼者不是别人，就是他吴建兴。

吴建兴额上的皱纹开始舒展开来。

3

王虎四仰八叉躺在床上，圆圆的眼珠子盯了天花板一会儿，然后滚到右边，斜一眼小鸟依人般伫立窗前的苏薇薇。

他觉得她那种站立的姿势，与扒在她两边眼角的那淡淡的鱼尾纹极不相称。

她不再年轻。

他俩都不再年轻，都三十好几。苏薇薇是名副其实的"师姐"。但尚未婚配，算个大龄女青年。而他不仅成了家，爱情也有了结晶。妻子在一个很不景气的街办工厂工作，每月只发一百来元的基本工资，她自己花都嫌太少。每个星期六回家，妻子那张漂亮的脸蛋就拉得很难看，把儿子往他身上推，也把一大堆埋怨往他耳朵里推："别人都说我有福，高攀了一个博士研究生，谁知道我过的啥日子？早知道这样，当初还不如找个个体户……"他搂着孩子坐在一边，一声不敢吭，这丈夫当得要多窝囊有多窝囊。

本以为这次鉴定一通过，这一切就成为过去了，哪知它不吐旋光吐白烟。

"师姐，"王虎翻了个身，面对苏薇薇坐起来，"你就再当一回团长吧。"

"还有这个必要吗?"

苏薇薇很有些不以为然地回头向师弟笑笑,然后又把目光缓缓转向窗外。

师弟说的"团长",可不是那些领导之类的职位,是份苦差。导师脾气怪,学术讨论、政治学习,可以让你把肚里的话全倒光,可对其他问题就不大听得进去了。可能是她是女性的缘故,可能是导师宠爱她的缘故,或是别的什么缘故,他对她的意见好似乐意接受些。因此,王虎碰了几次钉子后,有什么看法和意见,就推选她为"代表团团长",去和导师"谈判"。

然而,她当"团长"的次数还少吗?

当年,他们是慕名而来的,他们刚刚硕士毕业,吴建兴和他的"0系统"计划就把他们从北京、西安的大学吸引到了这里。"0系统"是个跨世纪的课题。按说,博士研究生三年左右就可以毕业,可如今他们已攻读了五六年,导师还丝毫没有让他们毕业的表示。王虎早已按捺不住了,多次委任她为"团长",去向导师求情,早日安排写论文、答辩毕业。她理解师弟,多次接受了"任命"。可在这个问题上,她的话,导师同样听不进,总是说,别忙着写论文,等"0系统"完成了再说,"0系统"不完成,任何论文都是一堆无法论证、毫无价值的废纸。结果,"0系统"继续了一年又一年,他们的博士论文也拖了一年又一年。虽然,她觉得导师的理由是无可辩驳的,她永远崇敬、爱戴导师,但这不等于她心里不苦恼。

王虎见师姐专注地看着窗外,又忽然动了跟她开个玩笑的念头,"师姐,还是赶紧嫁人吧。"

"师弟,你就积点德吧,师姐还没到嫁不出去的地步。"

苏薇薇无力地垂下双手,又转向窗外。其实,她刚才也不过是和师弟开玩笑。虽然，她也知道自己已经不年轻，也听到了旁人递过来的"老姑娘""老处女"之类的评价，也感觉到了在身后戳戳点点的手指，也有过夜深人静的孤独。每次回家时，母亲更是没少为她的婚事流眼泪。为此，她也苦恼过，也见过不少男朋友，可最后都会摇头。她知道自己的博士论文未完成时，对任何一个男人，她都绝不会点头的。

"师姐，你别清高了。"王虎说。

苏薇薇无声地摇摇头，叹口气。

王虎也摇摇头，然后向苏薇薇双手一摊，嘭，又四仰八叉躺到床上。

"导师，导师，我看应该叫'自私'！"

4

吴贞莲又瞄了一眼桌上的饭菜，已经不冒热气了。她又到走廊上，踮起脚尖看水泥路的那头。没人。她仰头看了看天空。星星已多得数不清了。

"这死鬼，又忘了回家了。"她嘟囔着走回来。

城里人，年轻的管自己的男人叫"亲爱的"，老了就叫"老伴"。她在这城里也住了几十年了，却始终叫吴建兴"死鬼"，而且每每叫起来心里边还挺暖，挺滋味。

她继续坐在小凳子上等他。

唉，大半辈子过去了，不就是这样等过来的吗？

她和他同村。还在娘肚子里，父母就让他俩配上了。家乡那地方兴这样。小时，两人倒挺要好，后来，他去了几十里之外的地方读书，她每月要跑去两三趟，送些日用，顺便浆洗缝补，当然也想看看他。本想他初中一毕业，两人就拜堂。可他毕业了，却不回家了，从学校跑去朝鲜了，并且去了一年多，连个字都不回。有一天传来消息说，他让美国人的大炮给炸飞了，连根骨头都没找着，害得她哭了几天几宿，泪水都为他流没了。那时候，这种消息经常有，哭声都快把村子淹没了。过了不久，建国家就真的收到了政府的通知，说建国已经壮烈牺牲了。这时，就开始有人给她提亲，说，既然死的已死了，活的还要活下去。她不仅不领人家的情，还骂人家，撵人家走。她和建兴都好了十几年，怎能这样做呢？她等不回他的人，也要等回他的魂，让他的魂也有个伴。因此，那天他突然站到她跟前时，她竟弄不清到底是人还是魂。但不管是人还是魂，她一头扑到他身上，泪水扑簌簌往下掉，嘴里话语咕嘟嘟往外冒："你这死鬼，你这死鬼……"第二天，家里人就让他们拜了堂，进了洞房。她想，这下可等到头了。可没想到，他没住满一个月，又去上学了，然后就留在外地工作，把她一个人留家里守空房，等他一年半载回来住上十几宿。后来，总算熬到了随军。她又想，这下总该等到头了吧。可哪知，他又迷上了一个叫什么导系统的东西，大概是"领导"系统吧，她没文化，除了"领导"这个词，还没听说别的什么导的词。他经常提上一袋面包走进那间房，在那儿吃，在那儿睡，还是让她守空房。等把那些东西吃完了，或是想起她了，才回来吃上一顿饭，睡上一宿，他俩就一个女儿小娅，而且这女儿不知道是咋给睡出来的。

吴贞莲满意地看了孩子一眼。小娅在书房里看书。

小娅像她那死鬼爹，整天读书。

吴贞莲又起身去走廊，踮脚看楼下的水泥道。还是没人。她转身要下楼，想想又停下。那间小屋的门她敲不开，只好又差女儿："小娅，叫你爸回来吃饭。"

小娅能让那死鬼打开那扇铁门。

她发现这个是在小娅两岁多的时候。那天，小娅正睡着，她便一个人去市场。回来路过那里时，只见小娅在锤那扇铁门，"爸爸，我要跟你玩。"那门竟然开了，死鬼还出来抱着小娅回家了。从此，他在那间房子里待久了，她就差小娅去敲门。小娅小时叫："爸，我要跟你玩。"大了喊："爸，我要问道数学题。"每次，死鬼准开门，准回来。

可当初，他是压根就不想要小娅的。

看着同辈都有三个两个的孩子，想想自己还没给他生个儿子，留条血脉，总觉得没尽到女人的本分，就悄悄跑到医院让一个熟人给取了那玩意儿。

"好，我就去。"小娅响亮答应着，一蹦一跳走出书房，走到娘身边，拍拍她的肩，"妈，想爹了吧。"她做个鬼脸，一蹦一跳下楼去了。

"死丫头，没大没小。"吴贞莲眼睛追着女儿的背影骂了一句。

不一会儿，小娅领着父亲回来了。当然得先问一道数学题，尽管这道题的答案她早知道，然后一家人坐到桌子边。

"小娅，开电视。"吴建兴端起碗筷说。

小娅揭开电视机罩布，开电源并按下1号选频键：中央台。

正是《今日收视指南》时间，屏幕上的主持人端庄秀丽，话语甜润清爽。

吴建兴的筷子在嘴里顿了一下。

"小娅，快去叫他们来。"

"叫谁呀？"小娅嚼着饭问。

"叫王虎他们来看电视呀！"

5

"地球"滚过电视机屏幕。

爆炸的镜头首先跳出画面。

城市里火光闪闪，烟尘弥漫，一座座高楼纷纷坍塌。可一些人似乎毫不恐惧，高高地坐在楼台上看头顶盘旋的飞机，看炸弹在地上爆炸……

"挨炸的倒沉得住气，没挨炸的倒乱了方阵。"坐在小娅身边的王虎，自以为得体地议论道。他还想继续发表高见，但看看周围的人眼睛都盯着电视机，就知趣地闭了嘴。

吴建兴的眼珠子恨不能瞪得比电视屏幕还要大。

电视里一个阵地上火光一闪，随即掀起的硝烟里裹着撕碎的衣物……

当年建国也是这样走的吗？

美国发射的巡航导弹，贴着海面，贴着沙丘，一起一伏，幽灵般摸向伊拉克；

伊拉克开始还击，一个个"飞毛腿"带着长长的火舌飞向阿姆斯特丹；

美国开始迎击，一颗颗"爱国者"反弹道导弹朝"飞毛腿"窜去，轰！"飞毛腿"在空中引爆。

吴建兴摇摇头。美国佬这些玩意儿真是越弄越玄了。

真他妈可恨。但恨过后，你不得不再说一句：真他妈行。

硝烟终于从屏幕上散去。

"大家都过得好好的，干吗打来打去呢，像不懂事的小孩。"吴贞莲摇头叹息。

"这还不简单吗？"

王虎终于又抓住了一个发表"高见"的机会，马上接上茬儿。但他还是先回头看了看导师。只见导师正用鼓励的目光看着他。导师既然请他们来看电视，当然很希望听听他们的观后感。

"师母提出的问题，一个字就解释得清清楚楚，它就是——钱。"

王虎开始为自己的独特见解而激动，从沙发上站起来。

"石油资源，那可是液体黄金呵，谁不争着多捞一把。古人云：人为财死，鸟为食亡。我认为还应加上两句：地球因钱而毁。古今中外，如此这般打来打去的，不都是因为一个'钱'字吗？这也难怪，世界上最缺的是钱，咱们最缺的是钱，三所最缺的是钱，'0系统'小组最缺的是钱，具体到你我，最缺的也……"

"喂！"苏薇薇终于忍不住粗暴地掐断了王虎嘴里的那串"钱"，"师弟，你这满嘴就剩了一个'钱'字了？"

"每月一百八十元，难道你这博士研究生不觉得少了点？"

"难道世界上就剩了一个钱字？"

"对嘛，人不是只为钱活着。"小娅也帮师姐的腔。

"你们觉得钱还不够重要吗？"

……

这时，电视上开始播出一个农村题材的电视剧。

吴贞莲忙对大家说："快别吵了，看电视吧，外国人打外国人，又不是来打我们，吵啥？"

"妈，你真妇女。"

小娅不满地睨了母亲一眼。

"怪不得短头发都瞧不起长头发。"

这时，吴建兴站起身要出去，走到门口又回头看了弟子一眼，再把目光看向妻子。

"老太婆，你忘了我们是干什么的吗？"

6

乐队奏响了《请跟我来》。为专家、记者举办的专场舞会开始了。

"0系统"鉴定虽然没通过，但舞会还是要办的，活跃活跃气氛，也便于大家尽快走出失败的阴影。

三所筹办这场舞会，实在不容易。舞厅、乐队且不说，就连舞会最基本的要素——人，也成问题。所里的人员结构是"阳盛阴衰"，来开会的专家也是"阳盛阴衰"，前来采访的记者还是"阳盛阴衰"。把所有的女技术员、女专家、女记者都请来，还动员了部分家属之女，才基本能保证不让男士坐冷板凳。

但此时，吴建家还是被晾在一边了。所里举办的舞会，他还是第一次参加。他的家一直没从院机关家属院搬过来，晚上很少过来这边。参加那边的舞会，他是从不主动邀请女士的，每次都是稳坐钓鱼台，等着院机关那些女参谋、干事、助理员邀请他。过去他是干部处的一处之长，现在是一所之长、肩扛四星的大校，无论在什么场合，都应该给人一种稳重感。没想到，在自己所里的舞会上却坐了冷板凳。看着舞池里一对对翩翩起舞的男女，他心里突然感到一阵失落。他对自己落得如此境地很不理解，为什么这些知识女性与机关大院的那些女参谋、女干事、女助理员竟有着天壤之别呢？

他坐在前排中央的那把圈椅上，很显眼，这让他越发觉得尴尬。一束束梦幻般的灯光从他身上拂过，一声声沉重的鼓点撞击着他的耳膜，它们像扫帚，像重锤，横扫着他，敲打着他。他觉得自己的身躯在渐渐变小。

在角落的圈椅里，苏薇薇微微靠着椅背，双手捧着一听椰奶，安静吮饮着，目光定定地望着映在窗上摇动的树影。

她已经委婉拒绝了几个男人的邀请。

她没心情。本来，所长通知她来参加今晚的舞会时，她就没打算来。可后来导师说，去吧，和王虎、小娅一块儿去。可她来了，仍然没心情。

"薇薇，我们也轻松轻松。"

又一个人走到她跟前发出邀请。

她慵懒地抬起眼皮，"我很累，对……"她这句已重复了几次的话突然中断了。

一张四方脸正向她微笑。她的眼睛不由一亮，"导师，您也来了？"

"我为什么不能来？"吴建兴做了个请的手势。

苏薇薇起身把右手放在导师手心。导师是不能拒绝的。尽管他可能不会跳，会踩她的脚。她跟了导师五六年，还是第一次见导师进舞厅。

他们也随着灯光旋转起来。

很快，苏薇薇就发现，一切担心都是多余的，导师不仅会跳，而且跳得很好，偶尔还能跳出一两个新花样。

"吴老师，你跳得真好。"她由衷地赞道。

小娅则带着王虎从人缝里旋了过来。

"爸爸，原来你也是'舞'林高手，没想到嘛。"

吴建兴微微一笑，轻轻提起苏薇薇的手臂，让她旋了一个圈，说："你们忘了，我可是五十年代的大学生。"

那个年代的大学生和现在的大学生一样懂学习，会生活。但自从他开始了"0系统"，就再没进过舞厅了。

小娅带着王虎笑着旋开了。

"有一个人在坐冷板凳，你知道是谁吗？"吴建兴突然问苏薇薇。

"早看见了。"苏薇薇的话里带着几分揶揄，"是所长大人。"

"等会邀他跳一曲？"吴建兴用商量的口吻问。

"为什么？"她直接表示不理解。

"我始终认为你是我的弟子中最善解人意的。"

他又轻牵她的手，转了个一百八十度。

导师的意图，她当然了解。除了"0系统"，他还能有什么意图？

"0系统"计划要继续下去，就离不开钱。王虎说的似乎也对，如今离开了钱，确实干啥也不行。而吴建家就管着所里的钱。但怎能让导师直接向他伸手呢，导师大小也是五级教授，工资比所长还多拿一级。再说，在这些问题上，她这个女性在今天似乎要比任何男性的作用大得多。

她终于明白，导师今天为啥来跳舞。

《请跟我来》走完了最后一个音符。

男士、女士们互相道着谢回到原来的位置。喧哗了一阵的舞厅突然安静下来。

但很快，舞厅里又掀起与这儿的氛围极不相符的喧哗：人们高声谈论海湾战争。

"'爱国者'导弹不得了呀，让'飞毛腿'全飞向了天。"

"战争把他们打疼了，也打昏了，我们呢，也该醒醒了。"

……

舞厅里仿佛流动着一股火药味。

苏薇薇坐在原来那个角落，继续安静地吮吸椰奶。她听着人们的议论，看见导师悄悄离开了舞厅，渐渐地，她也无法让自己安静下去了。

这时，优美的音乐又把她带进了《红河谷》。

她把椰奶放在身边的茶几上，起身走向吴建家，"吴所长，我陪你跳一曲吧。"

吴建家敏感地捕捉到了她话里的那个"陪"字，但他还是在脸上浮出一层荣幸的笑意。不管她是同情也罢，怜悯也罢，总比让他继续坐冷板凳要体面得多。再说，她不仅是吴建兴的得意门生，属于高级知识分子，而且她刚进所时，曾被大家誉为"所花"。

"谢谢。"

吴建家起身牵住苏薇薇的手，两人并肩走进舞池，一同在《红河谷》里徜徉。

他要求自己把目光放在她的肩上，可还是不经意地往她脸上拐了一下。

她没化妆，穿的也是那种很一般的健美裤和羊毛衫。她好似从不化妆，也没有那种艳丽的穿着。但她身上却有一股沁人心脾的气息，是从骨髓、从血管里透出的只有知识女性才具有的气息。

吴建家想着这些，方才心里的失落感早已烟消云散，身躯也似在不断旋转中迅速高大起来。

尽管苏薇薇始终没瞄他一眼，但她还是从他轻快的舞步中，感觉出了他此时的愉悦。

"吴所长，昨晚的新闻看了？"她不失时机地挑开话题。

"不仅昨天看了新闻，而且……"

"而且怎样？"

"还听到了刚才专家们的议论。"

"作为所长，你有何感想？"

"向你们'O系统'计划倾斜。"

"倾斜什么？"

"经费。"

两人很默契地跳出了一个新花样：斗转星移。音乐戛然而止。

舞跳得潇洒，问题解决得痛快。

苏薇薇向吴建家送上一脸真诚的微笑。

"谢谢!"

"不用谢。"

也的确不用谢,他吴建家也掂得出自己肩上的担子有多重,也同样盼着"0系统"早日完成,盼着肩上的星星早日换个颜色。

7

"重大新闻!重大新闻!"

苏薇薇正进行课题演算。王虎嚷嚷着一头撞进机房。

"啥事让你这么高兴?"她盯着屏幕问。

"当然是好事。"

王虎噌地一跳,坐到她的机桌上。

"难道苏美又从冷战进入热战了?"苏薇薇敲着键盘,头也没抬地问。

"那是外部矛盾,而这是内部矛盾。"

王虎继续卖关子,端起苏薇薇放在电脑边上那杯刚冲的热茶,凑到嘴边,带着神秘的笑吹了吹,惬意地吸了一口,"师姐,再过不久你也不必让美丽的春色空消耗了。至于我嘛——"

他放下杯子,捏住料子很一般的西服领子抖了抖,"她再敢说嫁给我不如嫁给个体户,孙子才阻拦她去嫁个体户!"

苏薇薇都让王虎撩拨得手指无心往键盘上敲,眼睛不想往屏幕上看了。

"别像唱戏一样了。"苏薇薇往他腿上拧了一把。

王虎揉着有些疼的大腿跳下桌子,一脸郑重其事地说:"'0系统'计划,所里决定另起炉灶,另外组建班子了。"

苏薇薇一愣，然后摇摇头，"这怎么可能呢？"虽然三所制导专业的科室有好几个，但激光制导最权威的还是导师。再说那次跳舞，所长不是刚说过要向"0系统"倾斜吗？难道是这样倾斜的？

"什么不会呀，这消息早在外边满天飞了，就剩我们这些整日躲在机房里的书呆子不知道了。"

王虎望了苏薇薇一眼，在机房里把手一背，十足的领导腔调。

"师姐同志，现在是改革开放的年代，改革开放最大的特点就是竞争，科研机制也不能死水一潭，也要尽早引入竞争机制。'0系统'计划，你吴建兴二十几年没完成，换个人兴许早就完成了。刚打的海湾战争，大家都看到了，中国再也不能拖，也拖不起了。还能让你再二十年、三十年地拖下去？"

"那我们怎么办？"她开始有点紧张。

"一边凉快去呗。"王虎不以为然。

"这也值得你这么高兴？"她瞪了王虎一眼。

"为什么不高兴？这下吴老头子再也找不出借口不安排我们写论文和答辩了。"

王虎又开始现出那副派头。

"马克思的唯物辩证法告诉我们，事物是矛盾的，矛盾是互相转化的……"

"够了。"

她向他扬了扬手，身体往后倒在椅背上。她无论如何也高兴不起来。

不错，如果"0系统"另组班子，导师是再也没有理由不安排写论文了，看在他们攻读了五六年的分儿上，哪怕是照顾，导师也会让他们毕业，让他们拿到相应的学历。可尽管她对读书已经感到厌倦，尽管她是那样地渴望毕业……尽管有太多的尽管，但她无论如何也不希望看到这样一个结局。毕竟当初是奔"0 系统"来的，毕竟是奔导师的名望来的，毕竟已为之奋斗了多年，谁愿意看到自己的信念破灭呢？缺乏信念的博士学位又有多少含金量？

王虎没听见苏薇薇的轻声细语，还在摇头晃脑。

"……好事在一定情况下转化为坏事，坏事在一定条件下变成……"

"够了！"

苏薇薇近乎愤怒地吼道。

8

苏薇薇又接受了王虎的"任命"，当"团长"了。

一路上，她心里很矛盾。既然已经付出了五六年，最后总该有个交代，不说别的，也别愧对了这五六年。

可导师知道这个消息吗？如果不知道，知道后会急成啥样呢？如果知道，马上要求写论文，岂不是在幸灾乐祸？

她永远也不愿充当这种角色。

苏薇薇犹豫着敲开了实验室的门。导师好像要出去，头上歪戴着大盖帽，一只手正往军装袖子里捅。

"吴老师。"苏薇薇怯怯的，似只胆小的兔子。

"有事吗？"吴建兴板着一张脸。

"我们……"唉，怎么对导师说呢？

苏薇薇纤巧的手指紧张地捏着衣角。

"你们找到'0 系统'冒烟的问题了？"吴建兴不冷不热地问。

"我们……"苏薇薇再次抬起头，可仍没勇气说出后边的话。

"乱弹琴！"

导师突然把脸一拉。

她哆嗦了一下，站在门口眼睛都不敢抬了，惊慌得像兔子般在地上乱窜。

"你们以为'0系统'不让我们干了，你们就能毕业了是不是？你们觉得读书很委屈很吃亏是不是？你们以为自己已经读了很多书很了不起是不是？"吴建兴双手叉腰，目光刀子般在她脸上横割竖剁，什么刻薄挑什么说，"这样让你们毕业，别人会怎么说？怎么看？连个课题都没完成，导师是他妈的屎桶！学生也是他妈的饭桶！书读得再多再久有啥用？那不是学历，是耻辱！你们自己不丢脸，我还觉得丢脸呢！"吴建兴瞪了她一眼："你们太让我失望了！"

"嘭！"关了门，他甩袖而去。

苏薇薇在门口久久地愣着。尽管导师说得有道理，尽管他用的是"你们"，始终没说"你"，苏薇薇还是觉得好委屈。

她忧伤地抬起头，泪水模糊了视线。

吴建兴火急火燎赶到所办公大楼，径直进了吴建家的所长办公室。

吴建兴前脚冲进门，吴建家后脚就递上一把椅子，"老兄，你请坐。"

吴建兴将手一挡，"我不坐。"

吴建家笑笑。他这个人不仅自己不容易激动，而且面对别人的激动，从来都能泰然处之，正因为这样，他才是所长，不然，他就和眼前这位老兄一样当科学家了。他又递上一支烟，"老兄，请抽烟。"

吴建兴又将脖子一歪，"我不抽！要把嘴留着骂人！"

吴建家还是颇有涵养地笑着。

他对知识分子从来都显得很大度，不仅对吴建兴这样，对其他科研人员也是这样。知识分子，现代化建设的主力军，当领导的要学会尊重。国家离不开他们，他这些当领导的更离不开他们。当然，这样做，他有时也觉得低三下四，觉得窝囊，甚至很可怜，可他在知识分子面前缺乏发火的勇气。

说起来，也真悔，后悔当初蹉跎了那段黄金般的岁月。

当年，被陈赓院长叫到办公室训话，后来又留了级的同学，就是他吴建家。训话后，吴建兴豁出命读书，不仅赶上了队，而且赶到别人前边去了。他呢，当时正有几个姑娘追着，他写信、约会都忙不过来，哪有多少时间赶队，第二年只好又预科了一年。此后，他学习成绩也一直不佳。毕业后，单位领导说，你专业底子不怎么厚，到机关去吧。他就到了院政治部干部处当了一名干事。唉，要是当时没那么多姑娘缠，要是也和老兄一样豁出命去学，他今天肯定也是教授、高工，也可以像老兄这样激动、发火的。

他又倒了一杯茶递上，"老兄，要骂人也得润润嗓子，好骂得痛快些呀。"

吴建兴叹了一声，终于接住了茶杯。他慢慢地意识到，吴建家毕竟是同乡、同学和战友，是领导，而不是自己的学生。

吴建家把椅子搬到吴建兴对面坐下，一副洗耳恭听的笑脸，"老兄，你就骂吧。"

对这种场面，吴建家似乎已习以为常。常有一些专家跑到他办公室骂人，大都是为了争课题，争经费，争科研条件这些事，吴建兴就来过好几次了，并且数他骂得凶。每次他都耐心地听着，听完后该怎么样，还是怎么样，所里就这么些钱，就这么多课题，就这么个条件，哪能都满足？

经吴建家这么一说，吴建兴想火也火不起来了。

"建家，你怎忍心让我把'0系统'让出去呢？"

他把椅子向吴建家挪了挪，让彼此的距离更近些。

他觉得他们的距离正越来越大，包括生活和思想。对此，他很不理解，想当初在战场上，我争着为你去死，你争着为我去死，那时两个人靠得多近。现在呢，不仅对问题的看法难以一致了，还老想骂娘。为什么进入和平时期了，生活安逸了，物质条件改善了，人的主观认识距离客观世界越来越近了，人的心却越来越远呢？

"老兄，形势逼人哪。"

吴建家的话虽改不掉官腔，但倒是实话。自从海湾战争发生后，院里压力很大，于是，就给下边加压力，前不久向所里下了死命令："0 系统"务必在一年内完成，否则追究领导责任，逼着他吴建家立了军令状，一年内完不成，辞去所长职务。

"我已经搞了二十多年了，我比任何人都有经验。"吴建兴既诚恳又自信。

"我已经搞了二十多人的新班子，集中二十多个专家的经验。"吴建家显得同样自信。

吴建兴相信他这位堂弟做得出，也做得到。如果这样，他经营了二十多年的"0 系统"将拱手他人。

这好似抢走了他的一个女儿。

"那一点经费也不给我们了？"吴建兴已是没有一点脾气了。

"不给。"吴建家本要这么说的，可想想还是没说，只笑笑。他深信他这位老兄知道，搞科研也和打仗一样要保障重点。他也想过这样是否太绝情，吴建兴对于他来说不仅是一个堂兄、一个同学，还是一个战友。可他没办法，战争本来就是无情的：落后就要挨揍。

"看在建国的分儿上分给我一点吧。"

不知为什么，在万般无奈的情况下，吴建兴又突然想到了吴建国。

建国，这始终是两个让吴建家的心灵震撼的字。如果建国不沿着那条山沟奔跑，扛回那个飞弹的就不一定是他和吴建兴，上大学的也不一定是他俩，他就不一定当所长，吴建兴也不一定有什么"0 系统"，这些极有可能属于吴建国。

战争是无情的，但它又锻铸了人与人之间永远难以割舍的深情。

"院里已经批了另一组班子的计划，不能改了。"吴建家说，"但我想办法从别的经费中挤些给你吧。"

"谢谢你，建家。"

吴建兴抓住吴建家肩头摇了摇，在心里摇出了几分似乎已淡漠的过去那种感觉，也摇出了新的感慨。两人的心虽又想到了一块儿，却是从过去的时光和牺牲的人身上得到的统一。时间总是不断地向前，但人的思维为什么总是向往过去？他也许永远也找不到答案。

但问题总算解决了。虽然以后他的"0 系统"名不正言不顺，就像"私生子"。

只要有食粮供养它生下它，"私生子"他也不在乎，也满足。

9

"把你们的机子搬过去吧。"

吴建兴一句话，王虎、苏薇薇就把微机搬进了实验室，导师使用里边的小间，他们合用外边的大间。

搬时，他们不知道导师为什么让搬，只知道导师让搬就得搬。过去几天才明白：导师是要盯紧他们呢。只要导师在实验室，他们就得待在那儿。

王虎是有妻小的，到了星期六下午，导师给他放假，算是特殊了。

两块一字排开的屏幕上，闪烁着一行行程序，嘀嘀嗒嗒的键盘声快乐地跳跃。

实验室一片繁忙。

王虎终于敌不住困倦，伸了个懒腰，"这是啥日子，像坐牢。"

苏薇薇的手停止在键盘上敲打。

"王虎，别亵渎自己好不好？"

王虎敲了一下"停车"键，懒散地站起来，"其实，说坐牢还不够贴切，应该说，我们是坐在导弹里。"

"你这话啥意思？"她随意地问。

王虎很高深地笑笑，把手一背，俨然一个局外人评说局内事。

"吴建兴是制导专家，换句话说，是研究怎样把导弹引向敌人的某一个阵地、某一架飞机，或是某一辆坦克的权威。同时，他又是我们的导师，他在想方设法把导弹引向某一个目标的同时，也在想方设法把我们引向某一个目标，当然这个目标不是一辆坦克、一个地堡，而是两个字：贫穷！"

"哎呀，你少高谈阔论好不好？"苏薇薇紧张地看了一眼那扇小门，又焦急又尽量压低了声音说。她认为师弟这样议论导师，未免过分了。她始终认为，导师虽然脾气怪点，但还是挺好的。比如他那天发了火，第二天就主动向她笑了笑，这其实是在向她道歉，她心里还能有气吗？学生还能要求导师怎么样？

"难道这不是事实吗？"

王虎也看了一眼那扇门，然后边踱向苏薇薇，边用辩论家那种咄咄逼人的目光盯着她，"师姐，你一个月拿多少？一百八十元，这就是堂堂女博士的身价？"

他又搬出这个问题来。

一百八，没有一个打工妹拿得多，是少了点，但这实在不能怪导师。

国防科技研究院起初属于部队编制，后来集体转业脱了军装。前两年重新纳入军队行列，定编人员再度穿上军装。可他们学生未纳编，只能享受地方院校博士研究生的同等待遇。

苏薇薇一边用眼睛制止王虎说下去，一边用耳朵专心去听小房间里的动静。谢天谢地，里边的键盘声忙而不乱。

10

王虎到南方出了一次差，去香港定购一种原件。

这种原件是美国生产的。美国人什么都想卖给中国人，大到飞机，小到女人不想要孩子让自己男人戴的那玩意儿。但这种东西，中国人出再高的价，美国人也不愿卖。香港的老板也只能先订货，然后到别的国家帮买。

王虎英语口语好、人机灵，这种差当然非他莫属。

一个月后，王虎满脸笑容找到导师，签字报账，顺便交差。

吴建兴反复翻着那撂厚厚的出租车票。财务规定，差旅费不报出租车票。要报，只能从课题费支出。可它有好几千，吴建兴东挖西抠才给他凑了这么点钱。但不报，他自己垫得起吗？

"你怎么能坐出租车呢？"吴建兴有些生气地说，"还坐了这么多。"

"要办事，不坐车，走路呀？"

王虎也不知从哪儿得到了这么大勇气，竟然公开顶撞起导师来了，口气还挺硬。

"既然不能走路，让我坐什么呢？挤大巴？笑话。香港连公司小职员都打的，只有那些穷人才挤大巴，让我堂堂一个博士研究生与他们同流合污，岂不掉价？"

"可现在你这不掉价的价，向哪儿去要价？"吴建兴的脸色开始难看起来。

"让导师为难了？那把它还我好了。"

王虎把手伸到导师眼前，脸上荡着一丝无所谓的笑。

"你垫得起？"吴建兴感到有些蹊跷。

"小意思。"王虎一副大款派头，自己撕下那叠出租车票，慢条斯理揣进口袋，再慢慢悠悠摸出两张纸。

"我也把这还给你。"他第一次公然去掉了"您"字下边的"心"。

吴建兴看了一眼那两张纸，出境通行证，订货单。他的目光闪电般射向王虎。

"你这是什么意思？"

"没意思，交差。"

他这次出差途经深圳等候出境时，去一家合资公司看望一位老同学，正巧这位同学正为一个计算机程序问题绞尽脑汁。他一看，手指在键盘上敲了几下就解决了。公司老板听说了，马上接见他，说公司花了两个月没解决的问题，你敲几下就解决了，不得了。当即拍板，以月薪三万聘请他为公司技术部主任。

三万，那是一百八的多少倍？

还是人家外国老板有气派，不管学历不学历，有多大本事就给多少钱。

"交差？交什么差？"吴建兴愣了。

"我不干了！"

王虎屁股一扭，走了。

11

王虎南下深圳的前一天，导师不知为啥，非请他吃饭。

在此之前，导师要找他谈话，他想都没想就拒绝了。

他知道他要说些什么，不就是他在朝鲜战场上牺牲了多少战友，怎样牺牲的吗？新鲜点的，也不过是刚打的海湾战争，反正嘴里总少不了火药味。他们这代人，除了火药味，除了过去，还能有什么新玩意儿？这些，把他从小学熏陶到中学，然后大学，直至现在，它似肥肉，初吃挺香，现在，他早腻歪了。

但那天苏薇薇来找他谈，他没拒绝。尽管她可能受导师派遣。

"你不要学位了？"师姐开始就说得很实在。

"不要了。"他的头摇得很沉重。

他又何尝不想要学位？但此时他更需要钱。现在最难弄的也是钱。学位固然重要，可现在更重要的还是钱。钱是目的，钱是一切的目的，也是一切的源泉。他学知识、拿学位也是为了钱，拿不到钱，什么知识、学位都是废物。钱的作用实在太大了，远的不说，就说他身边的妻子吧。过去给他的面孔，哪天不是冷若冰霜？可自从他决定去深圳，她的脸上哪天不是阳春三月？今天，知道他明天要上路，赶紧把孩子抱回娘家，专程上街给他采购路上吃的东西去了。过去，他哪享受过这等温存？

为啥？过去他没钱，而以后很快就有钱了。

"可我们已过去五六年了。"她充满惋惜。

"正因为我们已经傻了五六年，所以再也不能傻下去，国家坚持一个中心，两个基本点，中心是什么？是经济建设，我们个人还能不坚持这个中心？"

"我真想不通，你把钱看得这么重？"

他从师姐摇摆的目光里，看到了不解和怜悯。他觉得，她其实才是真正让人怜悯的。她把钱看得那么淡，那她又拥有什么呢？什么也没有，连青春也不再拥有了，而她竟丝毫没意识到这些，还在继续有滋有味地挥洒着女人的魅力。她的魅力像洗过晾在外边的衣服里的水分，经不住多久的蒸发了。

看着她眼角越爬越密、越爬越深的鱼尾纹，他不知说什么好，只能摇摇头。

苏薇薇直到要走，也只能摇摇头。

导师也请了苏薇薇。他们一道走进导师家时，师母正往桌上端菜。小娅摆酒杯，导师放筷子。

大家在桌旁坐定，纷纷举杯。

"今天，我要先敬导师三杯。"

在什么场合都喜欢唱主角的王虎，又首先开腔。咣！他响亮地碰一下导师的杯子，"第一杯酒是表示谢意，感谢师母精心准备这桌饭菜，感谢导师看得起学生盛情邀请，更感谢导师这些年的教导和栽培！"

王虎的口气越压越重，最后一个字似铅落地。然后他脖子一仰，咕嘟一声，杯底朝天。

吴建兴一言不发，把杯里的酒全部倒进嘴里。又苦又涩，还呛喉，怎么与硝烟一个味？他一直不知酒为啥滋味，很早以前是父母、首长不让喝，父母、首长让喝了，他又顾不上喝。

但今天，这酒再苦涩，再呛喉，他也得喝下去。

王虎抓过酒瓶，倒满，然后举起，"第二杯是道歉的，学生无知，学生愚昧让导师空耗了心血培养，啥忙也没给导师帮上，耽误了导师，耽误了科研；学生不才，导师坚定的革命思想一点没学到，远大的共产主义理想没树立，越来越世故，越来越庸俗；学生不成器，学生是混蛋……"

苏薇薇紧张得手心捏汗，眼睛忽而溜向导师，忽而盯着师弟。

她没想到王虎会这样，不然无论如何也要阻止导师请这顿饭。见王虎的话越来越难听，就把脚从桌下伸过去提醒他。

"哎哟，师姐，你别踢我嘛，以后和导师说话的机会少了，今天得多说几句。"

他嬉皮笑脸看一眼师姐，又一口一杯。

没法，她只能尴尬地摇摇头。

吴建兴也一口干了。还是无话。他能说什么呢？

王虎又倒满。

吴贞莲赶紧往他碗里舀了一勺汤，"虎子，话说了不少，喝口汤润润嗓子。"

小娅也给他夹了一块糖醋排骨，"虎子哥，说多了嘴苦，快吃了这块排骨甜甜。"

"谢谢。"

王虎夸张地向师母、师妹点点头，第三次举杯。嘴好像比刚才甜了些，"第三杯是祝福，祝福师母身体健康，祝愿师妹早日毕业，祝福导师寿比南山，早日完成'0系统'，早日官跃龙庭，光宗耀祖！"

王虎眼睛一闭，喝了。

导师也喝了，脸已涨得通红，放下杯子，说道："同学们原谅，导师无能，不胜酒力，先退了。"说完转身进了卧室。

王虎还要喝，其他人只好陪着。他和师姐干了三杯，又与师妹表示了三下，再把杯子伸向师母时，嘴里的舌头已经没有任何分寸了。

"师母，你也够可怜的，现在的女人都在闹翻身，你呢，整天围着锅台转，围着导师转，为他做饭，陪他睡……"

苏薇薇急得直跺脚，终于向他喝道："王虎，你醉了！"

"我——没醉，"王虎瞪着白眼，摇摇晃晃站起来，"我还——要喝。"

"再喝，就喝'熊猫'洗洁剂，洗洗你这张臭嘴！"

苏薇薇终于把王虎拽走了。

吴贞莲坐在那儿，看一眼小娅，小娅也看一眼她。她俩又一起看一眼满桌的饭菜，都没了胃口。吴贞莲就起身进了卧室。

吴建兴双手垫着后脑勺，直挺挺躺在床上，眼睛恍惚地盯着天花板，脸上的表情似有所思，又似无所思。

吴贞莲叹着气坐到他身边，"你这死鬼，早叫你办事别那么认真，你看，学生也给得罪了……"

"妈，你别烦爸爸了好不好。"

小娅跟进来把母亲拉出了卧室。

"唉。"吴贞莲又叹一声，端起一碗冷饭说，"小娅，今天你也洗一次碗，我去热了这碗饭，你爸喝了酒，没吃饭，烧肚子。"

12

王虎退学的消息传开后，人们都摇头。

"王虎这孩子真是，吴建兴这导师也真是。"

吴建家那天一上班，秘书把这情况告诉他，他马上取消就要召开的一个常委会，驱车直奔吴建兴的实验室。

时间急人哪。离院里规定的最后日期只有九个月了。虽然他坚信老兄找到"0系统"冒白烟的原因只是时间问题，可现在最要命的就是时间。本来，他对吴建兴到底拖多久，心里就没谱，现在王虎这一走……他可是技术骨干呀。

他无论如何也经不起拖了。老院长三天两头打电话，唠叨海湾战争，询问"0系统"进展情况。他了解院长，到时"0系统"不通过鉴定，他一定会要他兑现那个军令状的。

"咚咚咚。"吴建家快节奏地敲响了那扇铁门。

"谁呀？"里边传出苏薇薇的声音。

"是我！"吴建家嗓门挺粗。

铁门中间拉开一条缝，苏薇薇的脸出现在门缝那边，"是所长，"

她边拉大门边问，"有什么事？"

吴建家跨进去，四周看看，"你们导师呢？"

"在里边。"苏薇薇回答，走近那扇小门敲了敲，"吴老师，所长来了。"说完又坐到电脑前干活去了。

吴建兴打开小门，把吴建家让进里间，让他在旁边平时学生来请教问题时坐的那张椅子上坐。

"王虎走了？"

吴建家问。他知道这话很多余，但他不知如何把刚在车上想好的问题告诉他。

新的"0系统"计划已顺利运转起来了，但问题也跟着来了，就是钱的问题。上边拨的专项经费太有限，可大量的外出调研、实验和采购，哪一项都少不了钱。因此，他决定，如吴建兴短期内没结果，就把所有原定给他的经费转过去。事到如今，也只有舍卒保车了。

"他走了。"吴建兴还有些沉痛。

"老兄，你三个月能有结果吗？"

吴建家终于要求自己尽快触及问题的本质。三个月，他也知道自己张口就可以轻松说出来，可老兄要实现它，就不是这么容易了，甚至可能比上战场还难。在战场上，了不得把命豁出去。可科学攻坚，虽然一时半时要不了命，可攻不下就是攻不下，活活受煎熬，那滋味还没战场上拼命痛快。

但形势已把人逼到这份上，也顾不上两人昔日的情分了。

"假若三个月出不来呢？"吴建兴敏感地问。

"出不来，我就把钱撤了。"吴建家说得一点不含糊。

"好吧，三个月。"

吴建兴也很冷静，然后把座椅一转，手指又敲响了键盘。屏幕开始闪烁，明亮地照着他的脸。

可此时，吴建家坐在他背后，却感觉吴建兴的背影正朝他释放着冷气，让他凉一边。他开始坐立不安，他站起来，清一下嗓子，以提醒吴建兴他要走了。可吴建兴好似没听见，继续敲打键盘。他只好快快向外走。走到外间时，他又站定，又清了一声嗓，他多么希望，苏薇薇听到这声音，把脸转过来说："所长，您走了。"或是："所长，再见。"但他什么也没听到，她的背影也冒着同样的冷气。而且他刚离开实验室，身后的铁门很快合上。

那天，他看见一个妇女边扇着小孩的脸边骂："你再不好好读书，当不了科学家可别没出息去当官。"当时他气愤得真想跑过去扇那妇女几个嘴巴子。可冷静后想想，她的话多少有点道理，自己不就是这样吗？

13

吴建兴坐在转椅上，紧张得不敢去按电脑开关。

这的确是个生死攸关的时刻。

到昨天为止，在苏薇薇的协助下，他已检测完所有的原件，对数以万计的各类数字，重新进行了数学演绎和排列组合。今天上午将进行最后一个程序运行，如果设想成立，"0系统"前次冒白烟的原因就找到了，这意味着他的"私生子"——"0系统"可以顺利"分娩"。

他又注视着右侧那张照片，那个大蜘蛛般的雷达制导系统。今天，他又把它们擦得干干净净，一尘不染。

照片旁有六只红鸡蛋，是吴贞莲煮给他做早餐的，还说红是喜，六是顺。这老太婆，比年轻时还懂得甜人了。他没敢马上吃，还是运行完程序再吃。

实验室没有了键盘声，静得让人心窝直蹦跶。苏薇薇也在外间紧张地等着结果。

吴建兴终于伸手按下开关，屏幕雨后天晴般拨开银灰色的"乌云"，灿烂一片。他那结着厚茧的十指，舞蹈般优美地弹跳了几下。一行行程序如长江之波，快捷地涌过屏幕，定格：两行阿拉伯数字。

与早已定格在吴建兴电脑屏幕上那行阿拉伯数字毫无差异。

吴建兴轻轻舒了一口气，拿上那六只红鸡蛋，拉开那扇小门。

苏薇薇迅速迎上来，"找到了吗？"

他递上两个红鸡蛋，"吃吧。"

三所招待所会议室，又为"0系统"热闹起来。

那些专家们再次被请到这里。

那些报社的记者们又背着相机走进了这里。

王虎也回来了。不过，他是受公司老板的派遣，前来洽谈"0系统"民用开发方面的合同。本来，他很不想接受这个派遣，但出去几个月，虽然一跃成了富翁，但也渐渐觉得失去了很多，是用金钱无法买回的。他又有一种回来寻找这些东西的强烈愿望。

此时，他没和他过去的导师、同学一块儿忙碌，而是坐在贵宾席的最后一排，用客人的目光看着他们忙碌。

座次的安排与前次大同小异。吴建家所长又与纪光院长紧挨着。

"小吴，你看今天鉴定能通过吗？"院长侧身问吴建家。

"这难说。"吴建家谨慎地回答，"上次的教训该吸取了。"

"但今天，我有一种预感，肯定过。"

院长抑制不住拍了拍上衣口袋，"我把这玩意儿都带来了。"

他口袋里揣着一张支票，十万元。他要重奖吴建兴。

吴建家只笑笑，没说啥。他这回显得出奇地稳重。他不能再捆自己的耳光了。

"不仅要奖励吴建兴，对所有有功人员都要奖。"院长兴奋地说。

"那我代表三所的全体同仁谢谢首长关怀了。"吴建家也没抵住院长情绪的感染。

"但吴建兴的成功，也给我们这些当领导、握决策权的人提出了一个值得深思的问题——"院长突然变了口气，"怎么样使自己在科研这个和平的战场上，不成为瞎指挥。"

吴建家点点头，很沉重，很痛心。

倒计数器开始计数：10，9，8……

吴建兴按下了那只小红键。

躺在红绒布中央的那只美丽的"章鱼"娓娓吐出一条彩色光丝，绕着"章鱼"欢快地旋转。

"哗，哗——"一阵暴风雨般的掌声。

"咔嚓，咔嚓……"记者的照相机照亮了中国军事科技史上这一闪光的时刻。

吴建兴、苏薇薇背对掌声、背对灯光，尽情地欣赏着那旋光。真美呀，如一只飞旋的陀螺，如一位翩翩起舞的仙子。

王虎低头走出了这片欢腾的海洋。

王虎事情办完了，决定返回深圳公司。

临行前，苏薇薇去他家送行。

但王虎怎么也没想到，他提上行李正准备走时，导师也突然走进了他家，腋下夹着两个牛皮纸信袋。

"总算让我赶上了。"导师额上冒着汗，脸上带着笑，取下一个牛皮信袋给王虎，"这是你的。"然后把另一个给了苏薇薇，"这是你的。"

末了，他双手摩挲着说："我走后，你们再打开。"

两人同时疑惑地打开信袋。两只信袋里装着四样相同的东西：

一篇论文——《旋光制导原理》，署名：吴建兴、苏薇薇、王虎；

一本博士学位证书；

一张中国工商银行支票：四万元；

还有一封信。

薇薇、虎子：

　　导师万分愧疚地给你们写几个字。

　　其实，你们早就可以毕业，之所以不让你们毕业，是因为你们一走，我找不到合适的助手。经过与院长、所长协商，决定先把学位证发给你们，让你们立刻毕业。至于毕业论文，你们到新的单位后慢慢写吧，啥时写好再回来答辩。专家们都说，能参与"0系统"这样超世纪的课题的人，毕业论文肯定是高质量的，通过没问题。

　　院里奖了十万元钱，你们每人四万，作为这些年你们所付出的巨大代价的小小补偿。我知道，虎子现在已不在乎这点钱，但一定要收下，不然，导师一辈子心不安。至于那二万，原谅导师的自私，我想用它在明年为小娅找个好工作。由于我没有时间辅导她，她读的是自费。

吴建兴

苏薇薇呆站着，一串晶亮的泪珠滑下来。

牛皮信袋滑出王虎手心，掉在地上。

"我还是个人吗？"他沉痛地自问。

"我真他妈不是东西！"他风一般奔出了门，在巷子口上拦住导师，咚的一声跪下，声泪俱下。

"导师——原谅我——"

与我同行

1

莫雨牺牲了午睡给沙柳写信，正写得全神贯注，电话机突然炸出一串铃声。最近，这电话响得越来越勤，可在这节骨眼上，音控器偏偏失灵了，一有电话就震耳欲聋、惊天动地。

莫雨一个激灵，伸手去抓话筒，但手刚伸到电话机上空又怔住了，仿佛那只话筒忽然间变成了一根烧红的铬铁，或是高压电棒什么的，然后他慢慢把手缩了回来。

铃声为两个短促音，外线电话，他怕接。近期，莫雨一听电话响，尤其是外线，就神经过敏，身上就起鸡皮疙瘩。

莫雨是航天大学本科生队的队长。这是毕业前的最后一个学期了。在过去的三年多，莫雨觉得自己与其说是这个学员队的队长，莫如说是这个学员队的"保姆"，整日干些带队出操、整队开饭、集合点名、填写各类报表、督促课堂纪律、检查就寝情况这些个琐碎之味的事。可是这学期一开始，感觉就大不一样，他越来越觉得自己像个队长了。去年冬天，还一个个企鹅般把脖子缩进军大衣的毛领子里啃书本的同学们，一到了春季，就像长颈鹿了，把脖子伸得老长老长的，四处探听着关于毕业分配的信息。莫队长也开始隔三岔五地收到一封信，或是一张字条，时不时就有长途电话打到队部，一些学生的家长也好似约好了，都在这时或出门旅游，或走亲戚，都"顺道"来学校看孩子，还都要给莫雨带几样土特产，都要把他请到馆子里一叙。莫雨不收不吃，他们就都拉了脸说他是看不起他们孩子，莫雨不能说看不起就能不收不吃。每收到这样一封信、一张条子，接到这样一个电话，收下这样一件土特产，吃过这样一餐饭，莫雨就觉得身上多了一根绳索，心里头就多了一分压抑和茫然。尤其这电话和条子，让他惶惶不安，如今自信打个电话、写张条子就能把事情办好的人，自然非等闲之辈，不是他莫雨敢不重视的。

电话还在欢叫。莫雨只能充耳不闻。信和条子，他不敢不收。学生家长，他不能不见。这电话，他总可以装糊涂吧。但给沙柳的信是写不成了。他信手从抽屉抽出那本夹着那些信和字条、记着那些电话、写着那些家长送的各种土特产的文件夹，粗略数数，全队三十多个人竟有二十多人在本子上挂着号。

电话总算平静了。可莫雨刚拿起笔，九五级刘队长又一头撞进来，冲他嚷起来：你刚才睡死了咋的，电话都不接，害得人家又把电话往我那儿转！

莫雨很不耐烦地说：我不是跟你们说了嘛，凡找我的外线，就说我不在，做好事喽，劳你去把它挂了。

刘队长鬼笑着说：好啊。但你不许后悔。

莫雨马上爬上三楼冲进九五级队部，抓起电话一听，耳畔立刻响起一个无比遥远又无比亲切的声音。莫雨立刻为之心潮激荡。这电话多亏刘队长没挂，不然，他莫雨可就真后悔了。电话是沙柳打来的，他好久没听到沙柳的声音了。

沙柳是他在基地工作的女朋友，说具体点，是未婚妻。

电话里，沙柳说：我又给你打了一件新毛衣。

莫雨说：好啊，我正愁着今年冬天没有毛衣穿呢。

其实，他箱底已压着九件她给织的毛衣。但他不在她身边，他除了鼓励她打毛衣，还能鼓励她干啥呢？

两人很久没通电话，一通电话，话筒就咬住耳朵不放了，切切情丝、绵绵延延，一通电话打了一个小时才挂机。

莫雨揉着被电话压得红红的耳朵走出九五级队部。这时，艾琴与陆林说笑着走上楼来，两人的肩膀几乎都黏到一块儿了。莫雨一看他俩这热乎劲，阳光灿烂的脸上立马乌云密布。

艾琴和陆林抬头看见高高跨立在楼梯口的莫雨，双双不由自主地怔在那儿了：队长……

莫雨眼睛一瞪：请你们到队部来！

军校严禁谈恋爱，如有违反，轻者批评教育，重者处分甚至开除学籍。这是《军校院校学员学籍管理规定》中白纸黑字写的。可同学们似乎并不把它当回事，尤其是队里的四个女生，年纪轻轻就怕将来嫁不出去似的，入学不久就忙着推销自己，悄悄和男生谈开了恋爱。对此违纪行为，身为队长的莫雨不能不管。但他除了在队务会、班务会上老太婆似的不厌其烦地唠叨"军校不准谈恋爱"，就是在心里暗自兴叹："这些孩子咋就成熟得这么早呢？"他们飞一个眼神就不知躲进了哪个角落，钻进哪家影视歌厅；而且拐着弯走，神神秘秘就像旧社会的那些地下党员接头。莫雨听说在校园里除了有个"英语角""文学角"外，还有一个"爱情角"。"英语角"在图书馆前边的草坪上，"文学角"在俱乐部旁边的树林里，可这"爱情角"，莫雨目前还不知在哪个地方呢。他莫雨不可能把学生一天24小时拴在裤腰上，也不能像旧社会的军统特务般鬼鬼祟祟、贼头贼脑地跟踪这些"地下恋者"吧。莫雨唯一能做的，就是在上届毕业生离队时，带着艾琴等四名女生去送站，让她们看看上届的几名女生是如何在站台上与自己热恋的同班同学抱头痛哭，然后如何含着热泪一步三回头地独自登上远去的列车。三个月后，莫雨又在一个夕阳如血的黄昏，把她们带到一条林荫小道旁的丛林后边，让她们看看几个月前刚和那几名女生抱头痛哭的几个留校读研的男生，如何双双对对地和新女友在这里依偎着款款漫步。这情景，让莫雨觉得现在一些大学生的爱情，就像他们身上长的一块息肉，是可以随意割舍的，或像地摊上的发票，谁需要就可以开给谁。用他们自己的话说，大学爱情本来就是暂时地"填空"。撤出那片丛林后，莫雨趁热打铁分别和她们深谈了一次，同时施以纪律处分之类的警告。其他女生都很识时务表示要和男友一刀两断，绝不藕断丝连，唯有艾琴顽固不化、执迷不悟，依然暗地里和陆林黏糊得不行。艾琴活泼单纯，学习上进，从"大一"开始就是团支部书记，工作上真是没说的，是莫雨的得力助手。正因为这样他才不希望艾琴的情感是别人的填空，或是地摊上可以随意开出的发票。没想到这学期以来，他们谈得更变本加厉了，竟春苗破土般，从地下转到地上，两人公然出双入对了。

但走进队部后，莫雨还是要求自己冷静了下来，指着靠墙的两张藤椅请他们坐。艾琴、陆林没坐，站在莫雨跟前。莫雨从口袋里抽出一支"白沙"，一眼瞟见门上的"无烟办公室"牌，扔下"白沙"，双手捧着茶杯，语重心长问：艾琴，去年火车站的情景，难道你忘了？

艾琴低着头：没忘。

莫雨说：你想过了吗？那可能就是你们的明天。

艾琴说：想过。可我们是真心相爱的。

莫雨真是恨铁不成钢，说：可你想过你们的爱情之花将结出一枚苦果吗？

艾琴竟然笑了，说：那你和沙柳姐的爱情呢？莫队长。

这……

莫雨没话了。电话却又响了，连续长音，是校内电话。莫雨抓起电话一听，话筒仿佛放出一束强力磁线，紧抓住他的耳朵不放，听筒半天才沉重地落到机座上。他把手朝艾琴一挥说：快去通知团支部委员来开会。

2

此时，他可顾不了艾琴的爱情是苦果还是甜饼了。刚才这电话是校值班室转来的，校值班室接到了北京市某居委会的电话，说他们队龚民同学的母亲于上午 10 时去世了，通知龚民迅速回家奔丧，料理后事。龚民现在是家里唯一的顶梁柱了。他父母都是工人，父亲工厂的效益一直半死不活的，每月就发百八十块养命钱，母亲的单位更惨，早就名存实亡、一分钱工资都没了。为了挣钱养家，供孩子上学，每天凌晨三点多父亲就起床，蹬上三轮车到郊区收购蔬菜，再拉回城里让母亲卖。结果在三年前的一个凌晨，父亲被一辆无灯行驶的大卡车撞到五六米高的路基下，人没了，肇事车也逃之夭夭。母亲含泪卖掉了家里所有能卖的东西，送走了父亲，修好那辆被撞得不成样子的三轮车，继续拉蔬菜、卖蔬菜，每天早出晚归。终于她也积劳成疾，于前不久患上了肝炎，住不起医院吃不起药，没想到她这么快就跟随丈夫而去了，撇下一个年逾七旬双目失明的老人，和一个年仅 13 岁正读初中的小女儿。现在这个多难的家，就像天塌下来的一块大石头，整个砸在龚民肩上了。他还是个在校的学生啊。

艾琴和五名团支委很快就来到了队部。莫雨仔细向大家通报了龚民家的情况后，问大伙：龚民有难，大伙怎么办？

艾琴起立道：我们共同帮助他渡过难关。

大家也响应：我们团支部发动大家捐款。

莫雨心想，也只有这么着了。他当即打开身边的保险柜，从一只牛皮纸袋里抽出 10 张百元大钞，交到艾琴手上：我替龚民同学谢谢同学们了，这是我的一点心意。

艾琴说：队长，该谢的是您。

艾琴等人组织捐款去了。莫雨这才把龚民从教室里叫到了队部。龚民冰人似的坐在莫雨对面的藤椅上，一声不吭、一动不动。这孩子近日来憔悴得不行，脸上瘦得都快架不住那副高度近视眼镜了，镜片后面的两只眼睛血红血红的，眼角清晰可见两坨黄黄的眵目糊。龚民平时就少言寡语，自从知道母亲病倒后，就更是没吭过一声了，白天猫在教室读书，晚上躺在床上，整夜整夜看着天花板，

龚民，你妈……莫雨突然失去了说下去的勇气。

龚民哇的一声号啕起来。

莫雨既替他难过，但更为他着急：龚民！你是一个军人，一名就要走向社会的大学生，现在又是家里唯一的男子汉、当家人，从今往后，不仅再没人给你擦眼泪，而且需要你去给别人擦眼泪。面对苦难，你必须学会让泪水往肚里流！

经莫雨这一阵吼，龚民不号了，抽泣着仰起满是泪水的脸问：队长，我该怎么办？

莫雨说：怎么办？母亲在家等着你呢。

莫雨又打开保险柜，先拿出 3000 元，又在办公桌上的纸筒里抓了一把手纸，一块儿递给龚民说：快把泪水擦了，马上回家。

龚民泪眼望着莫雨，咕咚一声跪下：队长……

你这是干啥呀？莫雨一阵心酸，眼睛也湿润了。他一把扶起龚民，和他一起来到宿舍，往他挎包里塞了几件衣裤和洗漱用品，匆匆赶到火车站，给他买了票。送他上了一列过路车，然后莫雨又买了些面包、咸鸭蛋和矿泉水，从窗口塞进了龚民怀里。

龚民刚止住的泪又出来了：队长……

莫雨说：坚强些，要像个男子汉。

送走龚民，莫雨返回学校后，又径直去了教室。这时已是七点一刻，掩在一片桦树林中的教学区已是灯光闪耀。这座城市的五月，已开始热得够劲了。莫雨走进教室时，尽管头顶的吊扇呼呼地转着，还是感到一股热浪急扑上来。航天大学是五十年代老苏帮助援建的，教室是几栋低矮的砖瓦平房，历经数十年风雨侵蚀，教学设备严重落后。没有冷暖设备，冬天冻得似座大冰窖，学生一边听课一边不住地跺脚；夏天又热得像只大蒸笼，教科书常常被学生当扇子用。供电和通信线路也时常出故障，电视教学片正看得热闹，忽然就变成了一片雪花飞舞；同学们正有滋有味地进行晚自习，冷不丁就一片黑灯瞎火。房屋更是破损得厉害，不少教室有漏雨现象，学校每年都要检修一次，可过不了几个月，又开始外边下大雨，教室里下小雨。发生百年不遇的大水灾那年，不少教室积了十几厘米深的水，被迫停课一周。可学校又一时拿不出这么多钱修建新教学楼，这破教室也就只好一直将就着用。直至去年底，上边终于下决心改变这一现状，把它列为重点工程，拨款数千万元建设现代化教学大楼，并要求施工单位在下学期开学时让师生搬进新楼上课。

教室的黑板上写着一行大字："伸出你的手，献上你的爱"。讲台旁摆着一个醒目的红色"爱心箱"，一台"索尼"录音机。艾琴站在高高的讲台上，目光里流着悲痛，声音里颤动着同情：同学们，我以万分悲痛的心情向大家报告一个不幸的消息：我们的龚民同学，三年前失去了父亲，今天上午他的母亲也去世了，家里只剩下一个双目失明的老奶奶和一个年幼的小妹妹，现在他们家连安葬费都拿不出。同学们、战友们，让我们都伸出手来，献上一份爱心，与龚民同学共渡难关！

教室里徐徐飘起韦唯舒缓动情的《爱的奉献》。

艾琴从身上掏出一张百元钞投进"爱心箱"。同学们纷纷走上台来，你捐 50 元，我捐 10 元，屈京同学掏出了身上刚刚收到的一张 500 元汇款单，孟西则捐出了一本 800 元的银行存折。经团支部统计，共收到捐款 4200 元。莫雨扣除自己已预付给龚民的 3000 元，其他的让艾琴再给龚民汇去。

熄灯号已响过。莫雨真感到有些累了，脚也没洗就躺到了床上。但迟迟无法入睡。

窗外，夜色浓重，星影稀疏。教学大楼施工工地上，振动机、搅拌机、升降机等各种机械的轰鸣惊天动地，闪烁的电焊花，在漆黑的夜幕放射片片绚烂的光芒。教学大楼的主骨架，已浇铸完成七层，为使它能按期交付使用，工人们正紧锣密鼓地赶进度。

凌晨一点多，莫雨还是闭不上眼。他心里放不下龚民，他还是学生啊，要不是过两天学校要开毕业分配工作会，他无论如何也不会让龚民一个人回家料理母亲的后事的。

莫雨索性爬起来，来到学校大门口的电讯大楼，先拨北京 114，再拨那个居委会的主任家，没人接；他又试着拨居委会办公室的电话，居然通了，还是主任亲自接的。主任说，他们正在研究如何料理龚民母亲的后事。莫雨说了声"谢谢"，轻轻放下电话，心里也顿时轻松了许多。但胃里却突然一片翻腾。这时，他才想起自己还没吃晚饭呢。

3

第二天是星期六。莫雨一觉睡到了八点多，起床泡了一包方便面，就跑去系领导家里汇报龚民的情况、补办请假手续，又去找了毕业设计的指导老师，商量推迟龚民的论文答辩时间，然后蹬着山地车往家里飞。

几年前，父母退休后就离开了基地，安置在离学校不远的一个干休所里。莫雨快有一个月没回家看父母了。

莫雨推开家门，一股淡淡的胡杨香扑鼻而来。父亲戴着老花镜，蹲在客厅中央捧着块胡杨根，像欣赏什么稀世珍宝似的看得专心致志。父亲曾是一位业余诗人，年轻时报刊上经常有他的名字和诗作。可后来父亲寄出的诗只能换回一封封退稿信，父亲忽然间意识到他再也写不出诗了，便和基地那些老头一样，玩起了根雕。莫雨叫了声"爸"，父亲抬头笑道：说曹操，曹操到，你妈正催我给你打电话，让你回家吃午饭呢。

莫雨似有一丝惊喜：妈今天没出去？

父亲说：在厨房忙着呢。

父亲和母亲在基地都是负责发射火箭的。父亲和母亲退休安置在这座城市后，就彻底地"失业"了。父亲似乎早料到有这一天，在退休前几年，一有空就到沙漠里挖胡杨根，胡杨根在家门口堆成一座小山。搬家时，部队给了两个集装箱，一个半装的是胡杨根，后来这些堆满了一间大屋子，外加一个大阳台。父亲天天在家里侍弄这些根雕。两年前，干休所为他举办了一次规模不小的个人根雕艺术展，消息见报后，一个工艺品商人找上门来，想收购父亲的根雕作品。可他出再高的价，父亲也拒绝出售。父亲说，他和老伴的退休金已经很高了，够用了，不再需要什么钱了。父亲的根雕作品是用来送人的，凡有人到家里做客，他都要拿上块根雕当礼品送人。干休所的熟人来讨，他也乐意奉送。

母亲不会做根雕，母亲就去给别人带孩子。母亲退休前从没带过孩子，但退休后的母亲突然喜欢上了孩子。干休所紧邻一片老城区，住着不少进城做小生意的乡下人，其中一些人孩子只有两三岁。他们请不起保姆，每天背在背上早出晚归、日晒雨淋。母亲觉得这些孩子挺可怜，就天天跑去给他们带孩子。母亲不仅不要他们一分钱，还经常把莫雨孝顺的朋友们送的奶粉、麦乳精、水果罐头什么的拿去给那些孩子们吃，别人不好意思要，还硬往人家怀里塞，说家里这些东西多着呢，再不吃就过期作废了，那个热情劲，仿佛是她请别人带孩子，而不是她给别人带孩子。

莫雨把脑袋伸进厨房门：妈，今天咋没去看孩子？

母亲笑着说：今天我照顾自己的大孩子。

莫雨见母亲做了七个菜，抽抽鼻子说：妈知道我早上吃的方便面，肚里没油水呢。

母亲把一碟咸鸭蛋往他手上一放：雨儿，你忘了爸妈，也把自己给忘了。

母亲朝餐厅的圆桌上努努嘴。莫雨一看，只见桌上摆着一盒大蛋糕，他终于想起今天是自己的生日，心头不禁涌起一股暖流。

桌子摆上了，莫雨大口嚼起丰盛的菜肴，父亲也啧啧有声地抿开了"伊犁特曲"。唯有母亲怔怔地望着儿子出神。

莫雨嚼着饭菜说：妈，你吃呀。

母亲却叹了一口气说：雨儿，我啥时才不用出去给别人带孩子？你今年都……

是的，他从今天开始就是30岁的老小伙了，沙柳也是28岁的大姑娘了，两人谈了都七八年了，恋爱水平早够上马拉松。他和沙柳又没病，又何尝不想让这马拉松早点到达终点。但两人这么天南地北地吊着，现在没结婚，都把人折腾得痛苦不堪了，一结婚，岂不让人魂牵梦绕得精疲力竭？

面对母亲一次次对他们婚事的关心，莫雨一直这样搪塞着：妈，让你抱孩子是迟早的事。

母亲幽幽地说：人家沙柳愿意等你一辈子？

父亲接话道：老太婆，这你就放心了，你儿子和他老子一样，生来就走桃花运，爱上的姑娘就像煮熟的鸭子，飞不了。

莫雨也附和着父亲：对，这叫遗传。

瞧你们父子俩那个得意劲。母亲笑着睨了父子俩一眼。

4

在毕业分配工作会上，分配办刘主任宣布完各学员队去基地的名额时，莫雨简直头都要炸了。他这个三十多人的学员队竟有九个去基地的指标，而人人神往、个个垂涎的进京名额却是向日葵开花，独一无二。

会议一结束，莫雨就撵着刘主任的屁股追进办公室：刘主任，我们队去基地的比例太大了。

刘主任轻松地笑着：莫队长，组织上对你的工作能力是有数的。

莫雨还是愁眉难展说：可是我们队……特殊情况太多了。

他本想说我们队收到的条子和电话太多了。

刘主任继续打哈哈：莫队长，你该高兴才是，这是组织对你的信任，这种信任可是一般人得不到的。

莫雨闷声道：那我自己去基地好了。

刘主任的脸一下子阴了：你这是啥意思？

莫雨说：我得罪不起那么多人。

刘主任说：我得罪的人要比你多得多。这是校党委决定的。

莫雨就没话了。刘主任这话，对于已穿了七年军装、当了三年队干部的莫雨来说，就等于：这是命令，执行吧。

莫雨悻悻地退出分配办,回到队部。坐在那张靠背椅上,他拿出那本夹着条子、记着电话记录、登着家长们送的土特产的文件夹,琢磨着怎样才不辜负刘主任的信任。可时间消耗了不少,脑细胞死了不计其数,也没想出个啥妙辙,最后也只能把注押在动员大家写申请这个传统法宝上。

这场动员又让莫雨消耗了不少脑细胞。虽然听众只有三十多,但他还是熬了三个通宵,熬得双眼通红,准备了一份洋洋洒洒两万余字的动员报告,从国际军备竞赛的激烈性讲到我国国防现代化建设的紧迫性,从祖国的需要讲到个人价值的实现,从当代大学生应有的抱负讲到军人的职责。动员会上,为营造一种严肃紧张、催人奋进的氛围,他又在教室里悬挂了两条醒目的横幅:"毕业分配动员大会""到祖国最需要的地方建功立业",而且动员前奏国歌,结束后奏军歌。动员大会后,为使报告内容进一步深入人心,莫雨又分别组织了党支部大会、团支部大会和队务会,进行再动员,然后党小组、团小组和各班层层组织讨论,轰轰烈烈持续了两天。

这场动员就像一粒石子投进了水里,很快激起了波澜。动员活动刚结束,队部的门口就响起激情满怀的声音:报告!

随着莫雨的一声"进来",孟西走到莫雨跟前立正说:队长,我想去基地!

莫雨一怔:你去基地?

孟西显得无比坚定,说:是的,我要求去基地!

全队三十几个同学谁志愿去基地,莫西都想到了,唯独没想到他孟西。孟西是上海一个富得几乎可以用金砖堆房子的农民企业家的独生子,企业家夫妇捧在手上怕掉了,含在嘴里怕化了,专门请了两个年轻保姆料理他的生活。他就像贾府中的宝玉,进餐有人盛饭递筷,睡觉有人脱鞋脱衣,上学有小车接送,身边还坐着伺候他的小保姆。

孟西考上大学后，企业家夫妇欢天喜地，母亲亲自陪着用"皇冠"专程把他送到学校。母亲一手提着鼓鼓囊囊的塞满了吃喝拉撒睡物品的行李袋，一手拉着孟西，一走近莫雨跟前，就开始无休止地唠叨，阿拉孩子一读书就忘了吃饭，得及时提醒他，阿拉孩子早上爱喝牛奶，爱吃鸡蛋和面包，阿拉孩子晚上爱踢被子，要人给他盖上，阿拉孩子不知冷暖，要提醒他加减衣服……莫雨一边耐着性子听着她的唠叨，一边抬头望了望孟西，一时竟怀疑是不是招生的弄错了他的性别，看他那身花衬衣，那头长发，那副豆芽菜似的身子骨，哪像一个小伙子？军训时，他那豆芽菜似的身子骨，扛着十几斤重的冲锋枪，就扭成了一根麻花，肚子鼓、屁股翘，左肩高、右肩低，趴在地上练瞄准，两条麻秆似的手臂一挨枪就直哆嗦，还在射击场上闹了个大笑话。那天，他被编在第一组上场，同学们"叭叭"几下，五发子弹就出去了；他憋出一头虚汗也没放出一枪，最后，把枪和肩膀离得远远的，然后眼睛一闭总算扣了一次扳机。前方的报靶员毫无反应，自己的肩胛却一阵生疼，他用手一摸，满手心血，吓得他把枪一丢，回头就跑：妈呀，我的枪子弹向后飞。把莫雨和现场指挥的校首长及救护所的医生们吓了个不轻。最后，在莫雨的帮助下，他虽然完成了全部射击动作，但五发子弹除了在他胛骨上擦掉那块皮，胸环靶连边都没擦上。毫无疑问，他严重拖了队里的后腿，因而在军训总结时，很多人都受到了表扬，唯独孟西挨了莫雨一顿训。为了和大伙一样也受一次表扬，在星期天他主动去炊事班帮厨。他帮着洗青菜，但菜没洗干净，却把自个儿洗了一身水，没一会儿就让炒了"鱿鱼"。他又帮着去切菜，结果头一刀就把手指甲切去了半边，把炊事员吓得够呛，再不敢让他切第二刀。他只好站一边看着炊事班班长炒空心菜，见炊事班班长手中的大锅铲一会儿铲、一会儿捞、一会儿掀，灵活自如，优美得就像在舞蹈，他看了心里又痒痒了起来。于是趁炊事班班长到灶间捅火之际，他抢上前一把抓了那把大锅铲，学着班长的样子使劲向前铲去，哪知用力过猛，竟把自己铲进了锅里。待班长从灶间起来，把他从锅里拉出来时，他的一条胳膊已被烫得红红的，泡了两个月医院才治好，弄得全校上下都知道莫雨手下有一个打靶时子弹向后跑、炒菜又把自己给炒了的兵。

莫雨上下瞄着孟西依然比豆芽菜强壮不了多少的身影问：你该不是头脑发热吧？孟西嘿嘿笑：队长，我刚冲了个凉水澡。

你真吃得了那份苦？

我就想自找苦吃。

你父亲舍得？

我已经写信了。他们的意见改变不了我的决心，自己的路我决定自己走。

莫雨愣怔着望了孟西一阵，然后起身按着他单薄的肩头说：孟西，你这三年多军装没白穿。

孟西刚微笑着离去，屈京又笑嘻嘻走进了队部。

莫雨没想到这场动员，能量竟如此之大，他真有点喜不自胜了。屈京的家就在离基地不远的一个县城，平日里，他常和莫雨老乡长老乡短地套近乎。此时，莫雨真有些喜欢他这个老乡了，他请他在藤椅上坐定后，又忙着给他泡茶。

你家到基地就一百多公里吧？

差不离。

父母身体可好？

没问题。

想父母了吧？

那当然。

莫雨把一杯滚烫的"铁观音"端到屈京手上，挨着他坐下问：他们支持你的工作？

那……当然。屈京含蓄地笑笑，摸出一包"大中华"。尽管莫雨的目光正对着门上那块禁烟牌，但他仍含笑看着屈京动作娴熟地撕着烟盒上的密封纸。屈京问：队长，你的那位在基地吧？

莫雨似有一丝惊诧：对呀！

你们都谈了七八年了吧？

你怎么知道？

老乡嘛。屈京微微一笑问，你们咋不结婚？

两地分居，结婚害人家。

你把她调出来呀？

调了七八年，就找不到个接收单位。

屈京抽出一支"大中华"递过来说：我给你调。

莫雨竟忘了接烟：你给我调？

你不知道我伯是个人物？

啥人物？

这……屈京狡黠地笑笑，然后神气活灵地指着窗外说，这么说吧，你看那栋一节一节往上拔的教学楼，它的"米"就是从我伯的手指间来的。我伯就是这么个人物。

这些年，为把沙柳调出来，父母也费了不少心思，找了不少人，可都白忙活了。有人替他们总结了失败的教训，说关键是没放血送礼。这话只说对了一小半，的确，他们不习惯送礼，但主要还是不知往哪儿送。父母在基地干了几十年，这座城市对他们来说，就像一座色彩纷呈的大商厦，对于两位在大漠里待了半辈子的老人来说，除了乡下那几家脸朝黄土背朝天的亲戚，和干休所这些和父亲一样从部队退下来已无职无权的老头，那些敢收礼能办事的人物的家门，他们还不知东南西北朝哪儿开呢。沙柳也就一直在沙漠里扎着根。没想到身边忽然冒出一个通天的关系户，就像冷不丁从石头里蹦出的齐天大圣，着实让莫雨好一番惊喜。

莫雨接了烟也握住他的手说：屈京，谢谢你的关照。

屈京摇了摇莫雨的手：队长，我们互相关照。

莫雨恍然明白了屈京为什么突然关照起自己了。不过，在这事上到底谁关照了谁，莫雨心里最有数。他想明年学校召开招生会议时，一定要建议多招基地附近的学生，如果队里的同学都像屈京，毕业分配该多轻松。他低头在屈京伸过来的火机上点上烟，隔着烟雾笑望了他一眼：你小子，挺会寻找给别人帮助的时机嘛。

5

但莫雨显然高估了这场动员的能量。在这次艰辛的毕业分配中，这场动员充其量只是抛出去一粒小石子，在队里冒了两个小泡后，便很快平静下来，甚至连那几个平时爱泡队部和莫雨拉呱的人，也很少再跨队部的门槛了。

莫雨也不得不冷静下来，重新评估自己精心策划的这场动员，深思问题的原因。但他独自在队部关了三天，他所能想到的就是自己的工作没做到位，没把奉献意识真正根植于每个同学的头脑中，能做的就是继续深入动员，扩大声势。

莫雨去找孟西。不想两人在走廊上撞了个正着。孟西满头大汗刚从外边回来，怀里抱着一大堆书。

莫雨替他拿过怀里的书：图书馆借的？

孟西擦一把头上的汗：上街买的。

莫雨说：咋一下子买这么多书？

孟西说：基地最缺的就是书。

莫雨说：你怎么知道？

孟西说：一年前我就开始了解基地的情况了。

莫雨说：原来你是早有预谋呢。

两人笑着并肩坐在藤椅上。莫雨说：我希望你把决心告诉同学们。

孟西说：队长的意思……

莫雨说：你应该写一份倡议书，告诉同学们你是如何树立奉献意识和爱国精神的，是如何舍弃大上海，自愿奔赴大西北建功立业的，号召同学们和你一道为振兴国防科技事业奉献青春。

孟西的脸突然红了：队长，我没你说的那么伟大神圣，我要求去基地，主要是为了锻炼自己。

孟西挽起衣袖，露出细麻秆似的手臂说：看我这胳膊腿，别说同学们瞧不上，我自己看了都不顺眼，再在父母给我营造的温室里泡下去，再不让自己吃点苦头，受点锻炼，我这男子汉恐怕真要做一辈子娘儿们了。再说，我也应该让大伙瞧瞧，我孟西再不是打枪打伤自己肩膀、炒菜把自己炒进锅里的孟西，而是敢于走向大沙漠，能把几十吨重的火箭送上蓝天的孟西！

莫雨觉得脸上火辣辣的，既为过去对孟西的低估，也为方才对他的夸奖。但沉默了一会儿，他仍然说：我还是希望这份倡议书由你写，你的情况更典型，对大家更有教育意义。

孟西也顿了一会儿说：队长，它真那么重要？

莫雨点了点头：现在我们队的分配形势很严峻。

好吧，孟西勉强答应着，起身抱了办公桌上的书说，其实同学们不愿去基地，不仅因为担心基地条件差，生活艰苦，主要还是怕那里科研条件不好，影响专业发展。

莫雨一听，心里立刻亮堂了许多。

下午，莫雨把全队集合在教室里，给大家介绍基地的情况。他在那块土地上生活了十几年，不仅对那里的一事一物耳闻目睹，而且对那里一草一木了如指掌，对基地他自信是最有发言权的。在那十几年里，他和那里结下了永远难以割舍的情愫，因此每每说起那里的情况他就如数家珍：基地是我国的第一个航天港，那里有世界一流的科研条件，中国的第一颗人造卫星从那里升天，第一枚洲际导弹在那里腾空，第一个核弹头导弹从那里发射……那里获得的科研成果数量每年都位居全国前列，那里培养的科学院院士和工程院院士的数量名列全军首位，从那里成长起来的将军也是全军最多……

说到基地的环境时，莫雨情不自禁地想起自己童年时在沙漠上打沙仗、滑沙山，少年时在沙地上踢足球的情景，莫雨给大家展现的景象便不由得带着几分诗情画意：一望无际的沙漠宛如茫茫大海，波涛起伏，汹涌澎湃。万里无垠的蓝天上，云彩轻飘，洁白如絮。附近的一片原始森林里，野骆驼成群结队，悠悠觅食。几位老人坐在清澈的小河边，安然垂钓。不时出现的沙市蜃楼，让人们尽情地领略远方的绿水青山，楼亭阁榭……

然后莫雨又讲了那里的人际关系，生活设施。总之，莫雨展现给大家的基地，是个生活上虽然苦点，但景色奇异、人心纯朴、令人心情舒畅、事业上能大有作为的地方。

最后，莫雨为了进一步调动大家申请去基地的积极性，还搬出历年毕业分配都使用的重奖办法。

莫雨讲话结束时，台下爆起了一阵热烈的掌声和一阵小小的笑声。

队伍解散后，莫雨高兴地向一班宿舍走去，他想和大家一块讨论讨论。但走近门口时，双脚便不由自主地刹住了。他听见几名学员悄悄地议论：咱们队长介绍的基地像世外桃源。不，是天堂。听他那口气，他和基地唇齿相依呢……

莫雨猛然意识到，今天他做了一件天大的蠢事。他对基地最有发言权，也最没有发言权，一个手拿着葡萄却不知往嘴里送的人，有什么资格说这葡萄有多甜多甜呢?

但莫雨还是觉得有些委屈。当初,他大学毕业时,压根就没想过要留校,后来留校纯属偶然。那年,一名记者去基地采访,发现很多基地人三代都生活在那里,灵机一动写了两句现在仍很流行的话:献了青春献终身,献了终身献子孙。有关领导看后很感动,说献了终身就很了不起了,岂能让他们再献子孙。接着就作出规定,基地离退休干部可以回内地安置,并且随调一个子女。因此,父母退休安置在这里后,他便顺理成章地留校了。事情就这么简单。

莫雨的队部还是那么冷清。

6

没有人申请去基地,莫雨只能硬性指派,他拿出那本文件夹,把那些条子上写的、电话记录中记的名字,一个个从花名册上勾去。这些条子和电话,可不是莫雨之辈怠慢得起的。至于那些送土特产的、请吃饭的,就让他们骂他野猪好了——吃了别人的,嘴上还挺硬。可勾完那些名字后,莫雨又犹豫了,还留在花名册上的全是农民和工人子弟。这几年,随着教育体制的不断改革,军校的优越性越来越突出,渐渐成了大家削尖脑袋狠命挤的热门,像航天大学这等名牌学府,能跨进它门槛的人,要么背景不一般,要么高考成绩不一般,而后者大部分是工农子弟。若去基地的人清一色都是工农子弟,即便别人不骂他莫雨是狗,他莫雨心里还不平衡呢。凭什么工农兵就该去基地?其他人就该留内地?虽然基地也不错,但不管咋说,它地处偏远,生活比内地要艰苦,这是事实。

心里正乱,电话响了,长声。莫雨操起话筒很不耐烦地喂了一声,耳边响起了分配办刘主任的声音:声音这么响亮,心情不错嘛。

莫雨苦笑着问：刘主任啥指示？

刘主任说：上头来电话催问去基地的学生的落实情况，你们队差不多了吧？

莫雨说：八字还没一撇呢。

刘主任说：怎么会呢，你们队的人那么迫切要求去基地。

莫雨说：主任说的是兄弟学员队吧？

刘主任说：莫队长就别谦虚了，贴在你队部门口的那张倡议书我可是一字不落地看过了。

莫雨一时竟说不上话来。

刘主任却在那头滔滔不绝：昨天我去你们教室找同学们了解毕业教育情况，大家对你的教育反应可是太好了，你不仅亲自做动员，还亲自介绍基地情况，大家都说深受教育，我们准备派人下去总结一下经验，在全校推广。

莫雨的脸唰地变了，说：刘主任，使不得，使不得。

刘主任却坚持说：莫队长，请你一定支持我们的工作。

然后，也不管莫雨这头还有话没话，先把电话放了。

莫雨抓着话筒呆了半天才放下。他心里就像窝着一团败絮，咽不下去，吐不出来，堵得他只想找个清静处嚎几声，砸几块砖头。他反手把门一扒，走出了队部，一抬头，看见了孟西那份倡议书。倡议书按莫雨的要求，用毛笔抄写在一张大红蜡光纸上，其内容也是按莫雨那天给他出的思路写的，思想境界很高，充满了激情。它贴在宽阔的白墙上，像一面旗帜，很鲜艳，也很孤独。

食堂后边的树林子，是个难得的清静处。这是一片紧挨着围墙的松树林，林间竹草丛生，遮天蔽日，满目郁郁葱葱。大煞风景的是正好从林中穿过的那条臭水沟，使原本空气清新的地方变得臭气熏天，变成了蚊虫繁衍之地。但这里又分明是因了这臭气和蚊虫，才有这般葱翠和安静。如今连森林都被一一开辟为旅游区，都开始躁动起来，还到哪儿去找风景秀丽又空气新鲜的清静处？

莫雨低头在林子里走着。头顶的阳光火辣辣的，无风，林子里热浪滚滚、臭气冲天，成群的蚊虫，在头顶盘旋，寻找着俯冲进攻的时机。莫雨开始有些招架不住，正欲退出松树林，忽听得一阵窸窸窣窣的声音，循声望去，只见前方竹丛里有人正紧搂着亲吻。莫雨摇着头转过身来，心想，在这么个臭气熏天的地方做这种好事，实在没意思。可刚走了两步，他又觉得不对劲，回头仔细一看，那做好事的果然不是别人，正是他的得力助手、团支部书记艾琴和陆林。

他心里的火气一下子蹿到了头顶，一声咳嗽重得如晴天霹雳。拥得正紧的艾琴和陆林，也触了电似的慌忙闪开，回头见是莫雨后，两人拔腿就跑，但大概是看见了横在前方的那堵围墙，或是想到跑得了初一跑不了十五，两人跑出不远后，便双双停下来，乖乖地走到莫雨跟前，那副低头准备挨骂的样儿，就像他们身边那丛被毒日烤蔫了的小树苗。莫雨看着他们这副可怜劲，不训一顿，心里不解气，训他们，又有些于心不忍，最后，只能摇头说：艾琴、陆林，你们让我怎么说你们呢，你们都是骨干，可让你们干的事，你们不干，比如申请去基地，但不让你们干的事，你们却顽固不化，干得热火朝天，还躲到这么个臭气熏天的地方来……你看人家孟西，去基地的态度多坚决，你们……真让我失望哪。

莫雨痛心疾首地叹了一声：你们不想写申请，不愿去基地，倒也罢了。可你们总得识时务一点吧，你看其他三个女同学，从火车站参观回来后，我让她们不谈，她们就不谈了，你们不向孟西学习，学学她们总可以吧？

艾琴听了，竟哧哧地笑。莫雨正纳闷她为什么笑，忽听身后有沙沙的草动声，回头一看，只见有几个人正慌慌张张向外溜，不是别人，正是莫雨刚才还在号召艾琴学习的其他三个女生和她们的相好。临近毕业了，专业课已经结束，同学们跟随指导老师做毕业设计，他们幽会更方便了，竟幽到一堆来了。莫雨怎么也没想到，同学们津津乐道的神秘的"爱情角"，就是这样一条臭水沟。但此时莫雨更多的是对他们目无纪律的愤慨。他把那三对吼了过来，与艾琴、陆林站成一排，然后咆哮如雷：我告诉你们，别净做美梦！到时候，想让我把你们同时分到哪个城市，没门！我非让你们一个东北一个海南，一个大西北一个大西南，你们就准备到时在火车站抱头痛哭，然后分道扬镳吧！

莫雨掉头走了几步，似还觉得不解气，又回头丢下一句：我还要宣布给你们处分！

7

今天又是30号了，家里的煤气已用了一个月，该换了。家住六楼，上下搬运气罐，很是费劲。尽管父亲身体还硬朗，这种事尚能对付，但莫雨还是坚持按期回家换煤气。当初大学毕业时，组织上让他留在学校，给父母带来的最大实惠，也就是这每月回家换一次煤气了。

莫雨从臭水沟"爱情角"径直回到家里，爹妈也不叫一声，钻进厨房把气罐朝肩上一甩，就扛到了楼下的煤气站；换了个罐往肩上一抛，又回到了厨房，咚的一声把铁罐放到地上。

母亲匆匆走进厨房，低头看看水泥地，抬头看着儿子问：莫雨，你今天怎么了？

莫雨闷声闷气道：没什么。

母亲说：那你这脸咋拉得像猴？

莫雨气鼓鼓地说：叫他们别谈恋爱，他们偏不听！

母亲说：你叫谁不谈恋爱了？

莫雨说：还不是队里的几个学生。

母亲说：人家谈恋爱干你啥事了？

父亲也说：对呀，儿子，你又不是太平洋警察。

莫雨说：可我们是军校，军校不准谈恋爱。

母亲说：军校又咋了，难道一穿上军装一跨进军校，就都成木头了？

父亲说：儿子，我告诉你，从有了大学的那一天，就有了大学生的爱情。大学生的爱情，是大学校园里一道美丽的风景，没有这道风景，大学就像没有花朵的荒原。你老爸上大学时也谈恋爱。

父亲朝母亲眨眼睛：儿子，不信你问你妈。

母亲有些脸红：你这死老头子。

父母的爱情故事，莫雨早就烂熟于心了。曾为诗人的父亲经常当着母亲的面，向儿子炫耀他的爱的历程。

母亲在大学时是校花。为此，母亲引来了众多男生的追逐，在这支庞大的"追花族"中，追势最为凶猛的当数父亲。父亲当时已是个小有名气的校园诗人，偶有诗作和他的名字一起在校报上变成铅字。诗歌也就成了他向母亲发起强烈攻势的锐利武器，他以无比旺盛的创作灵感，每天给母亲写一首情诗，疯狂地向她表述自己如痴如醉的爱慕。可是父亲做梦也不会想到，他那些用浓烈情感编织而成的诗行，只有开始几首被母亲珍藏在日记本中，后来的母亲只轻轻扫一眼，淡淡一笑就随手扔进了旁边的废纸篓，再后来，母亲连扫一眼都不扫了，左手接过父亲的诗作，右手就把它往废纸篓里一扔。终于有一天，母亲把父亲从图书馆阅览室约到了图书馆门口的那株大樟树下，几乎是义正词严地给他下了"最后通牒"：请你别再打扰我的学习。父亲在大樟树下傻站了半天，也没有想通母亲这样做的由来。其实他最初引起母亲那一丝好感的是他的那些诗作，最后引发她强烈反感的，也是他的那些诗作。母亲的逻辑是：一个整日只为爱情作诗的男人，大概是这个世界上最没有出息的男人。正在父亲因痛失爱情一蹶不振时，毕业分配的时刻到来了。那时国家建设正如火如荼，大学生是各行各业最紧俏的抢手货，一时间，用人单位蜂拥入校，有国家机关、大专院校、企事业单位、各种研究所，可是大家最感兴趣的是位于大西北的建设中的航天基地。这个基地那时委实太紧俏了，只给了他们班一个名额。为了这独一无二的机会，同学们爆发了一场激烈的争夺战。辅导员办公桌上的申请书以每天 10 厘米的速度往上堆，教室、宿舍的墙上到处都是请战书、决心书；招待所基地来的干部的房间里，来访的同学们和同学们搬来的"说客"，更是络绎不绝。这场争夺战持续了将近一个月后，终于有两个人力挫群雄，脱颖而出：一个是父亲，另一个则是母亲。父亲是以发表在校报上的一首长诗《基地，我心中的爱人》引起基地干部青睐的。父亲在长诗中用过去给母亲写情诗的那种火热的笔触，抒发了自己对基地的向往和景仰，使那些堆在辅导员办公桌上的申请书和贴在墙上的决心书黯然失色。一个星期后，这场争夺战以父亲的胜利告终。父亲奔赴基地前夕，特意来到女生宿舍向母亲告别。父亲高高地挺着胸前的大红花，不无得意和自豪地说：穆兰同学，我一定会给你写信的。那样子简直把母亲给羡慕死了。其实父亲最后击败母亲的手段一点也不光明正大。后来，母亲知道真相后简直气坏了，简直恨死了父亲。对父亲的恨，使她粗暴地拒绝了这所大学里又一批蜂拥而至的"追花族"，她满脑子净是恨，没有一丝一毫的爱。就在这时，父亲没有忘记自己临别时的承诺，给母亲写来一封信。正义愤填膺的母亲终于找到了爆发的缺口，当即给父亲回了一封加了三倍邮资的信，把父亲臭骂了一顿。但父亲竟也乐此不疲，一封接一封地来信讨骂；母亲也永不解气似的，一封接一封地去信臭骂。这样骂了一年，母亲终于骂累了。但俩人并没有停止书信往来，只是母亲的回信慢慢地变成了对大学生活的美好回忆，对未来的理想和憧憬，后来母亲开始后悔当初没有用心拜读父亲写给她的那些诗作，再后来母亲就揣着盖有单位印章的结婚介绍信第一次走进了基地，并且一去就再没回来。因为父亲结婚时已是一名副营职军官，她成为父亲新娘的第二天，就被批准了随军，和父亲一样穿上了军装。

莫雨说：可他们现在想的是双双飞往大城市。

母亲摇着头：现在的年轻人咋这样呢？

父亲叹口气：老太婆，现在可是九十年代了。

8

就在莫雨离开队部的短短几个小时里，队里又发生了一件事。那张旗帜般飘扬在队部门口白墙上的孟西的倡议书，忽然间飘得无踪无影了。

莫雨回来发现这一情况时，简直肺都给气炸了，他队里竟有这种人，还了得？他立刻把全队集合在队部门口，暴跳如雷起来：倡议书谁撕的？简直太不像话！有种的就敢做敢当，给我站出来呀！

莫雨嚎了半天，嚎得嗓子眼冒烟，也没一个吭声的、举手的，甚至连抬一下目光的都没有，都死盯着脚趾前的方寸之地。最后莫雨只好朝大家挥挥手，解散。

莫雨快快走进队部时，孟西低头跟了进来。莫雨觉得自己真是愧对孟西，搬过椅子请他坐，然后递上一杯凉茶说：孟西，真是对不起。

孟西慌忙从椅子上站起来说：不，队长，是我对不起你，倡议书不是同学们撕的。

那它是……

是……我自己撕的。

孟西的话让莫雨怔了好一阵。你为什么要把它撕下来呢？

孟西说：我去基地真的没你想得那么伟大，可倡议书上却写得那么伟大，那么崇高，我自己看了都脸红。再说，队长知道这几天大伙叫我什么吗？

叫什么？

堂·吉诃德。就是那个骨瘦如柴，手脚无力，却偏要披上盔甲、骑着战马四处冲杀，充当勇武骑士的堂·吉诃德。

莫雨压根没想到会这样。但既然倡议书已经写了，又让上级领导看见了，就撕不下来了。撕下来了，也无论如何要把它尽快补上，不然，让同学们看了笑话不算，过两天分配办的人下来了，也没法交差。

莫雨说：孟西，我希望你拿出勇气来。

孟西说：队长，你是说……

莫雨说：再抄一份倡议书。

孟西连连摆手说：队长，这基地我一定去，可这堂·吉诃德，我实在不想做了。

孟西走了。这下莫雨倒成了堂·吉诃德了，而且不是骑在一匹马上的堂·吉诃德，而是骑在一只猛虎上的堂·吉诃德，不知如何下来了。

可偏在这时，刘主任又凑上了热闹，电话通知说，分配办下来整材料的人要提前，下午就到，把莫雨急得在队部窜来窜去，正一筹莫展时，莫雨猛然想起了屈京，他不是也要求去基地吗？虽然他家在基地附近，没孟西这么典型、这么有说服力，但如今"熊掌"没了，只能退而求"鱼"了。

莫雨把屈京找来，摇着头说：这个孟西也真是的，倡议书写都写了，还撕掉它干吗？

屈京眼珠子转了转说：队长，有什么事尽管吩咐。

莫雨说：孟西的申请书，分配办的刘主任前几天已经看过了。刘主任下午又要来我队。

屈京马上拍了胸脯说：队长您放心，这个忧，我帮您解。

莫雨立时眉开眼笑：屈京，你这老乡我真没白认，你放心，在毕业鉴定上我一定把这一笔好好跟你写上去。

那就多谢了。屈京朝莫雨摆摆手，风一般轻快地去了。没有一顿饭工夫，屈京再回到队部时，手上已拎着一张写着"申请书"三个大字和表达他要把青春献给国防科技事业的强烈愿望的大红蜡光纸。

莫雨满面春风迎上去说：屈京，动作真快。

屈京笑笑问：队长，我贴左边还是右边？

莫雨说：就你一张申请书，哪来的左边右边？

屈京回头朝墙上努努嘴：队长，你瞧。

莫雨朝那儿一看，只见白墙上已醒目地飘扬着一面新的"旗帜"了：

申请书

队党支部：

　　我志愿去基地工作，到艰苦的地方建功立业，报效祖国。

申请人：龚民

望着龚民墨迹未干的申请书，莫雨紧皱着眉宇。龚民回家料理母亲的后事，前天刚归队，眼角的泪痕还没擦干呢。

莫雨说：屈京，叫龚民来一下。

不一会儿，龚民提着袋北京果脯走进队部。莫雨迎头便骂：龚民，你给我凑什么热闹？

刚才我来……龚民把果脯轻轻放到办公桌上说，你和孟西的谈话……我都听到了。

莫雨说：那也用不着你写申请啊。

龚民说：没有社会的关心，没有党的教育，我龚民也上不起大学，现在我大学毕业了，该我报答社会了，我要去国家最需要的地方。再说你对我这么好，我一辈子都报答不完呀。现在，你工作遇到了困难，我该为你分点忧，不然，我龚民不是人哪。

莫雨苦笑着直摇头：你呀，净给我帮倒忙。我知道你是真心实意想去基地，可你也不想想，你能去基地吗？

龚民的分配问题，莫雨早有安排，那唯一的进京指标非他莫属。这次，他料理完母亲的后事归队后，向莫雨汇报说，他家里情况很好。莫雨一听，就知道他在说谎，他那样的家庭还会好到哪儿去？果然，莫雨向他家所在的居委会打电话了解到，他家里的情况不仅一点不好，简直糟透了，他双目失明的老奶奶，痛失亲人后，由于过度悲伤，大病了一场，瘫了，日常生活完全靠人打理。他正念初中的妹妹已被迫休学，以后能否复学，就看他毕业后在哪儿工作了。在此情况下，那唯一的进京指标不给他给别人，他莫雨也同样不是人。

莫雨收起桌上的果脯说：龚民，你还是回北京吧，老奶奶需要你，小妹妹也需要你。

龚民讷讷地说：队长，你都知道了？

莫雨点点头。龚民的眼睛里又有泪水在打转。莫雨撕了一把卫生纸递上说：你已经是男子汉了，要顶天立地，别这么婆婆妈妈的。

龚民擦着泪水离开后，莫雨想把那张申请给撕下来，但想想，又没有撕。既然他已经写了，同学们又看到了，就先让它留着吧。再说，下午分配办的人就要来。

想起刘主任他们下午就要来，莫雨赶紧翻出自己精心编写的那份动员报告，准备汇报提纲。他觉得这事真是够滑稽的。但既然别人认为你是先进，是只虎，你能说自己是只熊吗？于是，他就只能死马当成活马医。

9

越是临近毕业，同学们船靠码头车靠站的表现越是明显，日常生活秩序就越是糟糕。为了迎接刘主任等人，莫雨中午没让大伙休息，突击整理内务，打扫卫生。

操课号一落，刘主任和两名干事就骑着自行车到了。莫雨把一干人迎进队部，伺候完茶水后，一名干事便打开了笔记本，掏出了笔；另一名干事则摸出一支采访机，摆开了洗耳恭听的架势。

莫雨有些不好意思地说：我说的净是鸡毛蒜皮，全废话。

刘主任笑了笑说：我们可是渴望着从你们队找到几条对全校的毕业分配工作有普遍指导意义的经验哟。

莫雨摇头打开准备好的提纲，开始汇报自己是如何蹲图书馆查基地的资料，动员中是如何认真备课的、如何讲课的，又是如何组织深入动员、层层讨论的；然后又是如何现身说法，给同学们介绍基地情况的。最后他还灵机一动加了一条，平时是如何把孟西这个热爱国防科技事业的先进典型培养起来的。莫雨一气儿说了一个半小时。刘主任自始至终用手撑着下颌专注地听着。直至莫雨的汇报结束时，他才连说了两个"好"，并当即从莫雨的汇报中提炼出三条经验：一，深入动员，提高了同学们献身国防科学事业的思想觉悟；二、现身说法，打消了同学们去基地的思想顾虑；三，典型引路，调动了同学们去基地建功立业的思想热情。刘主任要两名干事以这三条为骨架，以莫雨的汇报为血肉，迅速整理出一份经验材料，下发给各学员队。

不出莫雨所料，听完汇报后，刘主任提出要看内务。当莫雨带着他来到学员宿舍时，发现同学们内务整齐、卫生清洁，他高兴得重重地拍着莫雨的肩头赞不绝口，说莫雨这队长当得就是不一般，在这毕业时节，队里的生活秩序还这么井井有条，别的学员队早就溃不成军了，别说内务乱套，连集合都捏不到一块儿了。刘主任不时地用手摸摸同学们叠得方方正正的被子，说你看这内务叠的；抹一把透亮的玻璃窗，说你看这玻璃擦的；用脚蹭蹭一尘不染的地板，说你看这地板拖的……

看完内务，再次经过队部门口时，刘主任终于发现在白墙上飘扬的"旗帜"，不仅比过去多出了一面，而且两面都是新的，又让他激动地在莫雨的肩头上一阵重拍，说：你看，我那三条经验总结得不错吧，典型一引路，大伙的热情就上来，这不，孟西在前面写了倡议书，现在屈京和龚民同学紧跟着写申请书，你们队报效祖国、投身基地的热情就像那海水涨潮，正一浪高过一浪呢。

刘主任过目不忘的记忆，莫雨可真是服了。临走，刘主任又说，他准备请示校领导，组织全校的应届毕业生前来参观，看看他们队的内务有多整洁，同学们要求去基地的积极性有多高。

还来呀？莫雨心里好一阵发怵，但嘴上还不得不含笑说：只要主任看得起，随时欢迎。直到刘主任他们跨上自行车渐渐远去了，莫雨才苦笑着摇了摇头。大牛吹完了，名也很快就扬出去了，可那九个去基地的名额，除了一个孟西，其他八个，他莫雨还不知咋整呢。

莫雨又坐在队部那把椅子上，对着花名册和那些条子、电话、记录，开始发怔。

队长，不好了！就在这时，孟西慌慌张张闯了进来。

莫雨说：啥呀，看把你慌的。

孟西说：我母亲来了！

莫雨说：好事呀。

孟西说：她是收到我的那封信后，赶来接我回家的。

莫雨开始有些紧张了：她在哪儿？

孟西说：在我宿舍盘踞着呢。

莫雨站起身说：走，带我去看看。

孟西屁股往椅子上一坐说：我回去可就走不掉了，我这还是借口上厕所，才跑出来的。

莫雨只身走进孟西宿舍时，孟母正坐在那儿用餐巾纸抹脸上的泪，两只眼睛都哭肿了。她抬头看见莫雨后，立刻迎上来一把鼻涕一把泪地央求起来：莫队长，你要给阿拉劝劝孟西呀，这孩子太不懂事了，阿拉去年就在上海给他找好了单位，可他偏要去什么大西北、航天城，阿拉听人说，那地方连草都不长呀，走几百里地看不到一个人影，平时吃不上青菜，甚至连水都喝不上。你看阿拉孟西身体那个瘦的，生活能力那个差的，到了那儿可怎么活呀，要有个三长两短，阿拉怎么办啊。阿拉孟家就这么一根独苗苗，唉，阿拉孟西太不懂事了。

莫雨笑了笑说：你小看孟西了，他这四年各方面进步可快了，成绩优异，思想进步，事业心强，虽然身体还弱点，但他到艰苦的地方锻炼一下，身体会强壮起来的。再说，基地也并不是真的那么苦，那里已经是一座很不错的城市了。

孟母把泪水一抹说：你就是把基地说成了花，阿拉孟西也不能去基地，也要回上海。

莫雨耐心地说：婶子，不行啊，孟西现在是军人，得服从组织分配呀。

孟母耍起横来：那阿拉孟西这军装不穿了，文凭阿拉也不要了，阿拉让他回去接他父亲的班。

莫雨心想一时半会儿恐怕是做不通她的思想工作的，便提了她的行李袋说：您一路坐车辛苦了，先去休息吧。

孟母坐着不动问：那阿拉孟西的事呢？

莫雨说：您放心，我绝不会把他往火坑里推。

孟母终于笑了笑。

10

孟母住进了干休所附近的一家宾馆。莫雨带她办完住宿手续后，顺道回家了。

父母都在，他们正忙得不可开交呢。母亲今儿把两个孩子带回了家里，一个坐在母亲身边的沙发上堆积木，一个躺在母亲的怀抱里，母亲正用一把匙子往孩子嘴里喂着药汤。这孩子感冒了，正发着烧。老城区的棚屋里闷热，母亲怕孩子受不了，便带回了家。家里有空调。父亲又完成了一件根雕，这是一件很抽象的作品，似一个长着一脸络腮胡的老人头，又像只大蜘蛛，也像头愤怒的狮子，总之，什么都像，又什么都不像。父亲说，根雕艺术是什么？就是这什么都像，又什么都不像。父亲已给这什么都像又什么都不像的艺术品上了一层桐油，现在上着土漆。这桐油和土漆是父亲特地从乡下老家的深山里买的正宗货，怪味刺鼻。孩子受不了这气味，呛得直咳起来。

母亲瞪了父亲一眼说：老头子，今儿你给我闲一天好不好？

父亲连忙收拾东西说：好好好，我这就撤到阳台上。

母亲一边拍着孩子的背，还一边数落着父亲：都是爷爷不好，这个坏爷爷，臭爷爷……

看着此情此景，莫雨真是羡慕得近乎嫉妒。

母亲一辈子只生了莫雨一个，还生得很无奈，很勉强。父亲和母亲结婚时就商定，为了事业，他们一辈子不要孩子。可在一个阴差阳错的日子，莫雨还是不知不觉地来了，把父母弄了个惊慌失措。他不仅来得突然，而且来得太不是时候了。当时，基地刚刚接到了一个重大的发射任务，那时，母亲已经是一个部门的技术负责人，不请自来的他对于父母来说，无疑是一个平添的累赘、绊脚石。父母几乎没经过任何商量，就不约而同地相伴着向医院走去。要不是在前往医院的路上，父亲的一个同事很及时地把外婆的来信交到了他们手上，莫雨现在恐怕就在基地医院标本室的玻璃缸里，或是成为沙漠上哪一株骆驼草中的某一部分了。外婆在这封信上说，她已经60多了，但她还没看到自己的外甥，不看到外甥，到死的那天都不闭眼。莫雨这才在父亲的生活中赢得了商量的余地。父母在风沙里转了一个小时的圈，终于决定留下莫雨，这也意味着母亲给自己留下了一段无比艰辛的日子。母亲的岗位在数十米高的发射塔上，每天都要上下十几趟甚至几十趟。莫雨后来听母亲说，他生下来时有八斤重，可以想象，母亲每天带着如此沉重的他，在数十米高的发射塔上爬上爬下，该是多么艰难。但母亲并没有因为他的沉重而少爬过一趟，甚至在莫雨出生前的两小时，母亲还试着想再爬到发射塔上完成某个数据的测试。直至一个年轻人指着她那被鲜血染红的军裤，惊慌地叫道：嫂子，你挂彩了。母亲才惊慌失措地往医院里跑。母亲在医院里躺了不到一个星期，发射任务已进入倒计时阶段。母亲在医院里再也躺不住了，把一只奶瓶和一堆足够莫雨喝一年半载的奶粉往提包里一塞，就爬上火车赶回老家把襁褓中的莫雨交到了外婆的怀里，然后转身回到基地参加发射任务了。当莫雨再次从江南水乡走进西北那片沙漠时，已是一个七岁的孩子了。这时的莫雨不仅不再是母亲的包袱，还可以充当小帮手的角色了。在母亲的指导下，莫雨很快就学会了洗衣、烧炉子、做饭和做像炒鸡蛋这样一些简单的菜。每天一放学，他就回家先捅开炉子，烘暖屋子，做好饭菜，然后坐在门口等父母回来。在莫雨的记忆中，父母几乎每天都在实验室加夜班，莫雨一个人孤零零地守在家里，后来，做完作业后他便和小伙伴们到戈壁滩上野玩，结果那天一不小心摔了一个狠跤，磕掉了两颗大门牙，他又哭又喊地跑回家，可父母还没回来，他爬到床上继续哭，哭着哭着就睡着了。不知过了多久，睡梦中只听另一个人在哭，他睁开眼睛一看，原来是母亲在哭，母亲把他搂得好紧好紧。此后，母亲再去加夜班时，就把莫雨带进机房，让他在那儿做作业，在那儿睡觉。那时的计算机笨得很，声音就像柴油机，震得他两只耳朵直疼。现在，朋友们常说莫雨耳朵有些不好使，大概与那段经历有关。现在莫雨到朋友家聚会，每次大家都非要他掌勺，大概也和那段经历有关。

莫雨抬头看看墙上的钟，已经11点多了，便扎了围裙钻进厨房。

11

莫雨给家里做好了饭却没有在家吃饭。毕业的日子一天天临近，如今还只有屈京和孟西这么两个去基地的人选，要是他们再有什么变故，尤其是孟西母亲一来……那九个去基地的指标，可就真是冰窖里的黄花菜，彻底凉透了。他急于找他们谈谈。

食堂已开饭。莫雨盛了一碗饭，在饭上堆了一把菜，就把孟西从餐桌上叫到了食堂门口的草地上，两人面对着席地而坐。

莫雨说：孟西，你有什么新打算？

孟西说：去基地，是早就吃了秤砣铁了心的。

莫雨说：那你母亲怎么办？

孟西机灵一笑说：我有办法对付她。

莫雨说：啥办法？

孟西不无得意地说了对付他母亲的办法。

莫雨皱起了眉头说：这样你母亲会很生气的。

孟西却大大咧咧地笑着说：队长放心，我和你一样，都是独苗。

莫雨还是觉得有些不妥，但也没有别的办法了。

两人吃完午饭，一道回到学员队，莫雨让孟西去叫屈京来一下。

莫雨站在窗前，把目光投向了窗外。窗外阳光灿烂，天空辽阔，兴建中的校教学大楼的钢筋混凝土骨架高高耸立在地平线上。工地上焊花烁烁，机器轰鸣。莫雨发现，这几天大楼不知不觉又高了两层，已经建到九层了，再有一层，大楼就可以封顶装修了。看来下学期告别那些屋檐低矮、墙壁斑驳，夏天像蒸笼、冬天似冰窟的破教室是不成问题了。

屈京叫了声队长，走进了队部，脸上的笑容仿佛春天涨满的河水，从每一个毛孔奔突而出。

莫雨淡淡地笑笑问：屈京遇着啥喜事了，这么高兴。

没错，是大喜事，而且是双喜临门。

是啥双喜？

屈京从身上摸出一张包裹单说：这是一喜，我刚从收发室拿到的。

莫雨接着说：那二喜呢？

屈京把一张藤椅挪到莫雨身边坐下说：我刚在收发室和我伯通了个电话，他让我告诉你，附近有个部队已经答应接收你的那位沙柳了。

这消息让莫雨刚才的沮丧一扫而光，说：真的？！

屈京说：敢欺骗队长，岂不是吃了豹子胆。

那啥时可以办手续？

莫雨真恨不能沙柳也像屈京这样现在就坐到他身边。

屈京沉思了好一阵说：恐怕没这么快。

莫雨却依然那么急切：那得等多久？

屈京又沉思起来：大约一个月吧。

莫雨见屈京忸怩的样子，猜想他定有什么不好意思说的话，便说：

屈京，你有什么事尽管说，你给我办了这么件大事，我正不知怎么感谢你呢。

屈京听了，就立刻理直气壮起来，说：队长也不是外人，我就直说了吧。队长，你能不能把我分到北京去？

莫雨听了，不禁打了个寒战，问：你不是想去老家的基地吗？

屈京满脸不屑一顾地说：回那个风吹石头跑的不毛之地去？老爹老娘辛辛苦苦供我上学，我十年寒窗苦读好不容易熬上大学，图个啥？就是为离开那块苦地方，就是为了要跳到皇城根去。读了大学，还有一个那么有本事的伯伯，我还回去，我未免也太窝囊了吧？

莫雨还是不理解，问：那你为啥还写申请呢？

屈京说：不是队长让写的吗？队长的话我敢不听吗？再说，我不写这申请，队长也不好给我写毕业鉴定呀。

莫雨说：可我怎么向同学们交代呀？

屈京说：难道写了申请的人就一定去基地？去基地是工作需要，进北京难道就不是工作需要了？

莫雨说：倒也是工作需要，可北京只有一个名额，那是要给龚民的。

屈京说：他不是申请去基地吗？

莫雨说：龚民家里有困难，无论如何也要让他回北京的。

屈京微微一怔，但脸上立时又现出一层笑容，说：那这事就看队长您了。

莫雨在心里斩钉截铁地说：你上基地去！但马上又想到沙柳的事。他抬头望着苍白如纸的天花板说：让我想想再说吧。

12

屈京狡黠地笑着离去后，尽管身处酷夏，可莫雨还是感到一阵阵严冬般的寒冷。屈京这孩子世故庸俗得真是让他害怕，但要扇耳光，莫雨也只能扇自己的脸，因为屈京是他谆谆教诲了数年的学生。莫雨又坐到队部那张办公桌前，开始琢磨怎样落实那几个去基地的指标，可他面临的还是同样的"两难选择"：全让工农兵去基地，于心不忍，而且心里不平衡；让其他人去基地，他又开罪不起。冥思苦想了一个多小时，脑细胞死了千千万，去基地的名单上的名字还是比过去少了一个，只剩下孤零零的两个字——孟西。

毕业分配形势陡然间变得更严峻了。队部冰窖一般冷肃，莫雨却急出了一头热汗。

忽然有人敲门。只见艾琴和陆林，不，确切地说，是队里的四名女生和她们相好的四名男生，双双对对地走进了队部。这还了得，她们在那个臭水沟"爱情角"、教室、宿舍楼出双入对也就罢了，现在进出队部居然也形影相随，这也太不把他这队长放在眼里了！

莫雨心里的火气一下子就蹿到了脑门上，说：你们是来催促我给你们处分是不是？

站在前边的艾琴低下头说：不是。

那是来抗议？

也不是。

那……

我们想和队长谈谈分配问题。

莫雨说：我早说过了，你们只能一东一西、一南一北，想同时进哪个大城市，没门！

艾琴说：我们不企求一块儿进城市。

艾琴含笑看一眼身边的陆林说：我们只求一块儿到基地。

莫雨真怀疑自己听错了，问：你说什么？

艾琴说：我和陆林想去基地。

怎么会有这种事？莫雨的嘴一下子张得很大，却不知说什么好。半晌，才把目光从艾琴身上移向其他三对，问：你们也想去基地？

他们都点头说：我们都想去基地。

去基地的九个指标，居然是这样落实的，这可真是让莫雨一万个没想到。莫雨一时陷入一种无比尴尬的境地中。不知是为了掩饰这种尴尬，莫雨顾不上思考是否合时宜，就迫不及待地从文件柜里拿出了八份《入党志愿书》，递给他们说：你们过去都写了入党申请书，凡要求去基地的都发展。

艾琴微笑着，没接，说：我们渴望入党，但我们要求去基地，不是为了入党。

其他人也说：我们到基地把条件创造成熟了再入也不迟。

莫雨仿佛这时才醒悟说：对，你们是为了那个……

莫雨大笑。大家也哄然起来。大家的笑声似一束束灿烂的阳光，让莫雨晦暗的心渐渐明亮了。同学们走后，莫雨把桌上的那份花名册和那些条子、电话、记录锁进了保险柜，还高兴地向它们招了招手，说了声"拜拜"。然后他就想到向学校报喜，既然别人把你当了典型，你就不能光吹牛，还得拿点真家伙让别人瞧瞧，不然别人就会说，你这典型原来是只绣花枕头。

正好是刘主任接的电话。刘主任一听莫雨已把去基地的名额搞定了，电话里的声音立刻从低八度调到了高八度，说前两天他还在担心别人会不会说他们发现的这个典型，是糯米捏成的，软乎乎；这下好了，去基地的指标一落实，这典型就成为铁铸的了，硬邦邦。刘主任让莫雨马上把名单给报过去。莫雨就在电话里说了艾琴、陆林等人的名字。刘主任咪咪笑了说，莫队长这任务完成得真是没说的，既给基地输送了新的技术骨干，还为那里的生态平衡做出了贡献。莫雨听了，脸就不觉红了起来，就不想再说什么了，便问刘主任还有啥指示。不想刘主任真有指示，说有一事正要找他商量。莫雨说，对下级就不用客气了，有啥指示尽管下。刘主任说，现在全校就你们落实了去基地的名额，其他学员队还是老驴拉磨，正难着呢。前几天上边又给学校增加了十几个去基地的名额，校首长经过研究，准备给你们再增加一个名额……

莫雨手心的话筒险些滑落在地。

顿了好一会儿，莫雨才有气无力地说：刘主任，这个名额除非留给我自己。

刘主任在那头哈哈笑着说：莫队长上次不也这么说嘛，可你看现在，任务完成得多利落。

莫雨真是有苦难言，说：这回我说的可是真的。

刘主任说：莫队长就不用谦虚了，我看你们队还是大有潜力可挖的，你们去基地的人员中好像没有龚民吧，他不是也写了申请吗？

莫雨说：龚民不能去基地。

刘主任说：同学们有报国热情，莫队长为什么不成全人家呢？再说，你们是我们要宣传的典型，你们完成的指标越多，我们就更有说服力。我看这事就这么定了。

那头的刘主任已把电话放了。莫雨手中的话筒却在耳根上贴了足足一分钟。

莫雨一屁股坐在椅子上，脑袋沉重地低下来。放在桌上的包裹单又跳进他的视线。

他轻轻拿过包裹单。包裹单是沙柳从基地寄来的，寄的是她刚给打的那件毛衣。留言处还有两句话——过了五月，七月还会远吗？七月是学校开始放假的日子，也是莫雨相约去基地看沙柳的日子。

莫雨原想这次去基地将给她带去一份惊喜、一段好心情的，现在看来，它也可能恰恰相反。莫雨和沙柳是在基地一个技术员的婚礼上认识的。那个技术员的未婚妻过去对在沙漠里工作的技术员一直有点别别扭扭，但这天他却突然收到了她次日到基地来和他完婚的电报。这喜讯就像一块从天上掉下来的馅饼，使技术员喜出望外又措手不及，他还住在三人一间的单身宿舍里，他拿什么来迎接远道而来的新娘呢？当领导知道他这从天而降的喜讯后，立刻给他特批了一套三室一厅的大房子。大伙让技术员迅速赶去兰城车站接新娘，然后七手八脚地给他收拾新房。从航天大学回基地度假的莫雨也去帮忙。技术员是莫雨的恩师，莫雨跨入航天大学前，技术员做了他近两年的义务家庭教师。沙柳与技术员在同一个研究室工作，自然也前来参加这场婚礼"突击战"。沙柳扎着两条齐肩小辫，圆润的脸庞上扑闪着一双明亮的大眼睛。但那天她引起莫雨注目的，并不是她的漂亮，而是她干的那件小小的傻事。

整理新房时，剪窗花、铺婚床这些事自然非女同胞莫属。女同胞们把技术员从单身宿舍搬来的被卷铺到两张单人床组合的双人床上才发现，下面垫的是部队发的白床单，盖的也是部队装备的绿军被。大家说，结婚是件大喜的事，怎能不沾点红呢？于是，她们立刻分散去买红被子。但她们转遍了大小十几家商店，竟没找到一床红被子。商店的人说，基地年轻人办喜事的床上用品，要么是新娘从外边带进来，要么就到兰城去买，商店进这种商品卖不动。大家正垂头丧气时，忽见沙柳眼珠子一转说，她盖的就是一床红被子。说罢，她甩着两条齐肩小辫跑去抱来了那床红被子，换下了床上的绿军被，然后还不无得意地欣赏着自己的红被子说，这下终于像个结婚的样子了。大家听了，嬉笑着问她，这被子以后你还往回拿不？她很认真地说，当然要往回拿的，以后我不能挨冻呀。哪知大家笑得更欢了，沙柳这才明白过来，低下红扑扑的脸庞说，那……这被子，就当礼物送给他们吧。莫雨始终没笑沙柳，他觉得她那含羞的微笑，就像一朵刚刚浮出水面的莲花，很美、很纯，使莫雨忽然间有一种走近她的强烈欲望。

莫雨很快就找到了和沙柳第一次握手的机会。新娘这是第一次到基地，在这里一个熟悉的女伴也没有，一时竟为找不到合适的女傧相犯了愁。新郎把新娘接回家时，正在门口贴纸花的沙柳，有幸成为与新娘第一个打照面的女同胞，使她最后顺理成章地成为婚礼上的女傧相。莫雨软磨硬缠自己昔日的"家庭教师"，担任了男傧相的角色，与沙柳分别挽着新郎新娘，款款走进新房，然后共同主持了这场婚礼。后来，大家用"珠联璧合""心有灵犀"八个字来概括他们首次合作的成功。

婚礼闹到很晚才结束，人们纷纷散去了。莫雨和沙柳离开新房时，却有一种意犹未尽之感，都不想马上回家，都有到外边走走的渴望。于是，两人并肩向着旷漠深处走去。那是大漠一年中最好的季节，他们头顶的天空，高远爽朗、群星锦簇，仿佛伸手可及的团团白云，轻盈低悠。他们披一身月儿的银辉，迎着来自大漠深处的微风，朝着宛如大海般苍茫辽阔、逶迤起伏的旷漠，默默地前行，一直走到太阳从前方地平线上冉冉升起，才相视一笑，回头手牵着手沿着那两行紧挨着的足迹往回走。

回家后，莫雨扛着铁镐又进了大漠。莫雨想挖一块胡杨根回来做根雕。胡杨是一种生命力极强的树，即便在干涸的沙漠里，它也能三千年不死，死后三千年不倒，倒后三千年不腐。基地的男同胞喜欢挖胡杨来做根雕。沙柳也开始织第一件毛衣。基地没有公园、商厦，没有夜总会、歌舞厅，基地的姑娘们最好的消遣就是打毛衣，给自己打，给父母打，给兄弟姐妹打，打得一个个心灵手巧。不久，莫雨送给沙柳一件造型酷似一枚火箭的根雕作品，沙柳则送给莫雨一件嵌着两颗心的毛衣。基地人的定情信物，不兴金戒指、金项链，就兴这胡杨根雕和毛衣。

13

一阵敲门声把莫雨从基地拽回队部。

是孟西。莫雨和他约好一块儿到宾馆看他母亲。

两人来到宾馆时，一天不见孟西的孟母正急得直跳，要去队里找儿子。拉开房门看见儿子就在眼前，她喜得一把将儿子搂进了怀里：孟西，想死妈了，想死妈了。

孟西从母亲怀里挣脱出来道：妈！我又不是 3 岁。

你 30 岁，在妈眼里……

孟母终于看见了与孟西同来的莫雨，那只伸向儿子的右手便僵住了，但很快就轻轻地向房里一摆说：莫队长，请进。

莫雨在真皮沙发上坐了。孟母从冰箱里取了一听可乐，打开放在莫雨跟前的茶几上，然后提了床上的坤包，挨着莫雨坐下，唰地扯开拉链，拿出一张空白支票说：莫队长，只要阿拉孟西能回上海，五位数以内随你填。

莫雨怔了：你……

孟西急了：妈，你这是干啥？

孟母白了儿子一眼：你个孩子，懂啥。

孟西跺了地板一脚：你就懂得送礼，也不看对象，队长早就同意我回上海了。

孟母看着莫雨的眼睛猛地睁得大大的：真的？！

莫雨很不自然地笑了笑。

孟母一时高兴得都有些不知所措了，给莫雨递烟，莫雨说不会。又拉开冰箱，但里边除了可乐还是可乐，情急之中，她又掏出那张支票硬往莫雨手里塞，让他随便填个数字买点吃的或是用的。莫雨见推辞不过，只好先接了支票，再揉成一团塞进了烟灰缸。孟母见了就有些不好意思，说现在像莫队长这样的好领导真是少见了。莫雨听了这话，心里更是怦怦跳得慌。

孟母说什么也要莫雨在宾馆吃晚餐。起初莫雨说什么也不肯，但孟母说莫雨不吃这餐饭，就是看不起孟西，莫雨就只得留下了。孟母要了满满一大桌菜，全是山珍海味。母子两人轮番给莫雨倒酒、夹菜，但莫雨这餐饭却比在食堂任何一餐都吃得少。

莫雨回校时，天上已是满目星斗。路上巧遇分配办一个加班回家的干事，那人从公文包里抽了一份文件给他，并笑着说了句什么。莫雨没听清，也没问。他走进队部把文件一卷往桌上一丢，就把身体抛到了床上，把床板压得咯吱响，眼睛就是闭不上，刘主任那个新加的指标就像一根魔棍，划拉着龚民、屈京和沙柳三个人在他的脑海里不住地晃，直晃到天亮才让莫雨得以平静。

吃过早餐后，莫雨去找龚民，可教室、图书馆、实验室，莫雨转了个遍，都没看见龚民的影子。回来时，意外地发现龚民低头站在厕所的角落里，便不解地问他站在这儿干啥。龚民转身看见莫雨，慌忙擦着眼睛说，没啥，没啥。但莫雨却觉得他有啥，便说，你是不相信我，有事不愿说给我听吧？龚民刚擦干的泪水又涌了出来说，队长，你对我太好了，我真的想去基地，可我家……龚民哇的一声哭了起来。

原来他家又出事了，妹妹患肺炎住进了医院，家里又瘫又瞎的老奶奶连口水都喝不上。

龚民这一声哇，使莫雨失眠了一个晚上才下定的决心一下子崩溃了，取而代之的是无比愤慨。

别哭了！娘们似的。莫雨吼了一声，扭头离开了厕所，然后又把屈京唤到了队部。

屈京提着屁股底下的藤椅往莫雨身边凑了凑问：队长，调沙柳的事想好了吧？

莫雨微笑着点点头说：想好了。

屈京脸上立刻现出笑说：那我进京的事……

莫雨说：也想好了。

屈京兴奋地从藤椅上弹起来说：队长，我八辈子都感激你。

莫雨招手示意他坐下，然后说：先别忙着谢，先听我几句话。

屈京眉飞色舞道：队长有事尽管吩咐。

莫雨说：你受党的教育多年，思想觉悟提高得很快。

屈京低着头说：不好意思。

你上了四年军校，我想一定得记得三大纪律八项注意的第一条是什么？

那……当然，一切行动听指挥嘛。

那我的指挥你听不？

你是队长，上级，当然听。

你别进北京了，去基地。

屈京一愣，大声问：我为什么要去基地？

莫雨说：你比任何人都该去基地。

屈京说：凭什么？

莫雨弯着手指说：一、你写了申请，说明你想去基地；二、你家在基地附近，该回原籍；三、你是军人，服从组织分配，是你的天职！

屈京整个儿傻了，汗水唰地冒了一脸。那副惊慌可怜的样子，让人不忍目睹。莫雨站起身，将目光转向窗外。很久，身后才传来屈京游丝般的声音：是不是一点商量的余地也没了？

莫雨摇摇头。

好吧。屈京从藤椅上站起来，头也不回地走了。

莫雨觉得自己真有些累了。

14

这天午睡，莫雨闹不清自己到底是被号声吵醒的，还是让电话震醒的，它们几乎同时响了起来。

电话是刘主任打来的。莫雨从床上跳起来刚抓起话筒，刘主任就在电话里大声问莫雨，他们下发的那份经验材料看过没有。

莫雨蒙蒙地问：什么经验材料？

刘主任说：就是你们队毕业分配的经验呀。

莫雨忽然想起桌上那卷已被冷落了好几天的纸筒子，打开，看见一行二号黑体大字——“深入动员，典型引路”，下边是一行娟秀的四号楷体——“学员一队毕业分配工作经验介绍”。

莫雨慌忙说：看过了，看过了。

刘主任说：感觉如何？

莫雨慢慢地把纸筒子揉作一团，轻轻扔进身边的废纸篓说：好极了，好极了。

刘主任说：我们对你们队的期望是很大的，莫队长可要为我们分忧啊，新给你们的那个指标搞定了吗？

莫雨说：还是天花板上的篮子，悬着呢。

刘主任说：你那天花板上只有这么一个篮子，可我天花板上的篮子多着呢，磕得我都鼻青脸肿了。

莫雨心里直扑通，他真担心刘主任再说下去，就会往他的天花板上再悬个篮子。

莫雨唐突地问：刘主任还有什么指示吗？

刘主任嘻嘻笑道：莫队长，莫心急喽，请你看看窗外。

莫雨把目光投向窗外。刘主任问：莫队长看见啥了？

莫雨说：还有啥？阳光，天空，一天天长高的教学楼。

刘主任说：教学楼还在一天天长高吗？

莫雨这才发现，工地上那些在阳光里闪烁的焊花忽然不见了，振动机、搅拌机、升降机的轰鸣也不知啥时销声匿迹了，高大的钢筋混凝土骨架僵立在窗前。

刘主任说：它从昨天开始就停止往上长了。基建办的同志正在我办公室骂娘呢，说再停工几天，下学期用上新教学楼的计划就要泡汤，每天几万元的养护费也要把学校拖得只剩一张皮。

莫雨听了都有些着急了，问：那为啥不继续施工呢？

刘主任说：没钱拿什么施工？拨款单位说资金周转不过来，得缓一段再说。

莫雨说：教学楼不是重点工程？不是说资金重点保障吗？

刘主任沉默了一会儿，问：你们队是不是有个叫屈京的学生？

莫雨说：是呀。

刘主任说：他是不是想进北京？

莫雨说：是。可我们队这个进京指标得留给一个家庭很困难的北京学生。

刘主任说：你最好是尽量满足他的要求。

莫雨终于明白了为什么大楼停止往上长了。他想了想说：那刘主任得再给我一个进京的指标。

刘主任好像是莫雨要他的心和肝似的，拒绝得斩钉截铁：进京的指标别说一个，半个也没有了。

莫雨说：那屈京就给我老老实实去基地！

刘主任的口气陡然严肃起来：莫雨同志，别忘了我们刚刚下发了你们的经验材料，更希望你要顾全大局，为学校建设着想，千万不能个人感情用事！屈京无论如何也要让他进北京！

电话里也换成了急促的忙音。

刘主任最后撂下的这句话，就像一块巨石沉沉地砸在莫雨的胸口上，堵得他气都快喘不上来，只觉得身上的血液咕噜噜地直往头上涌。

啪！莫雨把话筒砸在机座上：娘的，岂有此理！

但砸完骂完后，他只能再次鼓起勇气去找龚民谈谈。在那些大腿粗胳膊面前，他莫雨就像一根麻秆一般脆弱。

龚民的情绪已渐渐稳定下来，正坐在宿舍对毕业论文做最后的修改，准备迎接答辩。莫雨默默地坐在他身边，从兜里掏出屈京一个月前丢在队部的那包"大中华"，抽了一支叼在嘴上。

龚民放下手中笔说：队长，有事尽管吩咐我。

莫雨的目光追逐着冉冉升起的烟雾，说：龚民，我准备调回基地去。

龚民听了喜笑颜开地说：好啊，那我跟你一起去。

莫雨目光转向龚民，说：委屈你了。

龚民说：哪呀，跟你走，不仅值得，而且是一种荣幸。我一直这么想，只是你在学校，一直不敢奢望，现在你调基地，我终于能如愿以偿了。

莫雨说：那地方可比你们北京苦。

龚民说：再苦也不会比我们家的日子苦。北京能活人，基地也同样能活人。

莫雨说：倒也是。

龚民说：说不定比北京还活得潇洒呢。队长，你那天介绍基地的情况，别人不信，我信。

莫雨抓住他的肩头使劲摇了摇。

15

该给沙柳打个电话了。莫雨想。

莫雨真担心沙柳一时接受不了他的决定。在学校大门口的电讯大楼拨通电话后，他从那片土地给自己留下的美好记忆说到自己对她的强烈思念，又从调她的艰难曲折说到自己工作生活的坎坎坷坷，环山绕水，缠缠绵绵了一个小时，才鼓起勇气说出了自己的决定。可他怎么也没想到，她听了后竟哧哧笑了，说，她早就这么想，只是怕影响他的前途，连累他的生活，才没敢说。

叭！莫雨对着话筒咂了一口。

放下电话，莫雨忽然间有一种隔世感，仿佛过去的事情，只不过是一个梦，无所谓收获，也无所谓失去，梦醒只是从幻想的空间走进了真实的空气和阳光中。

坐在电视机前收看新闻联播的父母，听了莫雨的决定后，也只是说：孩子，这么大的事，事前怎么不和我们商量呢？

莫雨说：相信您会同意的。

母亲就笑了：这样也好，到那里干几年，转业时沙柳就可以一块儿出来了。

父亲也打趣道：最大的好处是用不了多久，你就不用出去给人带小孩了。

母亲白父亲一眼说：到时尿布归你洗。

一家人笑了，然后继续看电视。

莫雨的决定，倒是让刘主任吃了一惊。那天，莫雨去干部处办手续，本是绕开了分配办走的，却不想在调配办门口还是与刘主任撞在了一起。刘主任抬头见是莫雨，脑袋立刻晃了起来，说：莫队长哪，莫队长，你小子太让我失望了。当初我把你们队当典型，本想让你给我干出个好样，没想到你给我捅出个大娄子，让我替你受过，你这个典型，我算是白树了！

莫雨一脸苦笑道：现在不是挺好嘛，想进北京的进北京了，教学大楼也开始往上升了。

刘主任也叹气道：不管怎么样，你还是有功劳的，起码搞定了去基地的指标，往后的日子就轻松了，可我现在还是个特困户，还有好多指标悬着呢。

莫雨就开玩笑说：刘主任别急，我为你完成一个去基地的指标。

刘主任的脸上立刻阳光灿烂地问：谁去？

莫雨说：我。

刘主任猛地瞪起眼珠子：你？

我。

原来你说的是真的？

莫雨点点头。刘主任却又开始摇头。

你去基地是白去，不能当指标，真遗憾。

16

莫雨办完了同学们的派遣通知单的同时，自己也办好了调动手续。这样，他就正好和艾琴他们一路同行。学校为去基地的同学包了一节车厢，并把组织护送的任务交给了莫雨，任命他为车厢长。莫雨欣然接受了这最后的任命，然后积极为旅途筹备着桥牌大赛、象棋擂台赛等娱乐活动。

西行的旅途是漫长的，寂寞的。

这天，西行的列车终于要启动了，随着预备发车铃声的骤然响起，送行的人们纷纷退向白色的安全线外。站台上高擎着一双双挥舞的手臂。车厢里，一双双手臂在挥舞。

临窗而坐的孟西，把头伸出窗外，忧郁地看着站台上送行的人们。莫雨坐在他身边，里侧座位则是龚民。

莫雨说：龚民，以后你奶奶和小妹怎么办？

龚民说：现在我开始有工资了，准备给她们请个保姆。

莫雨说：那以后你成家怎么办？

龚民说：再说吧，面包会有的，一切都会有的。

莫雨说：对，面包会有的，一切都会有的。

两个人相视笑了。这时，孟西忽然叫了声不好，从窗外缩回了脑袋。

莫雨说：怎么了？

我母亲来了。孟西既兴奋又紧张。她要拉我回去怎么办？

莫雨一看窗外，果见孟西的母亲正从入站口匆匆向这边走来。

她怎么知道你上了这列车？

临走前，我让同学给她送了一封信。

在这关键时刻，列车启动了。

孟西还是抑制不住再次把头伸出窗外，向母亲挥着手：妈妈，我走了——

孟母快步跑了过来，使劲舞着手中的一束鲜花说：孟西！妈送你来了——

孟西怔怔望着莫雨：队长，我妈说什么？

莫雨轻松地笑了：她说送你来了。

孟西那干豆角似的身躯在座位上一蹦老高，喊道：我妈同意我上基地了！

孟西这一蹦，在车厢里惊起一片诧异的目光。

列车驶出市区后，车轮声越来越密集，而车厢里却是一片静谧，同学们有的低头看着"武打""言情"；有的痴望着窗外；有的无精打采，昏昏欲睡，似都无话可说。为了驱赶这过早来临的寂寞，莫雨为大家准备的第一个旅途娱乐活动——"卡拉OK演唱会"开始了。

车厢里立刻活跃起来。大家纷纷从莫雨准备的几十盒录音磁带里挑选着各自喜欢的曲目，你一首"刘德华"，我一支"郭富城"，你做一次"猫王"，我演一回"麦当娜"，大伙对这些港台、外国歌星都很熟悉，几乎每一首歌都能得到大家的响应。

在演唱会高潮时，莫雨也给大家露了一手，他唱了一首歌曲——《与我同行》：

> 你我都是行路人
> 为了祖国美好的明天
> 你我手挽起手肩并着肩
> 高挺起胸膛奋勇西行

莫雨请大家和他一块儿唱。但大伙只是陌生又新鲜地看着他唱。这支歌大家不会唱。这是莫雨在孩童时期，跟着基地的叔叔阿姨们学会的。

这支歌曾经也很流行。词作者就是他父亲。

图书在版编目（CIP）数据

导师 / 龚盛辉著. -- 济南 ：山东文艺出版社，
2025.2
ISBN 978-7-5329-7149-7

Ⅰ．①导… Ⅱ．①龚… Ⅲ．①中篇小说－小说集－中
国－当代 Ⅳ．①I247.5

中国国家版本馆 CIP 数据核字(2024)第 061592 号

导师

DAOSHI

龚盛辉　著

主管单位　山东出版传媒股份有限公司
出版发行　山东文艺出版社
社　　址　山东省济南市英雄山路 189 号
邮　　编　250002
网　　址　www.sdwypress.com

读者服务　0531-82098776（总编室）
　　　　　　0531-82098775（市场营销部）
电子邮箱　sdwy@sdpress.com.cn

印　　刷　山东临沂新华印刷物流集团有限责任公司
开　　本　890 毫米 ×1240 毫米　1/32
印　　张　10.125　　插页/2
字　　数　251 千
版　　次　2025 年 2 月第 1 版
印　　次　2025 年 2 月第 1 次印刷
书　　号　ISBN 978-7-5329-7149-7
定　　价　59.00 元